INVISCHIATO

I MILIARDARI PER CASO

J.S. SCOTT

Invischiato
I Miliardari per Caso - Libro 2

Traduzione italiana: Martina Stefani 2021

ISBN: 979-8-775960-53-7 (edición impresa)
ISBN: 978-1-951102-72-2 (libro electrónico)

DEDICA

Questo libro è dedicato a mio marito, Sri, che fa così tanto per me ogni giorno. Lavora dietro le quinte. Si occupa di cucinare e di tutto il materiale tecnico per i miei libri. Conduce il team e si assicura che tutto fili liscio quando si avvicina una scadenza. Non ci sono molti uomini disposti a lavorare con la propria moglie per aiutarla nella carriera. È un eroe per me, e critico del successo del libro. Grazie per tutto quello che fai, Sri. Che cosa farei senza di te?

Tutto il mio amore,
Jan

SOMMARIO

PRÒLOGO
Skye

"Ti amo" mormorai ad Aiden Sinclair, mentre mi teneva stretta contro il suo corpo in un altro abbraccio di addio che mi stava spezzando il cuore.

Il fatto che avessi appena pronunciato *quelle* parole probabilmente sorprendeva me più di lui.

Dopotutto, gli avevo dato la verginità durante l'estate che avevamo passato insieme, quindi doveva sapere che mi faceva provare cose che non avevo mai sperimentato prima.

Era un pezzo di me che era sempre mancato, solo che non l'avevo capito fino a quando aveva iniziato a guardarmi come se fossi *sua*, come se gli *appartenessi*.

Non sono una romantica. Nemmeno lontanamente. Forse *avevo* solo diciotto anni, ma ero dovuta crescere in fretta, e la mia vita era tutt'altro che una favola. L'unica eccezione era stato il tempo trascorso con Aiden durante questa magica estate che ora stava per finire.

Con riluttanza, allentai la presa intorno al suo collo mentre si tirava indietro. Ma fui ricompensata vedendo il volto dell'uomo che amavo più di quanto avessi mai amato qualcuno.

I suoi splendidi occhi azzurri mi studiavano, mentre diceva con voce roca: "Mi mancherai, tesoro. Ma tornerò tra un po' più di otto settimane. Starai bene?"

Per un momento, fui delusa che non mi avesse detto di amarmi a sua volta. Ma forse era troppo presto per lui.

Non che non volessi sentire quelle parole *in quel momento*, ma ci stavamo frequentando solo da un paio di mesi.

Gli rivolsi un debole sorriso. "Certo. Hai paura che non ti aspetterò? Se è così, devo dirti che mi hai esclusa da qualsiasi altro ragazzo."

Aiden e io scherzavamo così. Avevamo cominciato l'estate come amici. Sua sorella Jade, la mia migliore amica, era partita presto per l'università, subito dopo il nostro diploma superiore. E sì, avevo visto Aiden, ma ero abbastanza sicura che avesse avuto compassione per me una volta che sua sorella era partita, e che uscisse con me perché mi mancava tanto Jade. Non che la folle attrazione tra noi non fosse stata lì all'inizio dell'estate, ma non avevamo fatto passi avanti se non di recente.

"Fai la brava" chiese.

Annuii. Conosceva il mio background. E non era un segreto a Citrus Beach che mia madre fosse eccentrica, che era un modo carino per dire che a volte era da manicomio.

"Starò bene" lo rassicurai. Aiden era iperprotettivo, ma era piuttosto carino, perché non avevo mai avuto nessuno che si pre-occupasse per me o per la mia sicurezza. Era... confortante. Mi faceva sentire al sicuro. "Inizierò le lezioni tra un paio di giorni."

A differenza di sua sorella minore, *non* avevo ottenuto una straordinaria borsa di studio a un college prestigioso, quindi mi ero accontentata di seguire le lezioni al nostro college locale. Ma mi stava bene così. Non ero particolarmente dotata come Jade, e non aspiravo a enormi altezze per il mio futuro. Volevo solo un lavoro che mi piaceva in modo che potessi allontanarmi dalla pazza di mia madre. E sapevo di aver bisogno di un'istruzione per lasciare alle spalle lei e la follia nella nostra casa. La California del Sud non era un posto economico in cui vivere, quindi ottenere un lavoro decente che pagava bene era indispensabile.

"Vorrei che tua madre ti pagasse per il culo che ti fai al ristorante" brontolò Aiden.

Mi spostai e mi appoggiai al suo corpo duro. Ci stavamo salutando al parco locale, occupando una panchina intera. Dato che era mattina presto, non c'era molta gente fuori. Non si vedeva nessuno.

Le sue braccia mi avvolsero da dietro, e mi lasciai sfuggire un sospiro di piacere, mentre poggiavo la testa sul suo torace, desiderando che *non* fosse dovuto partire per un lavoro come pescatore commerciale per otto settimane nei quindici minuti successivi. Ma sapevo che lo faceva per la sua famiglia. Aveva ancora un fratello minore e le sorelle da mantenere.

Non avevo mai conosciuto un uomo che lavorasse così duramente come faceva lui per la sua famiglia. Forse quello era in parte il motivo per cui mi ero innamorata così follemente di lui.

Alla fine, risposi. "Nella mente di mia madre, lei mi *paga*. Mi nutre e mi permette di vivere in casa sua."

"È una stronzata" rombò. "Sei la sua dannata figlia, non la sua schiava."

"Devo solo occuparmene per un paio di anni" gli spiegai pazientemente. "Non appena terminerò il programma di infermieristica, potrò andarmene. Non è un problema, Aiden. Davvero."

Avevo avuto a che fare con lei per tutta la vita. Potevo gestire qualche anno in più. Dovevo solo concentrarmi sul futuro invece di rimuginare su quanto avessi bisogno di andarmene da quella folle città. Non avevo molta scelta.

Sì, avevo lavorato nella degradata caffetteria di mia madre per anni, ma poiché non ero una dipendente, tecnicamente non avevo esperienza lavorativa. Avevo bisogno di un'*istruzione*. Anche se *avessi* ottenuto un lavoro da cameriera che pagava, non avrei potuto sostenermi con quella cifra, o andare a scuola od ottenere un lavoro che mi avrebbe permesso di lasciare la casa di mia madre.

Finché fossi rimasta a vivere con lei, sarei stata costretta a continuare a lavorare gratis.

Ma era il mezzo per un fine molto più felice, se avessi potuto finalmente essere libera.

"Piccola, se non fossi così povero—"

"Smettila" lo interruppi. "*Non* sono una tua incombenza, Aiden."

Dio sapeva che ne aveva *già* molte. Lui e i suoi due fratelli maggiori, Noah e Seth, avevano tenuto la loro famiglia insieme e avevano cresciuto i loro tre fratelli minori. Per me, era un eroe che aveva messo da parte le sue esigenze per la propria famiglia da anni. Non volevo che si sminuisse. *Mai.* Essere povero non era qualcosa di cui avrebbe dovuto vergognarsi. Tenere insieme la famiglia Sinclair, nonostante il fatto che non avessero molti soldi, avrebbe dovuto renderlo orgoglioso.

Aiden ed io eravamo entrambi cresciuti poveri. Forse era per questo che ci capivamo così bene.

"*Voglio* che tu sia una mia incombenza, tesoro. Voglio che tu sia mia" disse in un tono basso e pericoloso che mi faceva sempre sciogliere. "So che probabilmente sei troppo giovane per me, ma ho smesso di pensarci troppo."

C'era un divario di sei anni tra noi, ma non lo notavamo. Eravamo entrambi più maturi dell'età anagrafica e ci comportavamo da adulti dacché potessimo ricordare.

"Sono tua" gli dissi. "Ma questo non significa che tu debba *mantenermi*. Il mio *cuore* è tuo.»

Mi girai e misi il palmo sulla sua mascella, cercando di fargli capire che non avrei mai voluto essere un peso per lui. Volevo solo stare *con lui*.

Vedere il conflitto nei suoi occhi bellissimi mi fece male al cuore.

"Sarà meglio che il tuo cuore sia mio, perché non ti lascerò andare" gracchiò alla fine, mentre abbassava la testa per catturare la mia bocca.

La sensazione delle sue labbra belle, calde, setose sulle mie mi mandò a fuoco. Come sempre, iniziò con una scintilla di elettricità tra le mie cosce che si trasformò in fiamme nel giro di pochi secondi.

Volevo reclamare quest'uomo come mio in quel momento.

Volevo sapere che sarebbe sempre stato con me.

Volevo molto di più di un'intensa storia d'amore estiva.

Sapevo che avrei dovuto aspettare. La famiglia di Aiden sarebbe venuta per prima, finché non fossero stati tutti cresciuti e istruiti. Lo amavo per la sua lealtà verso la famiglia e la determinazione di vedere tutti i suoi fratelli indipendenti. Quindi, ero più che desiderosa di mitigare i miei istinti finché non fosse stato libero da quei vincoli. Ne valeva la pena.

Non sarei andata da nessuna parte.

E volevo anch'io tante cose per il mio futuro.

Strinsi le mani a pugno nei suoi capelli folti e scuri, mentre mi mordicchiava le labbra e poi rivendicava la mia bocca.

Il mio cuore batteva all'impazzata, quando alla fine si staccò e mi sorrise.

"Otto settimane sembrano lunghe, piccola."

Dio, amavo l'espressione da monello sul suo viso.

Annuii. "Mi mancherai tantissimo" dissi sinceramente.

Poggiò la fronte sulla mia. "Mi mancherai anche tu, tesoro. Abbi cura di te."

Si alzò e mi fece alzare in piedi. "Devo andare. Pensami, quando non ci sono. Dio sa che ti penserò. Voglio darti una cosa prima di andare."

Lo guardai con curiosità. "Che cosa? Pensavo me l'avessi *già* data la scorsa notte" presi in giro.

Mi rivolse un'occhiata di avvertimento, mentre scavava nella tasca dei suoi jeans. "Non ricordarmelo, o la *otterrai* di nuovo."

Come se mi avrebbe dato fastidio se mi avesse trascinata da qualche parte e ci fossimo salutati con i nostri corpi ancora una volta. Onestamente lo bramavo. Ma sapevo che doveva arrivare a San Diego in tempo.

"Voglio che tu abbia questo" disse, mentre faceva scivolare qualcosa sulla mia testa. "Mia madre non aveva molti gioielli, ma abbiamo tutti ricevuto qualcosa quando è morta. È solo una pietra con occhio di tigre rosso. Ma voglio che la tenga tu."

I nostri occhi si incontrarono, e il mio cuore saltò un battito, quando realizzai che mi stava dando qualcosa che era appartenuto a sua madre, che era morta anni addietro.

Qualcosa di prezioso per lui.

Piangevo raramente, ma le lacrime si formarono nei miei occhi, e una goccia scivolò sulla mia guancia. Strinsi la piccola pietra che pendeva intorno al mio collo con una catena delicata. "Non ho mai avuto un gioiello" dissi, con il cuore in gola.

"Ti dona" osservò con un occhiolino.

Mi gettai tra le sue braccia e schiacciai il mio corpo contro il suo. Ogni tumultuosa emozione che stavo vivendo era molto vicina alla superficie.

Non volevo che se ne andasse.

Volevo tenere i nostri corpi vicini, e continuare a esplorare le emozioni intense che mi suscitava sempre.

E volevo continuare a sentirmi adorata e al sicuro come mi ero sentita per la maggior parte dell'estate.

Ma alla fine lo lasciai andare perché sapevo che dovevo farlo. "Vai" insistetti, mentre il mio cuore gridava che rimanesse. "Grazie per il regalo. Lo terrò al sicuro."

Mi baciò ancora una volta, e poi mi baciò la fronte. "Ci vediamo presto, tesoro."

"Stai attento" gridai, mentre si girava per farsi strada verso il suo camion.

"Sempre" ribatté. "Devo tornare a casa da te."

Asciugai le lacrime che iniziarono a cadere più abbondantemente mentre guardavo la sua figura in ritirata scomparire.

Casa. Tornerà presto a casa. Otto settimane non sono poi così lunghe, no?

Crollai sulla panchina, le mie gambe tremanti, e realizzai che avevo una presa letale sulla pietra che Aiden mi aveva dato.

Aveva lasciato qualcosa di importante con me. Questo era sufficiente a farmi credere che sarebbe tornato.

Infilai il piccolo occhio di tigre rosso nella mia T-shirt e poi mi alzai. Dovevo tornare a casa, altrimenti avrei dovuto sorbirmi mia madre.

Non le avevo mai detto della mia relazione con Aiden, perché sapevo che non avrebbe approvato. Non le era mai piaciuto nessuno della famiglia Sinclair, sebbene Jade fosse la mia migliore amica da anni.

Buffo come l'opinione di mia madre non aveva molta importanza per me ormai.

Conoscevo Aiden.

Le nostre anime erano connesse. Lo sentivo.

Lo amavo.

E *questo* era tutto ciò che importava.

Iniziai a correre verso casa, sfoggiando un sorriso sciocco sul viso, perché potevo sentire la pietra che mi aveva regalato sulla pelle, mentre mi incamminavo.

CAPÌTULO 1

Skye

Il mio cuore affondò, mentre realizzavo che c'era solo un posto disponibile al tavolo della cena.

Questo è quello che ottengo per essere arrivata tardi. Cazzo, cazzo, cazzo!

Ogni sedia era occupata eccetto quella accanto a *lui*.

Aiden Sinclair.

L'uomo che avevo cercato di evitare da quando ero tornata permanentemente a Citrus Beach, California, con mia figlia, Maya.

Era la mia spina nel fianco.

Era l'unica parte del mio ritorno a casa, dopo circa un decennio di distanza, che odiavo.

Era pericoloso.

E non mi permettevo di dimenticarlo nemmeno per un momento.

Sospirai rassegnata mentre mi guardavo intorno all'enorme tavolo—come se avessi improvvisamente visto un altro posto vuoto.

Non succederà. Il mio tempismo e la mia fortuna non erano mai stati ottimali, quindi perché sarebbe dovuto cambiare ora?

"Vieni a sederti accanto ad Aiden, Skye" chiese Jade Sinclair, la mia migliore amica, dal suo posto accanto al suo fidanzato miliardario, Eli Stone.

Jade ed Eli erano il motivo per cui ero qui. *L'unico* motivo. Mancavano due settimane alla cerimonia di matrimonio, e questa era un'importante riunione per tutti coloro coinvolti nella pianificazione delle festività o inclusi nella festa di matrimonio. La casa di Eli a Citrus Beach era stata il posto logico per l'incontro, dato che la sua dimora era più grande di quella di Jade.

Onestamente, quasi tutti qui avevano il cognome Sinclair, tranne il fidanzato di Jade, la madre di Eli, la sorella gemella di Jade, Brooke, dato che era sposata con Liam Sullivan ora, e... io.

Ero *ancora* Skye Weston, anche se ero stata sposata e divorziata. Avevo ripristinato il mio nome da nubile subito dopo che il mio ex marito era stato messo in prigione a vita.

Mi guardai di nuovo intorno al tavolo, sorpresa che una famiglia potesse occupare così tanto spazio. Ero la figlia unica di una madre single; la famiglia Sinclair era così diversa dalla mia.

Ero stata una bambina sola.

Ancora adesso, mia figlia era tutto quello che avevo.

Come poteva una famiglia di *quelle dimensioni* non occupare un sacco di spazio? Jade aveva quattro fratelli e una sorella gemella. I suoi fratellastri, cugini, e molti altri membri della sua famiglia non si erano ancora presentati dalla Costa Orientale, e la grande sala da pranzo era piena.

Iniziai a farmi strada lentamente verso il tavolo con riluttanza dopo aver rivolto un finto sorriso a Jade. Non volevo che sapesse che stare seduta accanto ad Aiden sarebbe stata una tortura per me.

"Scusate il ritardo" dissi con voce abbastanza alta da raggiungere la mia migliore amica. "Ho avuto da fare al ristorante."

Quando *non* avevo qualche complicazione di lavoro al Weston Café? Avevo messo ogni momento disponibile e centesimo nel piccolo ristorante che avevo ereditato dalla mia madre deceduta per trarne un profitto.

L'unica cosa *più importante* del lavoro era mia figlia, Maya.

Finalmente mi sedetti e sorrisi a Seth, un altro dei fratelli maggiori di Jade, che era seduto alla mia sinistra.

Evitai completamente di guardare alla mia destra, dato che ero determinata a ignorare Aiden.

"Come stai, Skye?" chiese Seth educatamente.

"Sto bene" mentii.

Starei molto meglio se non fossi obbligata a stare seduta accanto ad Aiden.

Mi detestavo per il fatto che potevo *sentire* la sua presenza, e che solo una zaffata del suo profumo maschile faceva prendere vita al mio corpo dopo una lunga assenza di desiderio.

Non posso mostrare alcuna reazione. Non posso.

Considerai per un momento di chiedere a Seth se volesse cambiare posto, ma sapevo che sarebbe sembrato infantile. L'ultima cosa che volevo era che Aiden sapesse che mi *infastidiva*.

Mancavano esattamente due settimane al matrimonio di Jade ed Eli, e non sarebbe stata l'unica volta in cui Aiden e io saremmo stati molto vicini l'uno all'altra. Ma erano solo quattordici giorni. Per la maggior parte, ero riuscita a restare fuori dalla sua compagnia, da quando ero tornata a Citrus Beach circa un anno addietro... *fino ad oggi.*

"Sembri esausta" commentò Aiden burbero. "Ma profumi di limone fresco. Com'è possibile?"

Mi castigai in silenzio per il brivido che mi attraversò la schiena per aver sentito il suono del suo sexy baritono. Mettendo il broncio, girai la testa verso di lui. "La torta al limone era la specialità di oggi" scattai.

Era imbarazzante che non avevo avuto il tempo per andare a casa e togliere l'odore di limone dalla mia pelle, cambiandomi i jeans e la T-shirt che avevo indossato tutto il giorno. Ma ero già in ritardo.

"Non stavo criticando" rispose con voce roca. "Hai un buon odore. La torta al limone è la mia preferita."

"Lo so" dissi automaticamente, e poi avrei voluto prendermi a calci al ricordo.

La mia breve relazione con lui era finita circa dieci anni addietro. Non avrei dovuto dimenticare tutte le cose minori?

"Un giorno mi dovrai spiegare perché mi odi così tanto" disse con voce bassa, mentre si avvicinava al mio orecchio.

Mi guardai intorno. Stavano tutti conversando, e ritrovarmi a un tavolo composto principalmente da Sinclair era scoraggiante. Nessuno ci stava prestando la pur minima attenzione.

Sinceramente, avevo migliaia di motivi per odiare Aiden. "Sai esattamente perché" replicai acutamente. "Non parliamone adesso, okay?"

Dovevo darmi una calmata. Dovevo riprendere il controllo. *Non potevo* lasciare che Aiden Sinclair facesse tremare la facciata di freddezza che mi ero impegnata tanto a costruire.

"Ho *bisogno* di parlarne" ribatté con tono fastidiosamente calmo. "Sono passati più di nove anni, Skye. Abbiamo passato un'estate fantastica. Sì, non è finita bene. Ma è passato tanto tempo."

Piatti pieni di cibo venivano passati intorno al tavolo, ma evitai di prendere la maggior parte del cibo nei piatti. Ero nauseata solo per essere in prossimità di Aiden. Mi rendeva nervosa. Ma ero praticamente *obbligata* a parlare con lui per evitare di sembrare maleducata.

Mi rifiuto di deludere Jade. Non posso.

Ci stavamo avvicinando al giorno del matrimonio della mia migliore amica. Jade era così felice. Potevo sopportare soffrendo in silenzio per evitare una scenata.

Ero tornata a Citrus Beach da quasi un anno. Per fortuna, ero riuscita a evitare di avvicinarmi ad Aiden—il più possibile, comunque. Sì, avevamo avuto qualche incontro, ma ero sempre riuscita a cavarmela.

In questo momento, ero una prigioniera. Avrei dovuto parlare con lui o avrei rovinato la cena.

Non era una scelta ardua, dato che la felicità di Jade era importante per me.

"È passato molto tempo" concordai con voce che sembrava da stronza alle mie stesse orecchie. "Lasciamo stare. Possiamo essere cordiali."

Bugiarda. Sono una tale bugiarda.

Cordiale non era un atteggiamento che funzionava molto bene con Aiden, anche ora.

Non era il tipo di ragazzo da conversazioni educate.

Non avevo avuto una vera conversazione con lui da quando se n'era andato alla fine dell'estate, oltre nove anni addietro, per un lavoro di otto settimane come pescatore commerciale. Forse la mia rabbia sarebbe dovuta sparire, ma le cose non stavano così. Ed era dannatamente difficile fingere che quello che era successo non importava più. Probabilmente non avrebbe dovuto irritarmi, ma mi innervosiva per tanti motivi.

"Devi mangiare qualcosa." Aggiunse una grossa quantità di patate bollite al mio piatto senza chiedere, e poi le coprì con una salsa.

Lo guardai storto. "Non ne volevo così tante."

Fece spallucce. "Sono le tue preferite. E non hai quasi niente nel tuo piatto."

Aprii bocca per dire qualcos'altro, ma la chiusi prontamente.

Come diavolo faceva a ricordare che le patate bollite erano le mie preferite?

"Non ho tanta fame" risposi.

In realtà, il mio stomaco stava borbottando.

Iniziai a mangiare, sperando che potesse calmare il mio stomaco sottosopra, ma non potei fare a meno di guardare Aiden con la coda dell'occhio, mentre divorava il mucchio di cibo ammassato sul suo piatto.

Aiden Sinclair non era *sempre* stato un miliardario come ora. In realtà, la famiglia Sinclair in California era sempre stata incredibilmente povera—proprio come mia madre ed io eravamo state quando ero più piccola.

Aiden e io avevamo legato molto perché nessuno dei due aveva mai avuto soldi.

Ma Dio, la sua fortuna era cambiata da quando avevamo parlato l'ultima volta nove anni addietro.

Aveva ereditato una ricchezza immensa. Lui e tutti i suoi fratelli, compresa la mia migliore amica, Jade.

Io, invece... no.

Per la maggior parte della sua vita adulta, Aiden era stato un pescatore commerciale. Aveva trascorso lunghi periodi nel mare, bruciando così tante calorie che riusciva a malapena a mantenere la sua incredibile forma muscolosa.

A quanto pareva, compensava *ancora* tutte quelle calorie perse.

Annuì verso il mio piatto. "Mangia" disse, facendolo sembrare un ordine invece di una richiesta.

Lo ignorai e raggiunsi una delle tante bottiglie di vino sul tavolo, riempiendo il mio bicchiere quasi fino all'orlo prima di trangugiarlo.

Posso farlo. È solo una cena. Posso ignorare Aiden. Non ho bisogno di reagire in modo esagerato.

Affondai nella montagna di patate bollite, sapendo che prima avrei finito, prima avrei potuto scusarmi per andarmene.

Purtroppo, Seth era coinvolto in un'altra conversazione, quindi non potevo parlare con lui. Così, scelsi di tenermi occupata mandando giù un po' di cibo.

Aiden rimase in silenzio finché non ripulì il piatto.

"Il ristorante ha un aspetto migliore" disse con tono indifferente dopo aver posato la forchetta sul piatto vuoto.

Spinsi in avanti il mio cibo mangiato per metà. Avevo finito. "Grazie" risposi burberamente. "Aveva bisogno di una sistemata."

Avevo fatto molti lavori all'edificio. Era piuttosto vecchio, quindi avevo svolto qualche lavoro di ristrutturazione da sola.

Mia madre aveva lasciato andare tutto per anni prima della sua morta improvvisa per un arresto cardiaco. Non avevo capito quanto fosse degradato il locale, finché non mi trasferii da San Diego a Citrus Beach per prelevare il ristorante dopo la sua morte.

"Dovevi fare tutto da sola? Sembri davvero stanca." L'attenzione di Aiden fu improvvisamente tutta su di me.

Feci un respiro profondo. "Non c'erano soldi nell'eredità di mia madre per farlo. Quindi sì, ho dovuto risparmiare il più possibile su riparazioni e miglioramenti."

Non gli avrei detto che avevo appena raschiato il fondo. L'edificio in cui si trovava il ristorante era vecchio e aveva bisogno di molto più di una pitturata.

"Non eri sposata con un ragazzo ricco?"

Il mio ex marito, Marco, *era stato* un uomo benestante... finché lui e la sua intera famiglia mafiosa non erano finiti in prigione a vita. "Siamo divorziati" dissi acutamente. "E i criminali di solito non mantengono i soldi che hanno rubato ad altre persone."

"Allora, forse non saresti dovuta correre con lui in primo luogo. Eri troppo dannatamente giovane per sposarti. Avevi soli diciotto anni." La sua voce era dura.

"Non avevo molta scelta. Lo sai" gli dissi amaramente.

Tutta la rabbia che avevo covato verso Aiden iniziò a ribollire dentro di me, e non avevo idea di come gestirla.

Per molti mesi, l'avevo evitato, avevo cercato di ignorare il risentimento per il fatto che non mi avesse mai spiegato cos'era successo così tanti anni addietro.

"Avevi molta scelta" ribatté. "Avevi in programma di andare al college. Ma ti sei messa con un ragazzo che aveva i soldi e sei scappata con lui, mentre io ero via per un lungo lavoro. Cavolo, non hai nemmeno aspettato che tornassi per dirmi addio."

"*Sai* cos'è successo." Detestavo il *fatto* che la devastazione che avevo provato allora fosse evidente nella mia voce.

Devo restare calma. Non devo mostrare emozioni.

Avvolse la sua grande mano intorno al mio braccio, cosa che mi costrinse a guardarlo. Fui sorpresa dal turbamento sul suo viso.

Aiden era sempre stato bello. La sua pelle era sempre perfetta, anche quando era più giovane. E di solito aveva una leggera barba perché i peli neri crescevano più velocemente di quanto riuscisse a radersi. Il ragazzo trascorreva molto tempo all'aperto. Ma con i suoi capelli scuri, i sexy occhi azzurri, e il corpo muscoloso e scolpito, gli stava davvero bene.

Era fisicamente stupendo.

Purtroppo, la sua personalità non era straordinaria come il suo aspetto.

"Non ho idea di cosa sia successo" disse con voce roca. "Sono tornato il giorno dopo che sei partita per San Diego con un uomo che aveva molto più da offrire di me. Non ho impiegato molto a capire che non volevi vivere povera con un ragazzo come me."

Non me ne era mai importato niente della sua situazione finanziaria. Gli avevo voluto bene, ricco o meno. Quindi, mi faceva incazzare che mi ritenesse una specie di arrampicatrice sociale.

Come poteva pensare che non avessi voluto lui, soldi o meno? Come? Gli avevo detto di amarlo, anche se non aveva mai ricambiato.

"Mia madre mi ha obbligata a sposare Marco" dissi, il mio cuore che batteva forte, mentre cercavo di spiegare qualcosa che sapeva già bene. "Volevo che venissi da me, ma non l'hai mai fatto."

Dannazione! Non voglio avere questa conversazione in questo momento. Non ha senso.

I suoi occhi cercarono i miei. "Come ha potuto obbligarti?"
Come se non sapesse che decideva tutto mia madre.

"Se non l'avessi sposato, non avrei più avuto un posto dove stare."

"Saresti potuta rimanere con noi."

Deglutii a fatica, riconoscendo la sincerità nella sua voce.

Perché si sta comportando come se non capisse niente di quello che è successo?

Il cibo che avevo mangiato mi stava tornando su, mentre la realtà finalmente mi sbatteva in faccia.

È possibile che davvero non lo sappia?

Scossi lentamente la testa. "Non potevo restare con voi. Avevi già troppe bocche da sfamare."

Aiden, Seth, e il loro fratello maggiore, Noah, si erano tutti dati da fare per crescere Jade, Brooke, e Owen, il fratello più piccolo. E non c'erano mai stati soldi a sufficienza. Ma se avessi saputo che voleva che restassi, avrei fatto tutto il possibile per aiutare.

"Avrei trovato una soluzione" disse gutturalmente.

Liberai il braccio dalla sua presa in preda al panico, e poi mi alzai. "Devo andare" gli dissi.

Mia figlia stava con una babysitter, ma non era quello il motivo per cui improvvisamente mi sentivo come se non potessi respirare, come se dovessi mandare giù dell'aria prima che svenissi.

Ero bombardata dai ricordi, e nessuno di quelli era bello.

Avevo bisogno di tempo e di un posto tranquillo per riprendermi. Dovevo affrontare il fatto che forse fosse appena venuto a conoscenza della mia realtà.

Non lo sa. Ecco perché non è mai venuto a parlarmi. Ecco perché non l'ho più sentito.

Afferrai la mia borsetta mentre cercavo di respirare, il mio cuore che batteva così forte contro la cassa toracica che riuscivo a malapena a farmi strada verso l'uscita.

Non lo sa. Non lo sa.

In caso contrario, avrebbe meritato un premio per la sua performance.

Il mio respiro era superficiale e accelerato quando corsi fuori dalla porta della casa di Eli, e poi ci crollai contro incredula dopo averla chiusa dietro di me.

Non era mai stato ovvio per me.

Non sapeva perché ero arrabbiata.

Non sapeva che gli avevo spiegato tutto in una lettera straziante, e non avevo mai ottenuto una risposta.

Non sapeva che mi aveva distrutta il fatto di dover andar via con qualcun altro.

Aiden Sinclair era *confuso* riguardo al motivo per cui avevo lasciato Citrus Beach.

Non aveva idea che ero incinta di *sua* figlia quando me ne ero andata.

CAPÌTULO 2

Aiden

"Che diavolo è successo?" chiese Seth, mentre scivolava nella sedia che Skye aveva teatralmente abbandonato. "Skye sembrava turbata."

Feci spallucce. Avevo provato per quasi un anno a non chiedermi cosa stesse passando nella bella testa bionda di Skye Weston, ma non avevo mai avuto molto successo. "Non ne ho proprio idea."

Detestavo il fatto che fosse ancora stupenda com'era a diciotto anni. I suoi grossi occhi verdi ed espressivi potevano ancora spingermi a scalare le montagne per darle tutto ciò che voleva.

Accidenti, avrei dovuto superare quelle emozioni anni addietro, dopo che mi aveva lasciato per un ragazzo ricco.

Il resto della mia famiglia era rimasto momentaneamente turbato dalla partenza così improvvisa di Skye, ma erano tornati a parlarsi come prima.

Io non riuscivo a dimenticare la sua partenza altrettanto facilmente.

"Che cos'ha detto?" insistette Seth.

"Sembra credere che io dovrei sapere perché se n'era andata. Come dovrei saperlo? È partita con un ragazzo ricco e ha lasciato alle sue spalle il mio sedere povero. Fine della storia."

Ero rimasto piuttosto distrutto dalla sua partenza con un uomo ricco e dal fatto che avesse dimenticato tutto su di noi così facilmente.

Forse *eravamo* giovani, ma Skye e io eravamo connessi in un modo che non avevo mai sperimentato prima e che non avevo mai più trovato. Neanche lontanamente.

Quando era tornata a Citrus Beach dopo la morte di sua madre, anni dopo, ero *ancora* incazzato che mi avesse scaricato così facilmente. Dio sapeva che io non l'avevo mai dimenticata, ma ero stato disposto a deporre l'ascia dato che era passato tanto tempo. Era l'amica di mia sorella Jade.

Ma ero stato sorpreso di scoprire che *lei* non voleva avere niente a che fare con me, come se *io* avessi fatto qualcosa di male.

"Forse ha lasciato una lettera o qualcosa del genere" suggerì Seth a disagio.

La voce di mio fratello era molto più esitante del solito, e poiché sembrava così colpevole, mi voltai per guardarlo.

Io e Seth eravamo legati. Molto. Eravamo cresciuti insieme e avevamo solo un anno di età di differenza. Quindi, conoscevo *quell'espressione*.

Mi alzai e lo trascinai con me in modo che potessimo parlarne fuori.

"Sai qualcosa" lo accusai, mentre raggiungevamo la veranda sul retro. Alla fine lasciai andare la sua camicia. "Qualcuno avrebbe dovuto far entrare Skye in casa se ha lasciato un biglietto. L'hai lasciata entrare tu? Ha lasciato qualche messaggio o no? Dimmelo. Niente stronzate."

"Cosa importa, Aiden? È finita. È finita anni fa, quando Skye ha lasciato Citrus Beach e ha sposato un altro ragazzo" rispose poggiandosi alla ringhiera della veranda.

"Importa" ringhiai.

Seth fece spallucce. "Okay, forse ho *preso* io la lettera che aveva lasciato. Gesù, Aiden. Eri distrutto dalla sua partenza. L'ultima cosa di cui avevi bisogno era un addio scritto. Ho pensato che l'avresti superata più facilmente se non avessi letto tutte le sue stronzate. Ti aveva lasciato per un altro. Che altro c'era da dire?"

La mia vista si offuscò dalla rabbia, e per la prima volta nella mia vita, volevo seriamente fare del male a uno dei miei fratelli. "Cosa diceva?"

"Non ne ho idea" ammise. "Non l'ho mai aperta. Non era indirizzata a me. L'ho gettata nel camino e l'ho vista bruciare. Ripensandoci, forse non è stata la cosa migliore da fare. Ma ci stavamo tutti facendo il culo per sopravvivere. Quando ho visto la tua reazione al fatto che Skye era partita per San Diego con un altro, non volevo che avessi un promemoria di lei intorno a te. Così ho preso la lettera prima che la vedessi."

Mi strofinai il retro del collo, cercando di allentare la tensione in quel punto. Volevo prendere a pugni mio fratello per aver preso la lettera, ma sapevo che aveva cercato di proteggermi. "Lei ha detto qualcosa?"

Scosse la testa. "No. Ha detto solo che sarebbe andata a San Diego con Marco. E che voleva darti una lettera."

Marco Marino.

Un amico di famiglia della madre defunta di Skye.

E un bastardo che avrei voluto uccidere, quando avevo scoperto che aveva rubato la mia donna.

Marco era abbastanza grande da essere il padre di Skye, quindi non era stato difficile pensare che i suoi soldi fossero stati un fattore importante nella decisione di Skye di sposarlo. Non lo conoscevo personalmente, ma ero stato tentato di cercarlo a San Diego.

Rivolevo Skye.

Ma avevo rinunciato perché era evidente che *lei* non voleva me.

E potevo davvero biasimarla?

Allora, riuscivamo appena a sopravvivere. Noah, Seth, e io riuscivamo appena a sbarcare il lunario, e avevamo tre fratelli minori di cui preoccuparci. Ma ciò che avevo detto a Skye era vero. Se avessi saputo che sua madre pazza, molto religiosa, l'aveva minacciata di sbatterla fuori, avrei trovato un modo per tenerla con me.

Seth si stava muovendo a disagio, mentre diceva: "Quale spiegazione c'è per lasciare un ragazzo e sposarne un altro con un mucchio di soldi?"

Lo guardai di traverso. "Credo che non lo saprò mai, visto che hai deciso di sbarazzarti di tutti i motivi per cui l'ha fatto."

"Mi dispiace, okay? Ero arrabbiato che ti aveva scaricato. E non vedevo perché dovessi leggere come mai ti aveva lasciato per un altro che aveva i soldi per mantenerla."

Incrociai le braccia davanti a me. "Pensi che sia per questo che è andata via? Perché non potevo prendermi cura di lei?"

"Quale altra ragione potrebbe esserci? Marino non aveva niente *a parte* i soldi. E persino quelli si è poi scoperto che erano soldi sporchi guadagnati nel crimine organizzato."

Mio fratello aveva ragione. Marco era stato messo in carcere con tutto il resto della sua famiglia mafiosa prima che Skye divorziasse da lui e tornasse a Citrus Beach per gestire il Weston Cafè. Stava scontando la sua condanna all'ergastolo in prigione. "Pensi che lei lo sapesse?" chiesi a Seth. "Pensi che sapesse che lui faceva parte della mafia?"

"Ne dubito" replicò. "Se l'avesse saputo, penso che sarebbe in galera anche lei."

Mi passai una mano tra i capelli con frustrazione. "Perché diavolo l'ha fatto?"

Avevo passato anni cercando di convincermi che Skye stesse usando qualcuno per ottenere ciò che voleva. Ora non sapevo cosa diavolo pensare. Era molto più facile quando *non* sapevo che aveva lasciato un'ultima lettera. L'avevo catalogata come una donna che metteva al primo posto i soldi rispetto a qualsiasi altra cosa.

Non che l'avessi mai dimenticata.

Ricordavo ancora com'era stato essere il primo uomo che avesse mai avuto, e non riuscivo a dimenticare la sensazione del suo corpo stretto e vergine che mi prendeva dentro di lei. Mi ero innamorato follemente e velocemente quell'estate, anche se ero già un uomo mentre lei era appena un'adulta.

Forse era per quello che mi ero così infuriato all'idea che qualsiasi altro ragazzo la toccasse. Era mia. *Solo mia.* E non volevo che qualche altro bastardo la guardasse, figuriamoci toccarla.

"Aveva appena diciotto anni, Aiden" osservò Seth. "E sappiamo tutti che sua madre era una pazza. Forse aveva bisogno di una via d'uscita."

Avevi già troppe bocche da sfamare.

Aveva detto questo. Poteva essere che aveva almeno *pensato* di restare con me?

"Ha detto che sua madre l'ha costretta a sposare Marco" dissi a Seth. "Che non aveva scelta."

Mi lanciò un'occhiata scettica. "Aveva una scelta. Avrebbe potuto trovare una via d'uscita, anche se di sicuro non sarebbe stato facile. Questi non sono i secoli bui. Forse allora pensava che fosse l'unico modo per uscire dalla follia, ma non lo era."

"Sua madre era davvero da rinchiudere" dissi con rabbia.

La madre di Skye era stata coinvolta per anni nella sua chiesa di culto a San Diego. Si era unita quando il padre di Skye era morto di cancro. Sua figlia aveva solo cinque anni.

"Non conoscevo molto bene la Signora Weston, ma un paio di volte mi ha detto che sarei andato all'Inferno" rispose seccamente.

"Credo che pensasse che *tutti* sarebbero andati all'Inferno tranne i membri della sua chiesa."

"Come Marino?" domandò Seth.

Marco Marino era stato membro e fondatore del bizzarro culto religioso. Era così che la madre di Skye aveva incontrato lui e la famiglia criminale, che erano presumibilmente membri onesti dell'organizzazione religiosa.

"Vorrei avere quella dannata lettera" dissi gutturalmente.

Volevo delle spiegazioni.

Volevo sapere esattamente perché Skye se n'era andata e cosa stava pensando quando l'aveva fatto.

Volevo scoprire se le era mai importato un accidente di... me.

Forse era una storia ormai passata, ma io e lei non avevamo mai veramente chiuso la nostra relazione. Se ne era semplicemente... andata.

"Se ti fa sentire meglio, mi pento di essermi liberato della lettera, Aiden. Davvero. È stato l'istinto."

Guardai Seth, che *sembrava* piuttosto pentito, e il rimorso era qualcosa che raramente vedevo nell'espressione di mio fratello.

Sì, lo capivo. Forse anch'io avrei voluto proteggerlo, se le nostre posizioni fossero state invertite. I Sinclair si guardavano le spalle a vicenda. *Sempre.* Non saremmo sopravvissuti se non l'avessimo fatto. Eravamo tutti genitori l'uno dell'altro—a volte male. Ma avevamo fatto del nostro meglio per assicurarci che i nostri fratelli non soffrissero.

"C'è qualcos'altro che vuoi confessare?" chiesi amaramente.

"No. Questa è l'unica cosa di merda che ti ho fatto a cui riesco a pensare in questo momento" disse.

"Perché non me l'hai detto prima?"

"Non pensavo che importasse. Ma non ti sei mai lasciato alle spalle Skye, vero? In tutti questi anni, non ti ho mai visto serio riguardo a nessun'altra donna."

"Fanculo!" brontolai.

Sì, avevo sempre voluto vedere Skye Weston come una piccola parte della mia storia. Ma da quando era tornata a Citrus Beach con sua figlia al seguito, mi ero chiesto cosa diavolo fosse successo tra noi due. Stava bene il giorno in cui ero partito per una battuta di pesca di due mesi. Avevamo pianificato tutte le cose che volevamo fare insieme in futuro, e mi era mancata già nel momento in cui ero partito. Mi aveva perseguitato durante quei due mesi di lavoro, e avevo contato i giorni prima di poter tornare da lei.

Ma come avrei mai potuto immaginare che Skye se ne era già andata quando tornai a casa?

Alla fine risposi alla domanda di Seth. "Non credo di averla mai dimenticata."

"Allora chiedile perché se n'è andata» suggerì. «Non hai bisogno di una lettera. Lei è qui."

Forse sì, ma Skye era nota per le sue fughe, proprio come quella sera. "Ho provato. Sembra pensare di avere un motivo per essere arrabbiata. Ecco perché avrei voluto leggere la sua lettera. Non ho idea per cosa sia arrabbiata. Non l'ho lasciata *io*. Mi ha lasciato *lei*."

"Riprova. Portala in un posto dove non possa scappare. Non credo che andrai mai avanti finché non avrai risposta alle tue domande. Vorrei non aver distrutto quella lettera. Vorrei che tu avessi avuto quelle risposte anni fa."

Annuii. "Devo sapere."

Seth sorrise. "Per quanto tempo rimarrai incazzato con me?"

Probabilmente l'avrei preso a pugni se io e i miei fratelli non avessimo imparato molto presto che non potevamo permetterci di avere un alleato in meno. Crescendo, ci era stato insegnato a non alienarci a vicenda, anche se eravamo furiosi con uno dei nostri fratelli o sorelle. Tutto quello che avevamo era l'un l'altro. E Seth e Noah erano protettivi con me visto che ero più giovane di loro.

"Non lo supererò presto" lo avvertii. "Avevo ventiquattro anni. Avevi appena un anno in più. Non era necessario proteggermi come se fossi un adolescente."

"Quell'istinto non se ne andrà mai, e lo sai. Jade ha ventisette anni e voglio ancora scuoterla e assicurarmi che sposi il ragazzo giusto."

"A tutti noi piace Eli" gli ricordai. "Cavolo, è il nostro più grande investitore e consulente in Sinclair Properties."

"Questo non significa che mi fidi di lui con mia sorella" brontolò Seth.

Non era che non capissi esattamente cosa mi stesse dicendo mio fratello. Eravamo cresciuti proteggendo Brooke, Jade e Owen. Quindi non era facile lasciarsi andare. "Lei è felice."

Lui annuì. "Che è *l'unica ragione* per cui sono d'accordo che sposi Eli Stone."

"Farebbe meglio ad assicurarsi di tenerla così" aggiunsi.

Seth e io ci capivamo perfettamente... quando si trattava delle nostre sorelle e del fratello più piccolo.

"Quindi una settimana? Due? Un mese? Dammi una sorta di guida su quando dimenticherai che ho fatto qualcosa di stupido" chiese.

Gli lanciai un'occhiataccia. Avevamo tutti fatto cose stupide almeno una volta nella vita. Ma noi eravamo Sinclair. Eravamo uniti. "Ti farò sapere" brontolai.

Incrociò le braccia davanti a sé ostinatamente. "Siamo in affari insieme. Sarebbe carino sapere quando posso parlarti senza rischiare di finire senza testa."

Avevamo trasferito la nostra società di sviluppo immobiliare in quello che ora si chiamava The Sinclair Building nel centro di Citrus Beach. Era stato più facile che operare dai nostri uffici domestici visto che l'azienda stava esplodendo. Eli trascorreva i suoi fine settimana e altro tempo libero qui a Citrus Beach, e seguivamo tutti i consigli che potevamo ricevere dal nostro più grande investitore. Eli Stone era stato determinante nell'aiutare la società di sviluppo a crescere così rapidamente. Seth ed io eravamo stati più che felici di lasciare che lui investisse, soprattutto perché portava con sé così tante risorse non monetarie.

"Ci sarò lunedì" lo informai cupamente. Seth era il mio migliore amico. Non che avessi completamente dimenticato che mi aveva rovinato, quando aveva preso quella lettera. Ma *era* mio fratello.

Era venerdì sera, quindi avrei avuto qualche giorno per calmarmi.

Tirai fuori le chiavi dalla tasca dei jeans e me ne andai senza guardarlo.

Avevo programmato di usare i giorni successivi per scoprire il mistero del perché Skye pensava di avere il diritto di essere arrabbiata con me.

Seth aveva ragione.

Non avrei mai potuto considerare Skye come una piccola parte della mia storia finché non avessi saputo la verità.

CAPÌTULO 3

Skye

La mattina dopo, stavo ancora cercando di venire a patti col fatto che Aiden non sapesse di essere il padre di Maya. In verità, era stato molto più facile pensare che lo sapesse, ma non gliene fregava niente, e non avesse mai fatto sapere a nessuno dei suoi fratelli che avevano una nipote.

Jade avrebbe detto qualcosa, se avesse saputo che Maya aveva il suo sangue.

"Mammina, se faccio qualcosa di male, te lo devo dire?" mi chiese mia figlia in tono molto serio.

Le sorrisi, mentre la guardavo divorare la sua colazione al tavolino che avevamo scelto quando avevo aperto il ristorante.

Avevo un sacco di clienti nel fine settimana, ma poiché la maggior parte di loro erano studenti universitari, comunque aprivo e chiudevo il ristorante anche nei weekend. E dato che portavo Maya con me, di solito le facevo fare qui la colazione il sabato e la domenica.

Era presto, quindi solo pochi degli altri tavoli erano occupati. Sarebbe diventato più affollato più tardi, ma era ancora l'inizio della primavera. Quindi non c'erano molti turisti nella piccola città costiera.

"Cosa hai fatto di male?" chiesi, cercando di non ridere dell'espressione seria di mia figlia. Aveva attirato la mia attenzione chiamandomi *mammina*, cosa che raramente faceva più a meno che non fosse nei guai.

Era difficile credere che la mia bella ragazza potesse aver fatto qualcosa di così brutto. Di solito era una bambina tranquilla e riflessiva. Era una lettrice e scrittrice di talento e sapeva leggere libri pensati per i ragazzi delle scuole superiori. Non che le permettessi di leggerli tutti. Anche se era *capace*, Maya era una bambina e non riusciva a capire alcuni dei complessi argomenti emotivi, anche se *poteva* leggerli dall'inizio alla fine.

Era brillante, ma la sua mente pensava ancora come una bambina di otto anni.

Mia figlia somigliava così tanto a suo padre che il mio cuore si strinse nel petto. Era un miracolo che nessuno l'avesse mai veramente notato. I suoi capelli scuri e gli occhi azzurri erano copie di quelli di Aiden.

"Volevo davvero trovare il mio vero papà" disse esitante.

Il mio cuore ebbe un sussulto, quando notai la sua espressione triste. Maya aveva sempre saputo che Marco non era il suo padre biologico. Avevo deciso di dirglielo non appena fosse stata abbastanza grande da capirlo, poiché il mio ex marito aveva trattato mia figlia come se non esistesse. Tuttavia, non avevo realizzato quanto fosse curiosa riguardo all'uomo che era il suo vero padre biologico.

"Non sapevo che volessi trovarlo" risposi.

Lei annuì lentamente. "Lo desidero. Solo che non volevo che tu fossi triste."

Non ero scioccata dal fatto che avesse colto le mie emozioni. Ma ero sorpresa di aver mostrato *una* reazione. Avevo praticamente imparato a nasconderne la maggior parte.

"Allora, cosa hai fatto? Dimmi."

"Ho fatto il test del mio DNA. Ho una zia proprio qui a Citrus Beach. È venuta fuori una corrispondenza. Lei mi ha scritto e mi ha detto che vive qui e che ho anche un sacco di altre zie e zii. Ma non le ho risposto perché ho dovuto cancellare la mia iscrizione. Non avevo soldi per estenderla."

Jade? È stata *accoppiata con Jade?*

Aveva senso dal momento che il sito del DNA era il modo in cui Jade aveva trovato la sua famiglia perduta da tempo sulla Costa Orientale, e successivamente aveva ottenuto la loro parte dell'enorme eredità a cui avevano diritto.

Ma... "Come sei riuscita a fare i test? Devi avere diciotto anni, giusto?" chiesi nervosamente a Maya.

Mise la forchetta sul piatto vuoto e prese il latte prima di rispondere: "Ecco cosa ho fatto di male" disse. "Ho usato la mia carta di credito per pagare il test del DNA. E ho mentito sulla mia età."

Mia figlia non aveva *davvero* una carta di credito. Aveva una carta prepagata che mi assicuravo fosse sempre nel suo zaino. Maya era abbastanza intelligente da capire che era solo per le emergenze.

Ora che aveva quasi finito la terza elementare, sapeva *sicuramente* che non l'avrebbe usata a meno che non fosse stato necessario. "È per le emergenze» le dissi. "Lo sai."

Lei annuì. "Lo so. Ho sbagliato. Ma volevo davvero sapere chi era mio padre."

Alzai un sopracciglio. "E non potevi semplicemente chiedermelo?"

I suoi occhi si riempirono di lacrime, cosa che quasi mi distrusse. Finora Maya non aveva avuto esattamente un'infanzia felice, ed era tutta colpa mia per aver sposato qualcuno come Marco.

"Volevo chiedertelo, ma non credo che ti piaccia, chiunque sia. Come ho detto, eri sempre triste quando nominavo il mio vero padre. E non voglio che tu sia di nuovo triste. Siamo state molto tristi. E ora siamo abbastanza felici."

Le lacrime minacciavano di cadere, ma le ricacciai indietro a causa del mio istinto radicato di rimanere stoica. Anche se avevo cercato di proteggere Maya dallo scandalo del fatto che Marco e la sua famiglia fossero finiti in prigione, e dal lungo processo che lo aveva portato lì, era stata esposta al ridicolo e allo stress che avevo cercato così duramente di nascondere.

La famiglia Marino era nota a San Diego. E lei non era stata risparmiata dai pettegolezzi.

Fu un sollievo quando riuscii ad allontanarmi dalla città, tornando a Citrus Beach, dove la maggior parte delle persone non le chiedeva nemmeno della sua famiglia acquisita.

Mi aveva detto che la terza elementare a Citrus Beach era il suo anno migliore di sempre.

E speravo che potesse finalmente vivere una vita normale.

Ma ovviamente aveva nascosto le sue domande.

"Siamo *molto felici* ora" la rassicurai. "Ma sono delusa che tu abbia usato la tua carta. Capisco perché l'hai fatto. Non farlo più, okay?"

Posò il bicchiere vuoto e scosse la testa. "Non lo farò. Lo giuro."

Maya ne aveva passate abbastanza. Non l'avrei punita per essere curiosa. Soprattutto perché non ero stata esattamente disponibile con lei in primo luogo.

Ma come potevo dirle che suo padre viveva proprio qui in città, eppure non comunicava davvero con lei?

Era molto da metabolizzare per una bambina di otto anni, ma *ero* dovuta tornare a Citrus Beach. Avevo bisogno di fare un tentativo con il ristorante in modo che Maya potesse avere una vita decente. Non ero stata in grado di andare al college, e far decollare il ristorante era l'unico modo in cui potessi effettivamente guadagnarmi da vivere.

"Mi dispiace tanto che tutto questo sia stato così difficile per te" le dissi seriamente.

Scrollò le spalle. "Sto bene. Ho te. Non ho davvero bisogno di un papà."

Forse *non* ne aveva bisogno, ma aveva il diritto di sapere chi fosse. Non avrei mai voluto che fosse delusa.

Devo dire ad Aiden la verità.

Se non sapeva davvero che Maya era sua figlia, allora aveva il diritto di saperlo.

E se davvero non avesse mai ricevuto la mia lettera in cui spiegavo che ero incinta e non sapevo cosa fare?

Quando avevo detto a mia madre che ero incinta della figlia di Aiden Sinclair, mi aveva praticamente rinnegata. L'unica opzione che mi aveva dato era sposare un uomo della sua chiesa, un ragazzo abbastanza grande da essere mio padre.

O quello, o sarei finita senzatetto *e* incinta.

Forse ero giovane e stupida, ma avevo amato Maya dal momento in cui avevo scoperto che esisteva. Avrei voluto che fosse al sicuro.

Ero partita con Marco, ma non avevo mai perso la speranza che Aiden venisse a prendermi.

E quando non lo fece, mi sentii distrutta.

Mia figlia era stata l'unico motivo per cui avevo vissuto una volta che mi ero resa conto che Aiden non sarebbe venuto a prenderci.

"Ti parlerò presto di lui, okay?" le dissi. "Ho alcune cose che devo fare prima."

Maya annuì. "Pensi che anche lui viva qui? Se ho una zia qui, pensi che abitino nella stessa città? Ho visto un'altra persona sul sito che era imparentata, ma era uno zio solo in parte. Però non gli ho scritto."

Evan? Doveva essere Evan Sinclair, il fratello maggiore dei Sinclair sulla Costa Orientale e fratellastro di Jade.

Tirai un sospiro di sollievo per il fatto che Maya non *lo* avesse contattato. Jade adorava il suo fratellastro, ma l'avevo sempre trovato piuttosto intimidatorio. I Sinclair della Costa Orientale erano cresciuti ricchissimi, a differenza di Jade e di tutti i suoi fratelli. Ma un test del DNA aveva dato a Jade una seconda famiglia quando era stata abbinata a Evan, e la fortuna che era derivata dall'essere imparentata con la ricca famiglia Sinclair originaria di Boston. Forse il padre di Jade *era* stato un bigamo prepotente, ma almeno era stato molto ricco.

Doveva almeno piacermi Evan perché era stato onesto nel distribuire la ricchezza a tutti i suoi fratellastri—una volta che aveva saputo della loro esistenza—qui in California.

Presi la mia tazza e bevvi un grande sorso del mio caffè prima di chiedere: "Comunque, come sei entrata in quel sito? Dovresti essere bloccata."

Mia figlia aveva il suo tablet, ma c'erano solo alcuni siti a cui poteva accedere.

Sembrava imbarazzata. "Ho dovuto prendere in prestito il tuo laptop più o meno."

"Più o meno?" dissi con disapprovazione.

Abbassò lo sguardo sul piatto vuoto. "Va bene, l'*ho* preso in prestito. Un paio di volte. Lena si addormenta sul divano a volte quando lavori fino a tardi."

Lena era una delle babysitter in età universitaria di Maya.

Piuttosto che arrabbiarmi, sentii una fitta di colpa per il fatto che mia figlia avesse passato così tanto tempo con le babysitter. "Non userai mai più il mio computer, Zuccherino" avvertii.

"Mamma, sono troppo grande per essere chiamata con quel soprannome. E ho già cancellato la mia iscrizione. Non userò più il tuo computer. Ho già promesso che non l'avrei fatto."

Le credevo. Maya era una bambina curiosa, ma non era mai stata deliberatamente disobbediente. In effetti, era stato facile crescerla finora. Era gentile, premurosa, amorevole e il tipo di bambina che tutte le madri al mondo avrebbero voluto avere. "Non importa quanti anni hai, sarai sempre il mio Zuccherino" dissi con affetto. "E sì, tuo padre *vive* qui."

I suoi occhi si illuminarono, e io volevo prendermi a calci. Forse non avrei dovuto dire nulla finché non avessi parlato con Aiden.

Ma ora che mi ero impegnata a parlargli di Maya, speravo che volesse conoscerla.

Avevo sempre pensato che avrei almeno dovuto dire a Jade che aveva una nipote. Lei era la mia migliore amica. Solo che non trovavo il modo di dirglielo senza rivelare che ad Aiden non importava se avesse una figlia o meno.

Ma forse non è vero. Forse non l'ha mai saputo davvero.

Ora, ero quasi sicura che fosse così. Ed era un pensiero spaventoso.

E se vuole sua figlia? E se cercasse di portarmela via?

Dal momento che non riuscivo nemmeno a sopportare il pensiero che Maya potesse andare ovunque tranne che a casa con me, spinsi fuori dalla mia testa le voci negative.

"Riuscirò a incontrarlo?" chiese Maya speranzosa.

"Vedremo. Prima devo parlare con lui." Non volevo dirle che suo padre forse non sapeva nemmeno di aver generato una figlia.

O che sua madre fosse stata così maledettamente ferita da suo padre che forse gli aveva inconsapevolmente nascosto la sua esistenza per oltre nove lunghi anni.

CAPÌTULO 4

Skye

Più tardi quella mattina, mi sforzai di suonare il campanello della magnifica casa sulla spiaggia di Aiden prima di perdere il coraggio.

Tutte le inevitabili domande mi frullavano nel cervello da quando avevo lasciato Maya con Jade, e poi ero scesa in spiaggia per parlare con Aiden.

E se non mi crede?

E se non volesse vedere Maya una volta averlo saputo?

E se volesse portarmi via mia figlia?

E se...

E se...

E se...

Maya meritava la possibilità di avere un padre se Aiden era disposto, ma questo non significava che fossi felice di dovergli confessare la verità.

Mia figlia ne aveva passate così tante, e tutto quello che volevo fare era proteggerla, quindi andava contro il mio istinto correre il rischio che potesse essere delusa.

Ricordai distintamente che Aiden una volta mi aveva detto che non voleva davvero nessun figlio suo dato che aveva già allevato i suoi fratelli.

Dovevo chiedermi se la pensasse ancora così ora che aveva le risorse per avere tutti i figli che voleva.

Sussultai, quando la porta si aprì all'improvviso e Aiden si fermò di fronte a me con un cipiglio sul volto.

"Dobbiamo parlare" dissi con voce senza fiato prima che potesse pronunciare una sola parola. "Per favore."

Il mio cuore saltò un battito, mentre continuava a scrutarmi attentamente prima di aprire la porta di più in modo che potessi entrare.

L'atrio era bellissimo, i soffitti a volta che donavano allo spazio eleganza e grandezza. Era una bella casa sulla spiaggia, ma non pensai molto all'aspetto della villa.

Ero troppo nervosa e troppo scossa vedendo Aiden.

Sembrava disponibile con un paio di jeans e una maglietta, i suoi capelli che sembravano ancora umidi per la doccia.

"Entra" brontolò, mentre si dirigeva verso una grande cucina da chef. "Vuoi un caffè?"

Lo seguii. "No, grazie. Stamattina ho mangiato in abbondanza al ristorante."

Lo guardai, mentre si preparava una tazza. Non ero sorpresa che fosse praticamente a suo agio in cucina. Dopotutto, aveva dovuto cucinare per i suoi fratelli molte volte.

"Siediti" chiese mentre faceva cenno verso il piccolo tavolo.

Mi sedetti, senza pensare al fatto che stessi obbedendo ai suoi ordini. Onestamente, avevo bisogno di piantare il culo su una sedia prima di cadere.

Aiden tirò fuori una sedia e si sedette di fronte a me.

"Stavo pensando di venirti a trovare, quindi sono contento che tu sia qui" mi disse, e poi bevve un sorso del suo caffè.

Giocherellai con la borsa che avevo posato sul tavolo, incapace di guardarlo mentre parlavo. "È proprio vero che non sai perché me ne sono andata nove anni fa?"

"Non ne ho la più pallida idea" rispose burbero. "Ma dopo che te ne sei andata ieri sera, Seth mi ha detto che avevi lasciato una lettera a casa. Vuoi dirmi cosa diceva?"

Alla fine lo guardai sorpresa. "Non l'hai letta?"

"Non ho mai avuto la possibilità di farlo" confessò. "Seth l'ha bruciata."

Ascoltai, mentre Aiden spiegava cos'era successo con suo fratello, e come aveva finito per non sapere mai tutte le cose che gli avevo detto in quella missiva.

"Tutto quello che sapevo era che eri andata via con un ragazzo ricco, un uomo che aveva molto più da offrirti di me" concluse.

"Marco non aveva niente da offrirmi *tranne* i soldi" spiegai. "Ma non è per questo che dovevo andare."

Incrociò le braccia muscolose sul petto e si appoggiò allo schienale della sedia. "Allora spiegami perché dovevi andare se non ti importava dei soldi."

"Te l'ho detto. Non avrei avuto un posto dove vivere. O dovevo andare con Marco, o finire per strada."

"Ti avrei aiutata, Skye. Penso che tu sapessi che l'avrei fatto."

Una grande parte di me *sapeva* che Aiden avrebbe spostato il cielo e la terra solo per assicurarsi che fossi al sicuro. Ma non avevo idea di come si sarebbe sentito se avesse saputo che ero incinta. Speravo che volesse proteggere anche sua figlia, motivo per cui avevo scritto quella lettera.

"È finita" dissi, odiando il fatto che quelle due parole fossero piene di dolore. "Dobbiamo andare avanti."

Col senno di poi, *avrei* voluto trovare un modo per aspettare che Aiden fosse tornato a casa, ma non potevo cambiare il passato. Ero stupida, giovane e terrorizzata. Rimpiangevo il fatto che Maya fosse stata privata della famiglia. Tutto quello che aveva mai avuto ero io.

"Allora, andiamo avanti" concordò. "Perché sei qui adesso? Stai cercando di ristabilire il contatto ora che ho soldi?"

La mia rabbia divampò, ma la respinsi. Forse meritavo quel colpo basso, dato che aveva l'impressione che l'avessi lasciato per altri pascoli verdi. "Non voglio niente da te, ma devo dirti alcune cose che penso tu debba sapere."

"Tipo?"

"Volevo restare qui" spiegai. "Quando mia madre insisteva perché andassi a San Diego e sposassi Marco, non volevo farlo. Abbiamo discusso abbastanza duramente il giorno prima che tu tornassi. Ci siamo parlate a malapena dopo che mi sono sposata."

"E sua nipote?" domandò.

Scossi tristemente la testa. "Non le importava di Maya. Mia madre non era esattamente il tipo da nonna. Era malata di testa, Aiden. Sai che è sempre stata folle, ma le è stato anche fatto il lavaggio del cervello dalla chiesa pazza che frequentava a San Diego."

"Sono sicuro che pensava che tu stessi meglio con lui che con me" biascicò.

"I genitori di Marco erano membri fondatori di quella chiesa. Questo è tutto ciò che le importava. Pensava che sarei stata fortunata ad averlo. Non si è mai resa conto di far parte di una setta. Certo, non vivevano in una comune, ma quel gruppo religioso aveva una presa su di lei, a prescindere."

"Come hai conosciuto il tuo ex marito?" chiese rudemente. "Ricordo che non sei mai andata in quella chiesa quando sei diventata abbastanza grande da dire a tua madre che non volevi andarci."

"Quando avevo diciassette anni, *sono* andata con mia madre un paio di volte. Volevo renderla felice. Ma è durata solo per poco tempo. Non mi piaceva stare lì. L'intera faccenda mi dava i brividi. E lo stesso valeva per Marco. Mi ha vista lì e ha deciso che voleva che fossi sua moglie. Penso che lo volesse ancora di più dopo che mi ero categoricamente rifiutata di sposarlo. Non avevo ancora finito il liceo quando ha chiesto a mia madre se potesse sposarmi."

"Quindi, hai detto di no?"

Annuii. "E mi sono rifiutata di andare a qualsiasi evento in quel posto da quel momento in poi."

"Allora perché diavolo ti sei arresa?" chiese con tono arrabbiato.

Alzai le spalle. "Le mie circostanze erano cambiate. Ero disperata, Aiden."

"E tua madre aveva ragione?" insistette. "Sei stata fortunata ad averlo? Eri felice?"

"No" dissi con una voce che era poco più di un sussurro. "L'unica parte felice del mio matrimonio era mia figlia. Maya era tutto per me. Lo è ancora."

"Cosa diavolo diceva la lettera? Cosa volevi dirmi? Volevi che venissi a trovarti?"

"Sì" ammisi. "Ti ho chiesto di venirmi a trovare se mi amavi davvero. Per evitare che sposassi un uomo che non amavo."

"Ma non hai mai avuto mie notizie perché non ho mai letto quella lettera" concluse. "Ho pensato che volessi stare con qualcun altro perché aveva più soldi di me."

"Non ho mai voluto che tu lo pensassi" gli dissi categoricamente. "Sembravo davvero quel tipo di donna?"

Forse potevo capire perché si era sentito così, ma faceva ancora male.

"Non avevo idea di cosa pensare" disse. "Ancora no. Ma se avessi saputo che non volevi stare con Marino, di sicuro ti avrei trovata."

"Non lo sapevo" replicai con voce tremante. "Pensavo che avessi cestinato la lettera dopo averla letta, e non pensassi più a me."

Sussultai quando il pugno di Aiden cadde sul tavolo. Duramente.

"Sapevi benissimo che ero pazzo di te" sbottò. "Pensavi davvero che non avrei risposto a una tua richiesta di aiuto?"

Ero stata così maledettamente ferita che avevo pensato esattamente questo. Quando non si era presentato per portarmi via, avevo rinunciato a ogni speranza di essere felice. Tutto ciò su cui mi ero concentrata erano mia figlia e la sopravvivenza.

Ma onestamente, ora che ero più grande, probabilmente *avrei* dovuto chiedermi perché un uomo come Aiden mi avesse buttata fuori dalla sua vita senza pensarci due volte. "Proprio come te, non sapevo cosa pensare" dissi piano. "Ero spaventata."

"Quindi, dove diavolo andiamo da qui?" brontolò. "Non avevamo nemmeno abbastanza fiducia l'uno nell'altra per andare a scoprire la verità."

"Non sono qui per riportarti indietro. So che non mi credi e non ti biasimo per questo. Davvero, ci conoscevamo appena. Siamo usciti solo per un paio di mesi."

Il tempo per me e Aiden era passato molto tempo addietro.

"Quindi volevi solo chiudere questo capitolo della nostra vita?"

"Non esattamente." Cercai di ingoiare il groppo in gola. "C'è un altro motivo per cui avevo davvero paura di diventare una senzatetto. Se fossi stata solo io, l'avrei fatto. Ma *non* ero sola."

Mi lanciò uno sguardo di valutazione, un'occhiata che sembrava in grado di vedere la mia anima. "Chi altro c'era?" chiese, suonando confuso.

Feci un respiro profondo. "Ero incinta, Aiden. Penso di aver concepito la notte prima che tu partissi per il tuo lungo lavoro di pesca. Maya non è figlia di Marco. Lei è tua. La mia bambina è *tua figlia*."

CAPÌTULO 5

Skye

*I*l silenzio nell'enorme casa di Aiden era assordante.

Non parlava.

Non reagiva.

Non si muoveva.

Ma potevo vedere lo shock e l'orrore nella sua espressione.

Quel lungo periodo senza parole tra di noi fu l'istante in cui avevo davvero capito che Aiden non aveva *mai* saputo la verità. Aveva *davvero* pensato che l'avessi lasciato per soldi senza scrupoli.

Forse l'avevo capito con la mia testa dalla sera prima, ma non lo sapevo nel mio cuore... fino ad ora.

Era difficile cambiare nove anni di delusione e tristezza per il fatto che non avesse voluto Maya nella sua vita, ma la verità mi aveva appena schiaffeggiata.

Non era vero che non l'aveva voluta.

Non era vero che non gli era importato.

E sicuramente sarebbe stato lì per entrambe se lo avesse saputo.

Semplicemente... non ne aveva la più pallida idea.

Ero inondata di rimpianto, un'emozione che conoscevo perfettamente. Il rimpianto e il senso di colpa sembravano essere i due sentimenti che non avrei mai potuto bandire. Vivevano con me come gli unici capi di abbigliamento che possedevo, attaccati alla mia pelle.

È meglio che non lo sapesse.

Considerando il casino in cui mi ero cacciata con la famiglia Marino, il fatto che Aiden *non lo sapesse* gli aveva probabilmente salvato la vita. Ma quei pensieri erano un freddo conforto mentre fissavo il volto di un uomo che sembrava completamente devastato.

"Mi dispiace" dissi dolcemente, rompendo finalmente il silenzio tra di noi. "Non sapevo che non avessi mai ricevuto la lettera."

La sua espressione era tumultuosa mentre mi fissava, i suoi occhi blu più scuri nella rabbia. "E quindi, Skye?" ringhiò. "Pensavi che avessi semplicemente finto di ignorare il fatto di avere una figlia? Che potessi continuare a vivere la mia vita senza sapere come stava, o come se la stava cavando senza un padre? Gesù! Non mi hai mai conosciuto davvero. Che razza di ragazzo lo fa?"

Non piangere. Non fargli vedere che hai delle emozioni. Non fargli vedere le tue debolezze.

Negli anni trascorsi con Marco ero stata così ben allenata che il mio istinto di sopravvivenza prese il sopravvento.

Il mio cuore si stava sbriciolando.

Ma col cavolo che qualcuno l'avrebbe saputo.

La sicurezza di mia figlia era sempre dipesa dal modo in cui gestivo *la famiglia*.

"Penso che nessuno di noi due conoscesse l'altro davvero" dissi in tono piatto. "Tu pensavi che me ne fossi andata per i soldi, e io avevo l'impressione che sapessi di Maya, ma non volessi far parte della sua vita."

"Avrei voluto far parte della sua vita. Per l'amor del cielo, ho cresciuto i miei fratelli, ho sacrificato tutto ciò che dovevo per dare loro una vita migliore. Credevi davvero che la pensassi diversamente per mia figlia?"

Non potendo più guardare la sua espressione furiosa, volsi gli occhi alla superficie del tavolo.

"Ero giovane, sola e incinta, Aiden. Credi davvero che abbia avuto molti pensieri razionali? Volevo che mia figlia fosse al sicuro. Questo è tutto ciò a cui stavo pensando."

"Perché diavolo non mi hai ricontattato prima di sposare il mafioso?" La sua voce era cruda. "Perché non hai controllato per assicurarti che ricevessi la tua lettera e che sapessi che la bambina era mia?"

Alzai le spalle. "Perché non hai cercato di capire con certezza perché me ne ero andata con Marco?"

"Sembrava abbastanza ovvio" scattò.

"Ovvio come sembrava essere il tuo rifiuto. Senti, non sto dicendo che ho fatto la cosa giusta" spiegai. "Ma sembrava l'unica soluzione per me in quel momento."

Sentendomi irrequieta, mi alzai. Anche lui si alzò dalla sedia.

"Non te ne andrai finché non avrò risposte" disse con voce leggermente più calma. "Potremmo ripassare tutti i dettagli più e più volte, ma non cambierà il fatto che ho una figlia che non ho mai conosciuto e che non sapevo esistesse. I tuoi giorni di fuga da tutto sono finiti."

Sussultai all'insulto, ma forse aveva ragione. Quando avevo diciotto anni, *ero* scappata. Solo da adulta avevo imparato ad affrontare le cose a viso aperto.

"Non avevo intenzione di andare da nessuna parte. Se non avessi voluto che tu lo sapessi, non sarei qui in questo momento."

Aiden si passò una mano tra i capelli in apparente frustrazione. "Era buono con lei? L'ha trattata come una figlia?"

Non avrei nemmeno fatto finta di non aver capito cosa stesse chiedendo. Se i ruoli fossero stati invertiti, avrei voluto sapere la stessa cosa. "Marco non si è mai occupato di Maya. Non è mai stato violento con lei fisicamente. Ha solo fatto finta che non esistesse davvero."

Ero stata più che disposta ad accettare qualsiasi punizione che il mio ex marito avesse inflitto, così che non rivolgesse la sua malevolenza verso mia figlia.

"Sapeva che eri incinta?"

Annuii. "Ha usato la gravidanza come un modo per convincermi a sposarlo. Non l'avrei mai fatto se non avesse saputo e capito che mia figlia era la mia priorità. Ma dopo che ci siamo sposati, l'ha completamente ignorata e ho tenuto Maya lontana da lui il più possibile."

"Quindi il bastardo era risentito con lei?"

"Sì" risposi onestamente. "Ma forse è stata la cosa migliore, considerando come è andato tutto alla fine."

C'erano stati troppi malintesi ed ero determinata a essere il più diretta possibile con lui.

"Sapevi chi era quando l'hai sposato? Lo sapevi che tutta la famiglia Marino era malavitosa?"

"No" dissi in fretta. "Pensi davvero che avrei messo nostra figlia in quella situazione se l'avessi saputo?"

Mi guardò di traverso. "Non so più cosa pensare, Skye. So solo che voglio mia figlia. Mi sono già perso un sacco di cose nella sua vita. Ora che sono in grado di mantenerla bene, potrebbe stare meglio con me."

Non piangere. Non piangere.

"Sono sua madre. Lei appartiene a *me*. Non ti conosce ancora, Aiden. Ma non cercherò di tenerla lontana da te. Può vederti quando vuoi."

"Mi stai prendendo in giro?" ringhiò. "Ho perso più di otto anni della sua vita. La voglio a tempo pieno. Voglio recuperare quegli anni che ho perso. Voglio essere il padre che lei ovviamente non ha mai avuto e che si merita."

"Non posso darti questo" rifiutai. "Sono l'unica cosa stabile che Maya abbia mai conosciuto."

E la amo così tanto che è tutta la mia vita.

Il mio stomaco si stava rivoltando per la paura, ma mi ricomposi. Dovevo.

"Allora sarò un'altra costante nella sua vita" affermò come se fosse un voto. "E avrà un sacco di famiglia qui."

Il mio cuore si strinse. La vera famiglia era qualcosa che Maya desiderava. "Lei è mia figlia. Non rinuncerò a lei. Puoi conoscerla senza portarmela via."

"Vorrò un test di paternità" disse spietatamente. "Ma non aspetterò i risultati per far parte della sua vita. Dato che eri vergine, sono piuttosto dubbioso di non essere il suo padre biologico. E farò molto più che conoscerla. Sarò suo padre come avrei sempre dovuto essere."

"Quindi finiremo per litigare per lei?" chiesi, il mio cuore spezzato dal pensiero che Maya potesse rimanere intrappolata nel mezzo.

"No" disse in tono sarcastico. "Nessun litigio. Sembra che abbia avuto abbastanza sconvolgimenti. Verrete entrambe a vivere con me. E poi, dopo che Jade se ne sarà andata, e il suo matrimonio sarà finito, ci sposeremo."

Scossi la testa all'istante. "No."

Avanzò come un predatore, inchiodandomi al tavolo. "Hai una soluzione migliore?"

Chiusi gli occhi, cercando di allontanare la reazione viscerale che avevo sempre avuto quando il mio corpo entrava in contatto col suo.

Non lo volevo.

Non volevo sentirlo.

Non volevo desiderarlo. E non avrei dovuto dopo tutti questi anni.

Mi prese il mento e lo sollevò. "Guardami" ordinò.

Aprii gli occhi e incontrai lo sguardo più determinato che avessi mai visto.

Aiden voleva sua figlia. E sapevo quanto potesse essere testardo.

"Il matrimonio non è mai una buona soluzione a niente" dissi, la voce che tremava leggermente. "Non voglio sposarmi di nuovo. Mai."

"Anche se significa che potresti dare tutto a tua figlia? Non sono più un uomo povero, Skye. Potrei dare a Maya il mondo."

Sentii una fitta di colpa. "I soldi non rendono felici le persone. Lo so per esperienza personale."

"Le darei l'amore di una vera famiglia, di un vero padre" precisò.

"Può averlo senza che noi ci sposiamo. Questo è il ventunesimo secolo, Aiden. I genitori non devono essere sposati. Possiamo farlo funzionare."

"Non sono disposto ad accontentarmi di visite occasionali, Skye. O a spostare nostra figlia avanti e indietro. Se sarò pressato, *combatterò* per lei. E ho una quantità infinita di soldi per assicurarmi di vincere."

E io non ho i fondi per combatterlo.

Fui presa dal panico quando dissi: "Verremo a vivere con te per un po'. Per darvi la possibilità di conoscervi."

Mi teneva ancora il mento in alto per vedere i miei occhi, e lo odiavo. Non volevo essere vulnerabile a quest'uomo e sapevo di non poter nascondere completamente la mia paura di perdere Maya.

Lo fissai di rimando, non volendo indietreggiare, ma mi stavo decisamente indebolendo.

Se Aiden poteva davvero essere il padre che Maya non aveva mai avuto, se poteva davvero amarla, non volevo portarglielo via. Ma non sopportavo nemmeno l'idea di perderla.

"Sarebbe un inizio" concordò a malincuore. "Invierò una squadra per aiutarti a traslocare domani mattina. Tutto ciò di cui avrai veramente bisogno sono le tue cose personali."

"Non posso trasferirmi in un giorno" protestai.

"Non c'è più molto che io non possa far accadere, Skye. E voglio passare del tempo con Maya. Penso di aver aspettato abbastanza a lungo."

Il tono più ruvido e crudo della sua voce mi toccò come non aveva fatto la sua rabbia. C'era un desiderio nelle sue parole che mi faceva male al petto.

Era difficile riconciliare il miliardario che Aiden era ora con l'uomo in difficoltà che era stato quando era più giovane.

Ora, era un enigma che davvero non conoscevo.

Ma il mio corpo reagiva ancora allo stesso modo di tanti anni addietro alla sua vicinanza a me.

Mi dimenai fino a liberarmi e misi diversi metri di distanza tra di noi.

"Bene" gli dissi senza fiato. "Saremo qui in mattinata."

"Diremo a Maya che c'è stato un malinteso e che non ho mai saputo che fosse mia figlia. È più o meno la verità."

Alzai un sopracciglio. "E pensi che abboccherà? Non conosci ancora tua figlia. Farà domande. Molte. È dotata di linguaggio, scrittura e lettura. Ed è più matura della maggior parte dei bambini."

"Allora risponderemo nel modo più onesto possibile. Le faremo sapere che è importante e che volevi che fosse al sicuro."

Ero sollevata e leggermente commossa dal fatto che non avesse intenzione di incolpare me per quello che era successo. Almeno non di fronte a mia figlia.

"Sa che ho commesso degli errori" spiegai. "Sono sempre stata sincera il più possibile con lei. È abbastanza intelligente da capire che far parte della famiglia Marino non era normale."

"Allora diamole la normalità, Skye" brontolò.

Dio, lo desideravo così tanto per mia figlia che il dolore che stavo provando si trasformò in un dolore fisico allo stomaco. Mia figlia era sempre stata troppo ansiosa per la sua età. Anche se avevo cercato di darle tutto l'amore che potevo, era rimasta in una brutta atmosfera per troppo tempo. Un posto dove nessuno aveva nemmeno riconosciuto la sua esistenza tranne me.

Annuii mentre dicevo: "Saremo qui domattina."

Non volevo mia figlia part-time. Avrei dovuto dare ad Aiden la possibilità di conoscerla, ma anch'io volevo stare con lei. Quindi, se ciò avesse significato che dovevo trasferirmi a casa di Aiden, lo avrei fatto.

Non che mi sarebbe mancato il nostro piccolo appartamento. Era sempre pulito, ma era più che un po' squallido, nonostante cercassi di fare il possibile per renderlo più luminoso.

"Verrò a prendervi verso le nove" insistette. "Invierò un camion con una squadra a prendere la tua roba verso le otto e mezzo."

"Vorrei sapere se stiamo facendo la cosa giusta" riflettei ad alta voce prima di poter censurare le mie parole.

"Starà bene, Skye. Mi assicurerò che stia sempre bene" affermò.

Cercai i suoi occhi e trovai una determinazione impegnata che in realtà mi fece rilassare.

I suoi commenti mi fecero sentire al sicuro.

Per così tanto tempo, ero stata l'unica che era stata lì per Maya. C'era una sorta di sollievo nel sapere che non ero più tutta sola in quegli obiettivi.

"Cosa diremo alla tua famiglia?" chiesi esitante.

"La verità" disse con voce strascicata. "Penso che saranno tutti entusiasti di avere Maya in famiglia. Non è che i Sinclair siano esattamente riluttanti ad avere più famiglia."

Gli rivolsi un piccolo sorriso perché sapevo che la famiglia Sinclair era cresciuta significativamente negli ultimi anni. Era esplosa con la crescita una volta che Aiden e i suoi fratelli avevano scoperto di avere una sfilza di fratellastri e cugini sulla Costa Orientale.

Mi avvicinai al tavolo e presi la mia borsa. "Devo andare. Maya è con una babysitter."

Mi afferrò per il braccio per fermarmi. "Lavori molto. Sembri esausta, Skye. È davvero quello che vuoi? Il Weston Café è quello che vuoi veramente?"

Mi liberai facilmente dalla sua presa su di me. "Importa? È il mio modo di sostenere Maya."

Era passato molto tempo da quando qualcuno mi aveva chiesto cosa volessi, e non ero abbastanza sicura di come rispondergli. Il bar era un'icona a Citrus Beach, ma lavorare lì per molte ore e passare così tanto tempo lontano da Maya non erano mai stati la mia scelta.

L'avevo fatto per sopravvivere.

"Se mi sposi, le tue scelte diventeranno illimitate" disse con voce roca.

"È la mia sicurezza" cercai di spiegare. "Porta qualche soldo."

"Ho intenzione di portare mia figlia a vedere il mondo" avvertì. "Se vuoi stare con lei, dovrai trovare un manager e più personale. Onestamente, il dinosauro potrebbe beneficiare di un serio restyling. La pittura lo ha reso migliore, ma l'edificio è vecchio. Ha bisogno di riparazioni. Forse dovresti pensare a trasformarlo in qualcosa che puoi amare facendo una ristrutturazione completa. Investirei su di te e sulle tue idee. Ma non avrai bisogno di essere coinvolta nelle cose di tutti i giorni."

"Ho sempre desiderato che fosse molto di più" confessai. "Ma non avevo i fondi per investire nel rendere il posto qualcosa di diverso."

Scrollò le spalle. "Ora puoi farlo, se è quello che vuoi."

Il mio cuore sussultò alla possibilità che potessi davvero trasformare la caffetteria in un successo invece di un ristorante dove riuscivo a malapena a guadagnarmi da vivere.

Lo guardai con curiosità. "Perché vorresti farlo?"

"Sei la madre di mia figlia, Skye. Voglio che tu sia felice. Sarai mia moglie."

Esitai. "Non sono ancora sicura della parte relativa al matrimonio."

"Non *ho superato* l'idea di volerlo" avvertì lui. "In effetti, l'idea continua a piacermi sempre di più. Hai detto che non ti saresti mai più sposata, e nemmeno io avevo intenzione di impegnarmi.

Quindi non c'è motivo per cui non possiamo diventare una famiglia per nostra figlia."

"Non ci piacciamo nemmeno più" dissi disperatamente.

Scrollò le spalle. "Allora impareremo a mettere da parte le nostre differenze per crescere insieme nostra figlia."

E l'amicizia?

E il rispetto reciproco?

E l'amore?

E... il sesso?

Rabbrividii. Non volevo davvero l'ultima voce della mia lista mentale da molto tempo. Ma Aiden avrebbe voluto scopare una donna alla fine. Aveva sempre avuto un appetito sessuale insaziabile.

"Non sto accettando di sposarti." Puntai i piedi. "Diamo solo a Maya la possibilità di conoscerti in questo momento."

"Facciamo entrambe le cose" disse con un piccolo sorriso.

"Sei esasperatamente testardo" accusai.

"Lo sono quando voglio prendermi cura di ciò che è mio" ribatté in tono pericoloso.

Il mio cuore iniziò a galoppare mentre mi voltavo per andarmene. "Ci vediamo domani."

Non avrei avuto la meglio nella discussione, quindi avrei solo cercato di convincerlo che il matrimonio non sarebbe stata la giusta risposta *al nostro trasferimento.*

Non lo era mai stato.

CAPÌTULO 6

Aiden

"A quanto pare ho generato una bambina" annunciai senza mezzi termini ai miei fratelli più tardi quella sera. "Ho una figlia. Ha otto anni."

Avevo convocato una riunione di famiglia, e mio fratello e le mie sorelle si erano presentati senza fare molte domande. Noah, Jade e Brooke erano arrivati tutti in perfetto orario.

Non avevo dubbi sul fatto che fossero stati tutti curiosi poiché non avevamo *mai* avuto una riunione di famiglia.

L'unico che al momento *non* mi fissava come se avessi avuto più teste era Seth. *Non* lo avevo invitato perché volevo davvero fargli del male in questo momento. Non sarebbe stato al sicuro se fossimo stati nella stessa stanza.

Owen, mio fratello minore, non era ancora venuto in città per il matrimonio di Jade, quindi lo avrebbe scoperto anche lui un po' più tardi.

"Come è possibile?" chiese Noah con calma, perché era sempre il più equilibrato essendo il Sinclair più grande.

Alzai un sopracciglio. "Sei tu quello che ha spiegato come le donne rimangono incinte quando eravamo più giovani."

Una volta era arrivato al punto di mostrarci come usare un preservativo con una banana. E ne *avevo* usato uno con Skye. La mia ipotesi era che fossimo un mucchio di falliti.

Mio fratello maggiore era stato lì per tutte le nostre domande crescendo. Era strano che fosse sembrato così cresciuto quando aveva solo pochi anni più di me.

"Sai che non è quello che intendevo" brontolò Noah.

La mia famiglia mi stava ancora guardando a bocca aperta dai loro posti nella mia stanza. "Ho frequentato Skye Weston per un po' subito dopo che si è diplomata al liceo. Era incinta di mia figlia quando si è trasferita a San Diego e ha sposato Marco Marino. Non l'ho mai saputo. Abbiamo avuto un problema di comunicazione e lei pensava che l'avessi ignorata."

"Maya è tua figlia?" chiese Jade incredula.

Annuii.

"Oh, mio Dio" disse. "Qualcuno mi ha scritto dal sito del DNA. Mi hanno abbinata come zia della bambina. Ma non ho mai saputo che fosse qualcuno così vicino, o così giovane. So che è dotata, ma la sua comunicazione sembrava quella di una persona più grande, e i bambini di solito non possono inviare il loro DNA per essere analizzati."

Sorrisi. "Deve aver preso da me. È dannatamente intelligente. E ovviamente sa come infrangere le regole. Perché non hai detto qualcosa su un abbinamento sul sito?"

Era sempre stato strano non sapere tutto delle nostre sorelle. Noah, Seth ed io sapevamo certamente come entrare nei loro affari. La nostra missione personale era quella di selezionare ogni uomo con cui uscivano.

Jade si acciglò. "Non l'ho più sentita dopo una comunicazione e non avevo idea di chi fosse. Eli stava cercando di investigare per capire chi di voi avesse avuto un figlio. Non volevo dare la notizia senza alcuna informazione. Sapevo che vi avrebbe dato fastidio finché non l'avessimo capito. Ve l'avrei detto prima del matrimonio. Ma immagino che il mistero sia risolto. Mi chiedo perché Skye non me l'abbia mai detto."

Sapevo che probabilmente addolorava Jade che la sua migliore amica non avesse mai condiviso il suo segreto. "Probabilmente perché pensava che lo sapessi, e semplicemente non me ne fregava niente."

"Posso incontrarla?" Brooke, la gemella di Jade, chiese eccitata.

"Dopo che l'avrò fatto io" dissi seccamente. "Ancora non riesco a credere di avere una figlia che non conosco."

Avevo avuto solo poche ore per abituarmi al fatto di essere padre. Ero abbastanza sicuro che ci sarebbe voluto molto più tempo per sentirmi a mio agio.

"La amerai" disse Jade calorosamente. "Maya è speciale. Dotata, quindi può essere una sfida. Farà un milione di domande. Ma ha un cuore enorme."

Anche Jade era dotata. Quindi sapevo che mia sorella poteva relazionarsi con mia figlia. Mia sorella aveva conseguito il dottorato in tempi record ed era un genio nel suo campo della genetica della fauna selvatica.

"Sono solo un operaio" dissi con un tono esitante che non riconobbi nemmeno.

Mi chiedevo come si sarebbe sentita Maya se un giorno non avessi potuto nemmeno aiutarla con i compiti.

Mi era sempre piaciuto leggere e lo preferivo alla televisione. Ma non avevo mai avuto abbastanza tempo per leggere tutto quello che volevo fino a poco tempo addietro.

Mantenere a galla la famiglia Sinclair era stato un compito dispendioso quando avevamo fondi limitati. Noah, Seth e io avevamo passato quasi ogni ora di veglia a lavorare.

Jade sorrise. "Questo non le importerà."

"Penso di poterle dare una vita molto migliore di quella che ha avuto con la famiglia mafiosa" dissi con voce roca.

Almeno non l'avrei mai trattata come se non esistesse.

"Puoi darle una vita *incredibile*" replicò Brooke. "Aiden, eri *sempre* lì per noi. Non è che non sai come crescere una bambina e darle un sacco di amore. Non le importerà del tuo livello di istruzione."

Mi appoggiai allo schienale della mia poltrona reclinabile. "Spero che tu abbia ragione, perché un giorno sarà molto più intelligente di me. Voglio darle tutta l'istruzione che vuole. Ma almeno ora ho un sacco di soldi. Posso darle tutto ciò di cui ha bisogno."

"Condividerai la custodia con Skye?" chiese Noah, la sua espressione ancora perplessa.

"Entrambe vivranno qui da domani mattina" annunciai. "Voglio conoscere mia figlia. Ho già perso così tanto della sua vita. Non la voglio part-time, e penso che meriti di meglio che essere spostata avanti e indietro."

Brooke applaudì. "Quindi stai tornando insieme a Skye?"

"No" risposi in tono piatto. "Non esattamente. Ma dal momento che non vuole stare senza sua figlia, verranno entrambe a vivere con me. Prima o poi ci sposeremo."

"Sei serio?" chiese rudemente Noah. "Non dovete sposarvi per avere una figlia insieme."

Mio fratello maggiore assomigliava molto a Skye. "Forse no. Ma succederà comunque. Le uniche altre opzioni sono condividere l'affidamento o lottare per la custodia primaria. Dopo tutto quello che Maya ha passato, non voglio che succeda."

E di sicuro non potevo immaginare che io e Skye vivessimo nella stessa famiglia mentre uscivamo con altre persone.

Non *sarebbe* successo.

"Sei incazzato con Skye. Posso dirlo" osservò Jade.

"Come posso non esserlo? Non mi ha mai detto che aveva avuto mia figlia. È semplicemente scappata e ha sposato qualcun altro."

Jade parlò. "C'è dell'altro. Ci deve essere. Sono sua amica dalle elementari. Non lo farebbe mai. E hai detto che era un malinteso. Che lei pensava che tu lo sapessi."

"Ero partito per una lunga battuta di pesca. A quanto pare sua madre è impazzita quando ha scoperto che Skye era incinta, e le ha detto che doveva sposare Marino. Non ero ancora tornato, quindi ha lasciato una lettera."

"Cos'è successo alla lettera?» chiese Noah.

"Seth ha deciso di distruggerla" gli dissi. "Pensava che sarebbe stato meglio se non l'avessi letta visto che Skye se n'era andata con un altro uomo. Non sapeva che fosse incinta di mia figlia."

La comprensione apparve sul volto di Noah. "Ahhh... questo spiega perché non è qui."

"Voglio fargli del male" risposi onestamente. "Mi ha letteralmente derubato di otto anni della vita di mia figlia."

"Le sue intenzioni erano probabilmente buone" rifletté Noah.

"Non me ne frega un cazzo delle sue intenzioni in questo momento."

Ero furioso con Seth. Ora che sapevo che Skye era incinta di mia figlia, il pensiero di mio fratello che distruggeva una fondamentale comunicazione da lei mi faceva davvero incazzare.

"Ne soffrirà" disse Noah con sicurezza.

"Non sprecare fiato" lo avvertii.

"Per favore, non punire Skye" supplicò Jade. "Ci sono molte cose che non sappiamo su quello che è successo con il suo matrimonio, ma so che non è stato bello. Forse Maya non era nella migliore delle situazioni, ma *posso* garantirti che Skye ama sua figlia e ha fatto del suo meglio per tenerla al sicuro."

"Torniamo alla parte del matrimonio" disse Noah incrociando le braccia sul petto. "Sposarla non è una buona idea. Se vi odiate, che tipo di atmosfera è quella per Maya?"

"Non la odio esattamente" confessai. "Sono solo arrabbiato in questo momento."

Se avessi pensato in modo logico—cosa che non stavo facendo—probabilmente non sarei stato un tale bastardo con Skye quella mattina. La verità era che il mio uccello la desiderava ancora. Non ero mai stato in grado di controllare l'attrazione tra noi due. Ma scoprire che aveva dato alla luce una bambina di cui non avevo mai saputo mi aveva fatto impazzire. Soprattutto perché non ero mai stato in grado di controllarmi con lei.

Skye Weston tirava fuori il meglio *e* il peggio di me perché mi rendeva irrazionale da morire. Lo faceva sempre.

Era fottutamente doloroso che avesse davvero pensato che non me ne fregasse niente di mia figlia.

Potevo essere follemente attratto da lei, ma mi ero reso conto che non mi aveva mai conosciuto così bene.

"Aveva solo diciotto anni, Aiden" mi ricordò Jade. "Cerca di capire. Onestamente non aveva molte opzioni. Sua madre era pazza, e sembra che Skye non avesse un posto dove andare. Non riesco a immaginare di dover affrontare una cosa del genere a diciotto anni. L'unica cosa che mi preoccupava era iniziare l'università a quell'età. Non credo che fossi abbastanza matura per avere una figlia."

Mi spostai a disagio perché sapevo che Jade probabilmente aveva ragione. Skye era così dannatamente giovane quando era rimasta incinta, e dovevo assumermi gran parte della colpa. Avevo parecchi anni più di lei. "Se solo fosse tornata e me l'avesse detto di persona."

"Non l'ha fatto perché pensava che tu lo sapessi e ignorassi l'intera situazione" disse Brooke. "Vi conoscevate da quanto? Pochi mesi?"

"Era solo un'amica di Jade. Ovviamente la conoscevo da più tempo."

Brooke emise un sospiro esasperato. "Ma l'hai vista da bambina prima di uscire con lei. Non è la stessa cosa."

Forse le mie sorelle avevano ragione. E forse avrei dovuto tenere il mio cazzo nei pantaloni visto che Skye *era* piccola. Ma non c'era stata alcuna possibilità una volta conosciuta.

Non ero riuscito a resisterle. Mi aveva fatto impazzire.

"Non devi decidere tutto il tuo futuro oggi" disse Noah. "Hai appena scoperto di avere una figlia. Conoscila. Sarà un grande cambiamento."

Le mie sorelle annuirono entrambe.

"Non riesco ancora a credere che Maya sia mia nipote" disse Jade felice. "Ma ha molto senso ora. Ti assomiglia molto, Aiden. Non sono sicura del motivo per cui non l'ho mai sospettato prima. E i tempi coincidono."

"Farò un test di paternità" condivisi.

"Come dovresti" concordò Noah.

"Per qualche ragione, sento che Skye sta dicendo la verità." Non c'era davvero motivo per lei di mentire su questo. Di sicuro non si era comportata come se non vedesse l'ora di rimetterci insieme.

In realtà, era stata dannatamente irremovibile sul non sposarsi di nuovo.

"Non mentirebbe mai su questo" disse Jade con fermezza.

"Davvero si trasferisce qui domani mattina? È veloce" osservò Brooke. "Come faranno a mettere tutto insieme per trasferirsi?"

Le sorrisi. "Questo è uno dei vantaggi di avere così tanti soldi che non devo pensare ai dettagli. Le squadre di trasloco sono già predisposte."

"Quale stanza darai a Maya?" chiese Jade.

Non avevo pensato alla sistemazione per la notte. "Non ne sono sicuro. Non ho davvero una stanza decorata per una bambina di otto anni. Accidenti! Immagino che avrei dovuto pensarci." Avevamo avuto una stanza femminile in casa per le mie sorelle quando erano bambine, e non mi era mai venuto in mente di fare lo stesso per mia figlia.

Ci sarebbe voluto un po' per abituarmi a questa cosa del padre. Brooke e Jade non erano così giovani da molto tempo.

"So cosa le piace" disse Jade alzandosi. "Penso che sia ora di fare shopping. Il centro commerciale sarà ancora aperto."

Il mio culo uscì dalla poltrona all'istante. L'ultima cosa che volevo era che Maya non si sentisse a casa qui.

"Vengo anch'io" disse Brooke saltando in piedi.

"Voglio conoscere mia nipote, ma posso fare a meno della spedizione per lo shopping" ribatté Noah alzandosi in piedi. "Ma mi piacerebbe se riuscissi a farle avere qualcosa da me. Ti darò i soldi."

Brooke fece una smorfia a Noah. "Le prenderò qualcosa da parte tua. Non ho bisogno dei tuoi soldi per farlo."

Noah annuì. "Ti sarò debitore."

Guardammo tutti mio fratello maggiore.

Sapevo esattamente cosa stavano pensando le mie sorelle.

Quello che Noah aveva dato a *tutti noi* era qualcosa che non saremmo mai stati in grado di ripagare. Ci aveva tenuti insieme come una famiglia e aveva sacrificato la sua stessa vita. Era stato una madre, un padre e un fratello maggiore allo stesso tempo. E aveva combattuto per mantenere la custodia di tutti noi perché era l'unico adulto maggiorenne tra noi quando mia madre morì.

Ma non si era mai, mai lamentato di aver rinunciato alla sua vita per la propria famiglia.

In realtà, eravamo in debito con Noah, e lo saremmo sempre stati.

"Ho alcune cose che devo fare in ufficio" spiegò Noah mentre si dirigeva verso la porta.

"È sabato sera" gli gridò dietro Brooke.

La porta si chiuse saldamente senza una risposta da parte di mio fratello maggiore.

"Lavora troppo" disse Jade con un sospiro.

"Lo ha sempre fatto" concordò Brooke. "A cosa gli serve avere tutti quei soldi quando sembra non spenderli mai. Ha bisogno di una vacanza. Forse dovremmo procurargliene una per Natale o per il suo compleanno."

In qualche modo, non riuscivo a vedere Noah che si rilassava con un cocktail su una spiaggia da qualche parte, ma non volevo sconvolgere le idee delle mie sorelle. "Vorrei darvi una mano."

Le mie sorelle gemelle mi sorrisero entrambe. "In questo momento, dobbiamo occuparci di ciò di cui hai bisogno per domani" disse Brooke.

Misi un braccio intorno a ciascuna di loro. "Fate strada."

Chiacchieravano entrambe, mentre si dirigevano verso la porta.

Erano i momenti come questo che mi rendevano felice di avere una famiglia davvero numerosa.

Dovevo lavorare sodo per scacciare dalla mente il pensiero che Skye non avesse mai avuto *nessuno*.

Era stata poco più di una ragazza che cercava disperatamente di aggrapparsi a sua figlia.

Nostra figlia.

Quel pensiero mi perseguitò per il resto della notte.

CAPÌTULO 7

Skye

«Sono così felice che tu sia mio padre» disse Maya ad Aiden con un enorme sorriso mentre la sistemavamo nel letto nella sua nuova camera.

Ero rimasta un po' indietro, mentre Aiden si sedeva sul bordo del letto. Sapevo che aveva bisogno del suo tempo con sua figlia, e io avevo già passato più di otto anni con lei. Volevo che attirasse l'attenzione totale di Maya.

Il nostro giorno di trasloco era andato sorprendentemente bene. Aiden aveva assunto delle persone per occuparsi di tutto, e tutto quello che avevo dovuto fare era stato mettere via le nostre cose personali.

Mia figlia era stata entusiasta quando aveva visto la sua nuova stanza, e mi aveva commosso il fatto che Aiden avesse ovviamente convinto qualcuno a creare uno spazio personale che facesse strillare mia figlia di gioia. Per non parlare del fatto che c'erano regali da quasi tutta la famiglia di Aiden sparsi per la stanza. Maya poteva essere dotata e sembrava più grande dei suoi anni, ma aveva ancora otto anni e adorava le principesse Disney.

La stanza era stata dipinta di un bianco antico ed era adornata con ogni elemento d'arredo delle principesse Disney che probabilmente esisteva, dal tappeto sul pavimento alle lampade da comodino.

Aiden le aveva regalato una collana da principessa poco prima che la portassimo di sopra per andare a letto. Ero abbastanza sicura che fosse oro bianco e non placcato argento economico. Ed ero convinta che il cuore con la corona sopra fosse intarsiato di veri diamanti.

Le aveva detto che era un regalo per la sua principessa, cosa che mi aveva fatta piangere.

Non era per niente timido nel far sapere a Maya che gli importava, e quella volontà di tenersi così aperto a lei mi aveva toccata.

Non che mi sarei mai permessa di farmi vedere piangere. Non lo facevo da molto tempo. Ma la sua volontà di essere vulnerabile verso sua figlia aveva quasi immediatamente portato le mie emozioni troppo vicino alla superficie.

"Rimarremo qui per molto tempo?" chiese mia figlia ad Aiden con esitazione.

"Per sempre, Principessa" rispose lui con enfasi. "Sarai fortunata se ti lascerò sposare un giorno.»

Maya lasciò andare una risatina felice che mi fece male al cuore.

In quel momento, non potevo davvero rimpiangere di essermi trasferita a casa di Aiden, anche se non volevo davvero risiedere qui. Maya era ovviamente felice e meritava la sicurezza di essere in una casa meravigliosa che la facesse sentire al sicuro. Ma ero abbastanza certa che non fosse la bella casa che significava tutto per lei. Era il fatto che aveva un padre che l'adorava.

"Vuoi che ti legga un libro?" chiese Maya a suo padre.

La sua risata risuonò nella grande camera da letto. "Pensavo di doverti leggere *io* un libro."

Sorrisi. Mia figlia mi leggeva un libro ogni sera da quando aveva cinque anni. Poiché era una lettrice così avanzata, preferiva così, e lei e io ci eravamo sempre fermate a discutere le storie man mano che andavamo avanti.

"Mi piace leggere" rispose semplicemente.

"Cosa stai leggendo?"

"Sono al secondo libro di Harry Potter." Maya balzò in piedi prima che Aiden potesse fermarla, saltò sulla sua libreria e riportò la grande copertina morbida sul letto con entrambe le mani.

Aiden girò la testa verso di me e io alzai le spalle mentre dicevo: "Voleva iniziarli tre anni fa, ma l'ho fatta aspettare fino a quando non avesse avuto l'età giusta."

"Ha già finito il primo libro?" chiese lui. "Io li ho letti. Sono lunghi e probabilmente non facili da leggere per una bambina."

Non avevo dimenticato quanto Aiden amasse leggere qualsiasi cosa e tutto ciò su cui riusciva a mettere le mani.

Sorrisi. "Li ha già letti tutti diverse volte. Sta lavorando a un'altra lettura della serie perché si è annoiata con Il Signore degli Anelli e Le cronache di Narnia. Ha letto quelle due serie così tante volte che si è stancata. Ma ama i fantasy. Ti ho detto che era una lettrice di talento. Ma non leggerà cose che non siano adatte all'età."

Le sue sopracciglia si alzarono. "Quindi legge per te?"

Annuii. "Sì. E ci prendiamo delle pause per parlare delle storie."

Si voltò di nuovo verso Maya, che si era già infilata di nuovo sotto le coperte. "Va bene, allora" acconsentì. "Sono pigro, quindi puoi leggere per me."

Mia figlia rise. "Non è così che facciamo. Tu e la mamma dovete sdraiarvi con me e mettervi sotto le coperte."

Aiden sembrava confuso, quindi mi spostai dall'altra parte del letto e scivolai nel letto matrimoniale. Era molto più grande del suo solito, e ci sarebbe stato molto spazio.

Mi rannicchiai accanto a lei e tirai su le coperte, poi lanciai ad Aiden uno sguardo incoraggiante.

Mi rivolse un sorriso sollevato e seguì il mio esempio dalla sua parte del letto.

Quando Maya fu stretta tra noi due, finalmente ci rivolse un cenno soddisfatto e iniziò a leggere.

Aiden interrompeva di tanto in tanto e recitava alcune scene con voci immaginarie, facendo ridacchiare mia figlia come una bambina, un suono che avevo sentito raramente.

"Sei divertente, papà" gli disse Maya con una risatina dopo che lui ebbe finito una voce drammatica da cattivo. "Fai delle belle voci."

Alzai la testa quando vidi l'espressione di ammirazione sul suo volto.

Aiden aveva chiarito che Maya poteva chiamarlo per nome. Ovviamente non aveva voluto costringerla ad accettarlo come suo padre finché non fosse stata pronta. E potevo dire che lui era incredibilmente felice che lei lo avesse riconosciuto come suo padre per la prima volta.

"Leggevo ai miei fratelli e sorelle più piccoli" disse a sua figlia con una voce cruda per l'emozione.

"Eri un po' anche come il loro padre?" chiese Maya incuriosita.

"Un po'. Non ero abbastanza grande per essere il loro padre, ma ero il loro fratello maggiore. Ero lì per proteggerli e prendermi cura di loro" spiegò.

"Mi piacerebbe avere un fratello o una sorella" dichiarò Maya. "Ora che tu e mamma state insieme, posso averne uno?"

Aiden mi lanciò un'occhiata in preda al panico, e io sorrisi. Non era che non l'avessi avvertito che Maya avrebbe fatto domande. Molte.

Le aveva spiegato in precedenza che non aveva saputo che lei esistesse fino al giorno prima, e che se l'avesse saputo, sarebbe sempre stato nella sua vita.

Gli ero stata grata che non mi avesse incolpata. Invece, aveva attribuito tutto a un malinteso tra noi due proprio come aveva detto che avrebbe fatto, e fortunatamente Maya aveva accettato la sua spiegazione.

Ma questo non significava che lei avrebbe rinunciato a fare domande.

Conoscevo mia figlia fin troppo bene per credere che sarebbe stata tranquilla con il fatto che vivevamo tutti nella stessa casa.

"Dovrai chiedere a tua madre" le disse con voce roca.

Lo guardai storto. "Non siamo pronti a parlarne, Maya" risposi. "Vogliamo solo goderci il tempo da soli con te."

Lei annuì. "Lo voglio anch'io. Per ora."

Le sue parole erano un avvertimento che avrebbe approfondito l'argomento in seguito. Sapevo come agiva mia figlia.

Era felice che fossimo apparentemente una famiglia, e questo mi dava fastidio, perché in realtà... non lo eravamo.

Sì, Aiden ed io eravamo qui entrambi, ma eravamo lontani dall'essere un'unità familiare amorevole.

Sarebbe stato sufficiente che io e Aiden l'*amassimo*?

Maya tornò alla sua lettura, ma la mia mente vagava.

Non era stata una brutta giornata. In realtà, era stato esattamente l'opposto. Avevamo passato il pomeriggio in piscina e poi avevamo cenato fuori con il barbecue.

Era stato uno dei giorni più rilassanti che potessi ricordare.

Ma potevo ancora sentire la distanza tra me e Aiden, e non sarebbe passato molto tempo prima che anche Maya potesse sentirla. Era sensibile, e capiva facilmente le emozioni degli altri.

In questo momento, era al settimo cielo per avere un vero padre. Ma dopo che la novità iniziale fosse svanita, avrebbe insistito per fare tutto insieme come una famiglia normale.

Sospirai. Ne avremmo parlato al momento giusto. Ma non avevo idea di quale sarebbe stata la soluzione.

Maya era l'unica cosa che io e Aiden avevamo in comune.

Forse alla fine impareremo a piacerci. Ma non posso sposarlo. Non voglio mai più essere sposata.

Il mio primo matrimonio era stato l'Inferno sulla Terra, quindi non avevo intenzione di entrare di nuovo nello stato matrimoniale.

Non passerà molto tempo prima che Maya inizi a insistere per vedere Aiden e me sposarci.

Nella mente di mia figlia, il matrimonio avrebbe significato che poteva avere quell'ambito fratello o sorella.

Alla fine, avremmo dovuto dirle che un fratello non sarebbe mai arrivato. Ma volevo che prima si sentisse a suo agio con l'avere un padre e una nuova casa.

C'erano state troppa insicurezza e tristezza nella vita di mia figlia. Quel giorno, Aiden aveva fatto emergere la bambina di otto anni che c'era in lei, e gli ero grata per questo.

È bravo con i bambini.

Non che avessi mai pensato che non lo sarebbe stato. L'avevo visto con Jade quando eravamo più giovani. Era sempre stato protettivo, solidale e aveva dato ai suoi fratelli tutto l'amore che aveva da dare.

Forse era parte del motivo per cui mi ero innamorata così tanto di lui quando avevo diciotto anni.

Aveva fatto sentire al sicuro e importante anche me.

Sussultai, quando Maya chiuse il suo libro senza troppa delicatezza. "Questa è la fine del capitolo" disse con uno sbadiglio. "Possiamo continuare a leggere domani? Sono un po' stanca."

"Riposati un po', Principessa" consigliò Aiden mentre si metteva a sedere. "Domani è un giorno di scuola."

"Vorrei poter stare con te" gli disse esitante.

Aiden sorrise a sua figlia. "Non vado da nessuna parte. Sarò qui quando tornerai a casa."

Il sollievo sul viso di mia figlia mi fece venire voglia di piangere. Maya aveva davvero paura che Aiden scomparisse improvvisamente dalla sua vita con la stessa rapidità con cui vi era entrato.

Non piangere. Non posso mai piangere.

"Pensavo che potremmo andare a Disneyland il prossimo fine settimana" suggerì lui.

Il viso di mia figlia si illuminò. "Sarebbe così bello. Mamma mi ci ha portata quando ero più piccola, ma mi piacerebbe andarci ora che sono abbastanza grande per apprezzarlo e vedere altre attrazioni."

Il mio cuore affondò. Anche se eravamo abbastanza vicini al parco Disney, non avevo potuto permettermi di portarci Maya negli ultimi anni.

"Allora andremo" disse Aiden con un sorriso, sembrando proprio un ragazzino.

Maya inclinò la testa. "Quando ci sei andato l'ultima volta?"

"Ci sono stato solo una volta tanto tempo fa" confessò lui. "E ha piovuto tutto il giorno."

"Che sfortuna" empatizzò Maya. "Questa volta andrà meglio."

Mi misi a sedere e mi alzai dal letto. Aiden si sedette accanto a sua figlia. "Sarà fantastico" promise.

Calò il silenzio prima che Maya chiedesse esitante: "Posso abbracciarti per darti la buonanotte?"

Il mio cuore si strinse, quando Aiden aprì immediatamente le sue braccia per lei. Mia figlia si gettò contro il suo corpo forte e gli avvolse le braccia al collo con fiducia.

I due rimasero abbracciati così a lungo che pensai che Maya potesse addormentarsi sulla spalla di suo padre. Ma Aiden alla fine l'abbassò di nuovo sul cuscino e le baciò la sommità della testa. "Dormi, Principessa" disse con voce roca. "Ci vediamo a colazione."

Si ritirò in modo che potessi abbracciare e dare il bacio della buonanotte a mia figlia.

"Ti voglio bene, mamma" disse Maya mentre mi abbracciava con entusiasmo. "Grazie per avermi dato un papà."

Se non avessi già saputo quanto a Maya mancasse avere un padre, me ne resi conto mentre tenevo il suo corpo caldo contro il mio. "Ti voglio bene anch'io, Zuccherino" dissi mentre la lasciavo andare e le baciavo la guancia.

Non mi fidavo a dire altro senza scoppiare in lacrime.

Maya si mise a proprio agio e io strinsi le coperte intorno a lei.

Quando andai a spegnere la sua lampada da comodino, ero abbastanza sicura che si fosse già addormentata.

Aveva avuto una lunga giornata.

Quando la guardai per l'ultima volta prima di immergere la stanza nell'oscurità, capii che mia figlia si era addormentata con un sorriso sul viso da cherubino.

Era piuttosto patetico che non riuscissi nemmeno a ricordare l'ultima volta che era successo.

CAPÌTULO 8

Skye

"Questa è la sua foto da bambina" dissi ad Aiden mentre indicavo una delle prime foto nell'album che avevo in mano. "È stata scattata subito dopo la sua nascita."

Quando Maya era andata a dormire, Aiden aveva chiesto se potesse guardare le foto delle parti della sua infanzia che gli era sfuggita. Aveva preso una birra e io avevo bevuto un bicchiere di vino prima di sederci insieme sul divano del soggiorno per guardare le foto della sua infanzia.

"È così dannatamente piccola" osservò.

"Era abbastanza grande" lo informai. "Tre chili e novecento grammi, ed era in posizione podalica. Ho dovuto fare il taglio cesareo."

"È stato doloroso? Chi c'era con te? Il tuo ex marito?"

"Ho avuto un po' di dolore dopo che era finito, ma ero così innamorata di nostra figlia che non me ne sono accorta più di tanto. E non c'era nessuno. Eravamo solo io e Maya."

"Nessuno è venuto in ospedale?" Sembrava arrabbiato.

Scossi lentamente la testa. "No. Te l'avevo detto che nessuno riconosceva davvero Maya."

"Come diavolo può qualcuno essere così freddo?"

Non avevo intenzione di dirgli quanto fredda potesse essere la famiglia Marino. Non averli alla nascita di Maya non era stato niente per me. In realtà, ero sollevata.

"Non importava davvero" dissi frettolosamente. "Avevo mia figlia. E le cose erano imbarazzanti con i miei suoceri. Odiavano il fatto che Marco avesse sposato una donna incinta del figlio di qualcun altro. Penso di essere stata più rilassata da sola. Ero nervosa comunque. Non avevo idea di come prendermi cura di una bambina."

"Le infermiere hanno aiutato?"

"Molto" riconobbi. "Mi hanno insegnato tutte le cose di routine, e una volta tornata a casa con Maya, non ho dovuto preoccuparmi di procurarle del male facendo anche la minima cosa sbagliata. Ma ero ancora una giovane madre. Immagino che alcune paure non scompaiano mai. Mi preoccupo ancora per ogni raffreddore che ha."

"Mi dispiace che tu abbia passato tutto questo da sola" disse con voce roca.

"L'ho superato" risposi. "Oh, questo è il suo primo comple-anno." Indicai una foto nella pagina successiva.

"Dio, assomiglia così tanto a Brooke quando era piccola" notò, mentre allungava la mano e toccava il bordo dell'immagine.

"Assomiglia a te" dissi dolcemente.

"Immagino di sì" concordò con un tono intimorito.

"Mi dispiace che ti sia perso tutti quegli anni."

"Recupererò. Ad essere sincero, sono sicuro che probabil-mente sarei impazzito quando era una bambina. Sarei stato ancora più spaventato di te. Non ricordo davvero che i miei fratelli più piccoli fossero bambini. Mamma era ancora viva allora."

Girai la pagina una volta che Aiden aveva dato un'occhiata a tutte le foto visibili. "Sono così piccoli che è piuttosto intimida-torio. Ma sembra che stia crescendo troppo in fretta ora."

Continuavo a commentare tutte le foto che stava vedendo, e restammo seduti così per molto tempo, guardando solo le immagini dell'infanzia di Maya.

Arrivai alla fine del libro. "Ne ho altre che non ho ancora avuto il tempo di mettere in un album."

Aiden prese le foto e le appoggiò sul tavolino da caffè mentre diceva: "Tutto questo è stato duro per te, Skye. Posso capirlo ora. Eri troppo giovane per stare da sola, figuriamoci sola con una bambina."

"Non scambierei quello che è successo per il mondo" gli assicurai. "Amo Maya e non riesco a immaginare di non averla nella mia vita."

Sembrava frustrato, quando rispose: "Se solo avessi ricevuto quella lettera. Ci sarei stato."

Gli poggiai leggermente una mano sull'avambraccio. "Lo so."

E onestamente, ora lo *sapevo*. Vedere mia figlia con suo padre mi fece riconoscere quanto Aiden fosse serio riguardo alla famiglia e quanto prontamente si fosse sempre assunto qualsiasi responsabilità che sentiva di dover assumersi.

Se lo avesse saputo, ci sarebbe stato. Ero stata troppo delusa e ferita per rendermene conto quando avevo diciotto anni.

Diedi un'occhiata all'orologio. "Devo andare. Ho bisogno di chiudere la caffetteria."

Mi guardò, la sua espressione confusa. "Ora? È tardi."

"Chiudo sempre io. Tutto il mio staff è part-time. La maggior parte di loro sono studenti universitari. Non ho nessuno che sappia come chiudere."

"Non puoi stare lì da sola" disse testardamente. "È tardi e non è sicuro."

Mi alzai. "Aiden, questa è Citrus Beach. E non è stagione turistica. È abbastanza tranquillo dopo il tramonto."

Si alzò. "È una città abbastanza grande da avere la sua parte di criminalità."

Aveva ragione. Citrus Beach stava crescendo e di tanto in tanto accadevano cose brutte. Onestamente, non mi piaceva stare al bar la sera dopo che tutti i dipendenti se ne erano andati. C'erano soldi da contare e contabilità da fare. Quindi ero a disagio. Ma mi ero un po' abituata.

"Starò bene" gli dissi.

"Starai benissimo perché verrò con te" affermò testardamente. "E domani penseremo ad assumerti un manager. Hai detto che volevi che il ristorante fosse di più. Quindi rendilo di *più*, ma non pensare di essere mai più sola lì di notte. Non è sicuro.»

Volevo dire qualcosa. Volevo davvero. Ma il fatto che fosse effettivamente preoccupato per me in qualche modo superò la mia indignazione per lui che mi diceva cosa potevo e non potevo fare.

A nessuno era mai importato se fossi al sicuro o meno.

E il calore che inondò il mio corpo perché a qualcuno importava mi sembrava così dannatamente bello.

"Non c'è bisogno che tu venga" sostenni debolmente.

Prese le chiavi dal tavolino. "Verrò" disse con una voce che assicurava che non sarebbe sceso a compromessi. "E faresti meglio a pensare a come vuoi che sia il ristorante. Forse potremmo semplicemente chiuderlo mentre viene ristrutturato piuttosto che assumere in questo momento."

"Aiden, non posso farlo. Quello è il mio sostentamento."

"Non ne hai bisogno" replicò con fermezza. "Sono un dannato miliardario, Skye. Posso prendermi cura di te e Maya."

"Prenderti cura di me non faceva parte dell'accordo" ribattei. "E voglio che tu conosca Maya. Non sono qui perché tu possa farti carico delle spese."

"Lo sto rendendo parte dell'accordo." Si mosse in modo da bloccarmi la strada verso la porta d'ingresso. "Devi prenderti una pausa. Non sto dicendo che devi smettere di essere la madre di Maya. Ma devi prenderti cura di te stessa. Vedo quanto sei dannatamente stanca, e odio il fatto che tutta la responsabilità di allevare Maya sia caduta su di te senza l'aiuto di nessuno."

"Non mi sono mai lamentata di questo" sostenni.

"Mi sto lamentando per te, allora" brontolò. "Hai bisogno di una dannata pausa, e ora sono qui. Forse non c'ero prima, e me ne pento. Ma ora che sono qui per vegliare su entrambe, non ti lascerò lavorare fino alla morte."

Sapevo che avrei dovuto dirgli che avrei fatto quello che volevo. Ma se avesse insistito sul problema, avrebbe vinto comunque. "Dovremo scendere a compromessi."

"Sono aperto a questo fintanto che smetti di lavorare quasi ogni ora di ogni giorno. Devi metterti in una posizione creativa invece di essere responsabile di tutte le cose quotidiane."

Sospirai. "Mi piacerebbe vedere il Weston Café diventare il posto dove mangiare invece di una bettola qualsiasi. Ma deve essere più di tendenza. Cibo più sano e più fresco. Opzioni vegetariane. E un arredamento che faccia stare bene le persone e le spinga a tornare di nuovo."

"Puoi cambiare tutto, Skye. Rimodellare e reinventare completamente l'intero ristorante" esortò.

Lo desideravo così tanto. "Dovrei fare un investimento significativo."

"Puoi farlo" rispose immediatamente.

"Aiden, non devi farlo."

"Lo voglio" insistette.

Inclinai la testa per scrutare il suo viso. Non stava mentendo. Voleva davvero aiutarmi per qualche motivo che non potevo identificare. "Serve un accordo scritto. Puoi diventare partner."

Avanzò finché potei sentire il calore del suo respiro sul mio viso. "Tu ed io saremo partner permanenti. Ci sposeremo."

Il mio cuore quasi si fermò, quando vidi la sua espressione tenace. "Non siamo ancora d'accordo su questo" risposi senza fiato.

"Lo saremo" promise. "Sarò buono con entrambe, Skye."

Per un momento, mi ricordò il vecchio Aiden, il mio grande, muscoloso, ostinato pescatore che avevo tanto amato. L'unica persona al mondo che avesse mai voluto proteggermi da tutte le cose brutte che potevano accadermi.

Non è più quell'uomo.

Continuavo a cercare di convincermi che l'Aiden che conoscevo se ne fosse andato. Ma in realtà, non era cambiato molto.

Era ancora risoluto quando voleva qualcosa.

"L'unica cosa che abbiamo in comune ormai è Maya" affermai.

"Non è l'unica cosa che abbiamo ancora" ribatté mentre avvolgeva le sue braccia d'acciaio intorno alla mia vita.

"D-di cosa stai parlando?" balbettai.

Rimasi ipnotizzata dal fuoco che vidi nei suoi bellissimi occhi.

"Lo senti anche tu, Skye. Quindi non prendermi in giro. Abbiamo questo." Abbassò la testa e coprì la mia bocca con la sua.

Non provavo il desiderio da oltre nove anni, quindi fui sbalordita dal fatto che risposi quasi immediatamente.

Sfrenatamente.

Disperatamente.

Con desiderio.

Avvolsi le braccia intorno al suo collo mentre saccheggiava, esplorando e afferrando le mie labbra come se appartenessero solo a lui.

Persi la mia provata compostezza quasi immediatamente mentre il mio corpo assopito prendeva vita ruggendo solo per la sensazione delle labbra morbide di Aiden e dell'abbraccio esigente.

Quando finalmente ci alzammo per riprendere fiato, appoggiai la testa sul suo petto e sentii il suo cuore battere allo stesso ritmo rapido del mio.

"Ce l'abbiamo ancora" gracchiò vicino al mio orecchio.

"Il sesso non è tutto" risposi debolmente, mentre mi allontanavo da lui.

Mi lasciò andare. "Forse no, ma è sicuramente *qualcosa*."

Il campanello suonò mentre stavo ancora cercando di riprendere fiato, e rimasi ferma, mentre lui usciva dal soggiorno e si dirigeva verso l'atrio.

Tornò dopo pochi istanti, ma non era solo.

"Skye, ti presento Hastings. È il mio custode della proprietà. Resterà qui finché non torniamo, nel caso Maya si svegliasse."

Strinsi la mano a un uomo dai capelli grigi che mi rivolse un sorriso genuino mentre osservava: "È passato un po' di tempo da quando i miei figli erano piccoli, ma penso di poter gestire la piccola se avrà bisogno di qualcosa."

Mi resi conto che Aiden doveva aver mandato un messaggio al suo amministratore immobiliare per venire a fare da babysitter.

"Grazie" dissi sinceramente, mentre ritiravo la mano.

Non ero preoccupata. Sapevo che Aiden non avrebbe lasciato la serenità di Maya nelle mani di qualcuno di cui non si fidasse completamente.

Ero così abituata al fatto che la mia vicina si fermasse per badare a Maya mentre chiudevo la caffetteria che non avevo nemmeno pensato al fatto che se non fosse stato per Aiden, avrei avuto bisogno di qualcuno a casa con mia figlia.

Inoltre, ero abbastanza certa che il suo bacio mi avesse temporaneamente confuso il cervello.

"Felice di dare una mano" rispose Hastings con un caldo sorriso che mi mise ancora più a mio agio.

Fummo fuori casa in pochi istanti, ma non volevo ammettere che era bello avere qualcuno che mi accompagnasse in modo che chiudere il locale non fosse così triste.

CAPÌTULO 9

Aiden

Ero un tipo da camion. Lo ero sempre stato. Quando cresci pescando, è sempre utile trasportare l'attrezzatura con un autocarro.

Durante il tragitto verso il centro, mi chiedevo se ora che ero un padre di famiglia il mio grosso camion fosse davvero il veicolo migliore per un ragazzo con una bambina.

Certo, avevo comprato un bel camion nuovo di zecca con una grossa cabina, quando avevo ricevuto tutti quei soldi, ma non ero affatto sicuro delle statistiche di sicurezza sul trasporto di una bambina di otto anni su di esso.

Ma sapevo che mi sarei informato dopo aver portato Skye a chiudere il bar ed essere tornati a casa.

Gesù! Come diavolo aveva fatto Skye a superare quei primi otto anni? Ero stato padre per un giorno, e non riuscivo a capire ciò che fosse sicuro o no per Maya.

"Chi è riportato come suo padre sul suo certificato di nascita?" chiesi, mentre arrivavo in autostrada.

"Tu" disse nell'oscurità dell'interno del camion. "Se mi fosse mai successo qualcosa, volevo assicurarmi che sarebbe andata a te. Evidentemente, anche allora, sapevo che ti saresti preso cura di lei se non avesse avuto un'altra famiglia."

Esitai un po'—o forse molto—al pensiero che potesse succedere qualcosa a Skye.

Non succederà mai niente a lei o a Maya. Sono qui per assicurarmi che sia così.

Facevo sempre più fatica a essere incazzato con lei. Dopo aver passato un po' di tempo con mia figlia, avevo capito che Skye era una madre fantastica. Aveva allevato Maya nel modo giusto, e l'amore che aveva per nostra figlia era proprio lì sotto gli occhi di tutti.

Sì, desideravo fottutamente che fosse tornata o avesse chiamato dopo aver lasciato quella lettera, e si fosse assicurata che sapessi di avere una figlia. Ma era poco più di una ragazzina. Appena diciottenne. E considerando il suo passato e la mancanza di supporto, doveva essere stata terrorizzata di ritrovarsi incinta senza un modo concreto per mantenere se stessa o la nostra bambina.

Avrebbe potuto chiedermi il mantenimento della figlia nel momento in cui avesse scoperto che avevo ereditato un'enorme fortuna.

Sapeva che ero ricco, ma non aveva mai chiesto un accidente.

E Dio sapeva che aveva avuto bisogno di aiuto dopo essere tornata a Citrus Beach. Si era presa cura di Maya nell'unico modo che conosceva... lavorando da sola fino alla morte.

"Perché non mi hai mai chiamato per il mantenimento della bimba?"

Il suo sospiro sommesso attraversò la cabina del camion. "Perché avrei dovuto chiederti di mantenere Maya quando pensavo che non te ne fregasse niente se esistesse o no?"

"La maggior parte delle donne lo farebbe" sottolineai.

"Non sono la maggior parte delle donne. Maya ed io siamo sopravvissute da sole da quando è nata. Ci siamo riuscite."

"So che è stato tutto un malinteso" dissi. "Ma mi sento in colpa come una merda per non essere stato lì.»

"Non farlo" replicò immediatamente. "Non sapevo che mi sarei sposata con una famigerata famiglia criminale quando volevo che venissi da me. Ma guardando indietro, probabilmente non sarebbe stato sicuro per te se fossi venuto. Marco era spietato nell'ottenere ciò che voleva. E lui voleva me."

Volevo dirle che non mi sarebbe importato un cazzo di chi dovevo affrontare per arrivare a lei e a nostra figlia, ma lasciai scivolare il commento. "Ti trattava bene? Hai detto che ignorava Maya, ma te?"

"Non era un brav'uomo" disse con cautela. "Aveva una specie di crisi di mezza età, credo. Pensava che una moglie trofeo avrebbe aiutato, immagino. Il mio dovere nei suoi confronti era assicurarmi di essere sempre perfetta e di rimanere al suo fianco ogni volta che andavamo da qualche parte. Ma non ha mai voluto che facessi conversazione. Non mi vedeva affatto come una persona. Ero praticamente solo un possesso."

"Che stronzo" imprecai.

Non riuscivo a immaginare un ragazzo che avesse una moglie come Skye e non la trattasse come meritava.

"Fortunatamente, ha perso interesse nel mettermi in mostra dopo un anno o due" rispose senza alcuna emozione distinguibile. "E sono stata contenta. Ho potuto passare più tempo con Maya invece di angosciarmi cercando di renderlo felice."

"Quando hai saputo chi fosse veramente?" chiesi incuriosito.

Rimase in silenzio per qualche istante prima di rispondere. "Penso di aver sempre saputo che qualcosa non andava. Era fuori più di notte che di giorno, e sembrava strano che potesse condurre un'attività legittima in quel modo. La prima cosa che ho capito è stata che la sua cosiddetta chiesa non era esattamente un rifugio sicuro. La sua famiglia *usava* la chiesa per trovare vittime della tratta di esseri umani. Promettevano ai fuggitivi il mondo, e poi li riducevano in schiavitù. Alcuni di loro erano solo adolescenti. Una volta che me ne sono resa conto, sono stata in grado di guardare *tutto* ciò che stava facendo e capire che c'erano anche traffico di droga, riciclaggio di denaro sporco e una miriade di altre attività illegali. Non ho mai visto nessuno degli omicidi, ma sono accaduti. Se qualcuno si preparava a denunciarli o a tradire un membro della famiglia, veniva opportunamente fatto scomparire."

"Cazzo, Skye! Perché diavolo non te ne sei andata?" Mi faceva impazzire il pensiero che Skye e Maya fossero state in quell'ambiente.

"Perché andarsene sarebbe stato più pericoloso che restare" mi informò. "Le persone non lasciano la mafia. Semplicemente... scompaiono."

Probabilmente aveva ragione. Non aveva nessun posto dove andare con Maya. Il che mi fece sentire ancora più di merda di quanto già mi sentissi.

"Ti ha mai toccata?" chiesi.

"In quale modo?"

"Qualsiasi" borbottai. Non volevo sapere esattamente della sua vita sessuale con un altro ragazzo, ma ero curioso di sapere come fosse stata la sua vita.

"Fare sesso con lui era orribile" disse onestamente. "Era brutale, e tutto quello che volevo ogni volta era che finisse. Non gliene fregava niente se mi faceva male. E sì, si irritava con me e mi ha schiaffeggiata un sacco di volte. Ma lo accettavo volentieri perché preferivo che sfogasse la sua rabbia su di me piuttosto che con mia figlia."

"Figlio di puttana" dissi con voce stridula, furioso che qualcuno l'avesse toccata con rabbia.

Se il bastardo non fosse già stato in prigione, sarei stato tentato di seguirlo e dargli una lezione su come un uomo tratta una donna.

"È finita, Aiden. Sono sopravvissuta" disse dolcemente.

"Non c'è da stupirsi che tu non voglia sposarti di nuovo" replicai.

"Ecco perché" rispose. "Nessuno mi possiederà mai più. Nessuno mi dirà mai come vivere."

Be', cavolo, in un certo senso volevo possederla, ma non nel modo in cui l'aveva fatto Marco.

Mia!

Avevo sempre avuto una reazione viscerale e primordiale nei confronti di Skye, ma era perché volevo che fosse al sicuro e protetta. Non volevo dirle cosa fare. Tutto quello che avrei sempre voluto era che fosse felice dopo l'infanzia di merda che aveva avuto.

"Non tutti gli uomini sono così" le dissi.

"Lo so. Ma stai già cercando di convincermi a rinunciare al mio ristorante."

"Non voglio che tu ci *rinunci*" negai. "Voglio che ti prenda un po' di tempo per rilassarti. Voglio vederti meno esausta. E ho pensato che volessi passare più tempo con Maya."

"Sì" confermò in un sussurro aspro. "E devo ammettere che sono stanca. Ma non puoi semplicemente ordinarmi di fare delle cose, Aiden."

"Sono un po' abituato a dare ordini" ammisi. "Ero un responsabile quando ero fuori per la pesca. E quando tornavo a casa, facevo da genitore ai miei fratelli."

"Non sono più una bambina" mi ricordò.

Non me ne rendevo conto, cazzo! Skye era passata dall'essere una ragazza giovane e carina a una donna matura e meravigliosa che mi rendeva il cazzo perennemente duro.

"Cercherò di chiedere più spesso piuttosto che dirti cosa fare" acconsentii a malincuore, sapendo che quando si trattava di Skye e mia figlia, non sarebbe stato facile non insistere che facessero qualunque cosa fosse la più sicura e facile per realizzare le cose.

Forse era un po' strano che il mio istinto protettivo nei confronti di Skye fosse ancora così evidente. Ma non sarebbero andate via, quindi avrei dovuto imparare ad adeguarmi. Era la madre di mia figlia. Quindi era del tutto normale sentirsi così.

Aveva un sorriso nella voce quando rispose. "Sarebbe carino."

"Non aver mai paura di me" insistetti. "Non farei mai del male a te o a Maya. A volte potrei essere uno stronzo perché voglio che siate entrambe al sicuro e felici. Ma giuro che non ti toccherei mai con rabbia."

Non ero il tipo di ragazzo che aveva *mai* picchiato una donna con rabbia, e volevo chiarirlo. Quel tipo di comportamento era da fottuti codardi.

"Lo so" disse semplicemente.

Rimasi in silenzio mentre entravo nel parcheggio della caffetteria. Dopo aver messo a posto il camion, domandai: "Vuoi dire al personale che chiuderai il ristorante per un po'? Continuo a pensare che dovresti renderlo come vuoi che sia."

"Voglio renderlo diverso da quello che è adesso" rifletté. "Temo che se non lo cambio, il locale diventerà obsoleto. Citrus Beach sta cambiando da un po'. È una piccola città di mare che sta crescendo molto. I ristoranti alla moda stanno spuntando ovunque. Il posto ha bisogno di qualcosa di particolare. Ha bisogno di cambiare nome."

"Ma?" Potevo sentire l'esitazione nel suo tono.

"È molto chiederti di diventare il mio partner e investire in un posto che ha davvero bisogno di molto lavoro. Ma se non lo faccio, alla fine potrei doverlo chiudere."

Strinsi le mani sul volante. "Se lo accettassi, ti regalerei volentieri i soldi, Skye. Ma se essere il tuo partner è l'unica cosa che accetterai, allora lo farò."

Sapevo già che era troppo orgogliosa e ambiziosa per prendere qualcosa per niente. Cavolo, avrebbe potuto chiedere un buon contributo per il mantenimento della figlia, qualcosa che aveva il diritto di ottenere, e non l'aveva fatto.

Quindi sarei sceso a compromessi. Questa volta. Non mi importava molto di cosa ci volesse per farla mangiare di più e lavorare di meno.

Nessuna donna doveva sembrare stanca come lei la maggior parte del tempo.

"Grazie per aver creduto in me" disse dolcemente.

"So che puoi farcela" replicai sinceramente. "Sono completamente d'accordo con la tua valutazione. E non voglio che tu o Citrus Beach perdiate il bar. Ma ha bisogno di un brand completamente nuovo per rimanere sulla cresta dell'onda."

Anche se era fastidioso non riuscire a convincerla a lasciarsi andare e a fidarsi di me, capivo perfettamente perché voleva la sua indipendenza. Non aveva mai avuto alcun tipo di sicurezza in vita sua.

Volevo darle la caffetteria che l'avrebbe fatta sentire indipendente. Non avrei mai voluto che si sentisse di nuovo in trappola.

"Allora accetto" disse con fermezza. "Lo farò sapere al personale."

Sorrisi anche se lei non poteva vedermi nella cabina buia.

Avevo ottenuto una vittoria, ma non era stato facile.

Comunque, si fidava un po' di me, e per ora doveva bastare.

CAPÌTULO 10

Aiden

Allentai la cravatta la mattina dopo mentre mi dirigevo in centro. Odiavo sentirmi strangolare da un cappio stretto intorno al collo e avere il prurito per la camicia pesantemente inamidata che indossavo.

Non ero un tipo da completo personalizzato come Seth ed Eli Stone.

Ma incontravamo potenziali partner e clienti nei nostri uffici, quindi dovevamo sembrare dei professionisti.

Ad essere onesto, non ero davvero pronto a vedere la faccia di Seth in questo momento. Ma era lunedì mattina e avevo promesso che sarei stato in ufficio.

Gli affari andavano a gonfie vele e io avevo un obbligo nei confronti dell'azienda.

Devo far sapere a Seth che ho preso alcune decisioni.

A volte, avrei davvero voluto godermi l'emozione delle acquisizioni e dei progetti che erano in fase di sviluppo.

All'inizio, l'idea di lavorare in collaborazione con Seth era stata allettante. Ma avevo praticamente scoperto che il settore immobiliare non faceva per me.

Preferivo pescare.

Preferivo in un paio di jeans e una camicia comoda.

Preferivo fare una differenza più grande nel mondo ora che avevo più soldi di quelli che avrei potuto spendere in una vita.

Non che non apprezzassi il fatto che io e i miei fratelli ora fossimo ricchi sfondati. Ma la transizione era stata... difficile.

Quando un povero ragazzo si rendeva improvvisamente conto che non avrebbe mai potuto lavorare un altro giorno in vita sua, ma che avrebbe continuato ad arricchirsi con i suoi investimenti, era scoraggiante.

Mi piaceva lavorare.

Ero abituato a farmi il culo per una piccola paga e lunghe ore.

Ma l'unica cosa in cui ero bravo era la pesca.

Quindi l'idea di Seth di lavorare insieme era suonata bene in quel momento.

Peccato che non mi sentissi come se mi fossi adattato all'intero ambiente immobiliare.

Avevo bisogno di stare all'aperto per sentirmi normale, e l'oceano era nel mio sangue.

Una volta parcheggiato il mio camion al Sinclair Building, scesi e indossai la giacca.

Stranamente, sorrisi mentre chiudevo a chiave il mio veicolo perché ricordavo ancora che Skye mi aveva detto quanto ero bello quella mattina prima di uscire di casa.

Cavolo, sapevo di aver reagito alle sue lodi come un ragazzo del liceo infatuato, ma non riuscivo a fermarmi.

Avevamo entrambi portato Maya alla fermata dell'autobus e mi ero gustato un'ottima colazione, perché Skye aveva cucinato.

Non mi mancava la solita solitudine del mattino, questo era certo. Mi piaceva averle entrambe intorno.

Entrai nell'atrio e alzai una mano verso l'addetto alla sicurezza seduto alla reception mentre premevo il pulsante dell'ascensore per raggiungere l'ultimo piano.

Al momento, Sinclair Properties occupava solo l'intero piano superiore. Ma sapevo che Seth aveva ambizioni che avrebbero riempito l'intero edificio di dipendenti dell'azienda molto presto.

Una volta arrivato negli uffici, passai vicino al mio e mi diressi verso la porta accanto di Seth.

Era in piedi dietro la sua scrivania e non esitai, mentre mi avvicinavo a lui. Una volta che girò la testa e mi guardò, tirai indietro il braccio e lo colpii in faccia così forte che atterrò sul sedere.

"Che cazzo ti prende, Aiden?" borbottò dalla sua posizione seduta sul tappeto. «Penso che tu mi abbia rotto il dannato naso.»

Mi lasciai cadere su una sedia davanti alla sua scrivania. "Era incinta, stronzo" lo informai con rabbia. "Ha lasciato una lettera per dirmi che stava per avere la mia bambina."

Vidi Seth salire sulla sedia e prendere dei fazzoletti. Il sangue non era ancora caduto sul suo completo immacolato, ma lo avrebbe fatto se non avesse fermato l'emorragia dal naso gonfio.

"Come cazzo potevo saperlo?" chiese scontroso. "Quel pensiero non mi è nemmeno passato per la mente allora. Sei sempre stato attento. Non eri il tipo da mettere incinta una donna."

"Non importa. Non avresti mai dovuto rubare la mia posta. Ha cambiato molte vite, e non in meglio. Skye era infelice e mia figlia non era in un ambiente fantastico."

Odiavo ammetterlo, ma mi piaceva guardare il suo naso sanguinare e gonfiarsi. Il bastardo se lo meritava.

Seth tenne i fazzoletti, rimuovendoli solo quando il sangue si arrestò.

"Quindi sono io il nemico adesso?" mi chiese mentre mi fissava scontento.

"Sei mio fratello" lo corressi. "È solo che non mi piaci molto in questo momento."

"Non lo sapevo, Aiden. Lo giuro. Te l'avrei detto se l'avessi letto."

"La mia vita sarebbe completamente diversa se me lo avessi fatto sapere" dissi strascicando. "E lo stesso vale per Maya e Skye.

Forse avrebbero avuto meno cose materiali, ma credo che a nessuna di loro importasse. Volevano solo essere al sicuro e amate."

"Maya e Skye?" chiese. "La figlia di Skye è *tua* figlia?"

Annuii, e poi continuai a raccontargli tutta la storia.

Poi aggiunsi: "A proposito, ho chiuso. Ho finito con Sinclair Properties. Questo è il *tuo* sogno, non il *mio*."

Scosse la testa. "Non dici davvero. Questa società vale già otto cifre e non ci vorrà molto prima che diventi ancora di più."

Gli lanciai uno sguardo di avvertimento. "Credici. Ho intenzione di cederti la piena proprietà."

Mi lanciò un'occhiata disgustata. "Sei solo incazzato adesso—"

"Non è per questo che lo sto facendo" lo interruppi.

"Allora perché diavolo dovresti rinunciare a un'azienda che sta prosperando in questo momento?"

Alzai le spalle. "Non è il mio genere. Non mi viene un'erezione dallo scambio di proprietà o terreni. E i grattacieli fanno ben poco per me."

"Gesù, Aiden. Non puoi semplicemente—"

"Posso" lo rassicurai.

Iniziai a pensare a quello che aveva detto Skye riguardo alle persone che le dicevano sempre cosa fare, e potevo capire.

"In qualche modo, non riesco a vederti sdraiato sulla spiaggia con una birra per molto tempo" avvertì Seth.

"Nemmeno io, motivo per cui lavorerò nella mia azienda. Inizierò dal mio ufficio a casa e vedrò dove va a finire."

"Qual è il tuo piano?" chiese.

"Voglio creare una delle più grandi società di fornitura di prodotti ittici al mondo. Voglio costruire un impero della pesca. Quello che non riesco a ottenere stando fuori dalle barche che ho intenzione di varare, lo proverò dai pescatori di tutto il mondo. Ho un sacco di contatti. E voglio che tutto sia fatto con la pesca *sostenibile*. Userò i ragazzi che lo fanno nel modo giusto. Niente più catture eccessive."

Anche se avevo sempre amato la pesca, c'erano troppi scarti e troppe specie che venivano catturate e uccise senza essere il nostro obiettivo. Se volevo dare ai miei nipoti le proteine dagli oceani, avrebbe dovuto esserci una pesca più responsabile.

"Sembra che tu abbia le idee chiare" disse Seth in tono piatto.

Annuii. "Ci ho pensato per un po'."

Potevo fornire un sacco di posti di lavoro a Citrus Beach, e potevo anche praticare la pesca come si doveva.

Non che avessi programmato di uscire nuovamente in mare per lunghi e spossanti viaggi. Potevo trovare grandi capitani ed equipaggi per manovrare le barche.

Costruire il nome avrebbe richiesto molto lavoro, ma ero pronto per la sfida. In realtà, sapevo che mi sarebbe piaciuto.

"Se è questo che ti rende felice, penso che dovresti farlo" disse Seth a malincuore. "Ma forse potremmo scambiare la tua parte di questa attività con metà del tuo impero della pesca. Ne vorrei una quota. Potrei gestire Sinclair Properties e tu potresti costruire la tua attività. Ma saremmo soci in entrambe le attività."

"Ci dovrei pensare" dissi in tono vago.

"Sei ancora incazzato?" domandò, stupito.

"Non proprio" condivisi. "Romperti la faccia e guardarti sanguinare ha aiutato."

"Sei freddo" ribatté.

"Non mi dai esattamente una sensazione di calore in questo momento" brontolai. "Quello che hai fatto è stato stupido. E ha causato a Skye molto dolore che non meritava."

"Sono d'accordo" disse con voce rauca. "Se potessi tornare indietro e cambiarlo, lo farei. Ma non posso cambiare il passato."

"Nemmeno io" ammisi. "Tutto quello che posso fare è lavorare per un futuro migliore. Skye e io ci sposeremo."

Va bene. Sì. Sapevo che non era *ancora* d'accordo. Ma lo sarebbe stata.

Mi lanciò uno sguardo cauto. "Vuoi tornare con una donna che ti ha lasciato per un altro ragazzo?"

"Te l'ho detto. Non aveva *nessun altro posto* dove andare" dissi, sapendo ora che era la verità. "E non ho mai visto quella dannata lettera."

Aveva pensato che l'avessi abbandonata.

Quindi, non aveva avuto scelta.

"Se ti rende felice, allora sono contento" disse, mentre gettava via i fazzoletti.

Il suo viso era gonfio, ma l'emorragia si era fermata.

Annuii. "Grazie."

"Allora, quando è il matrimonio?"

"Appena riesco a convincerla a sposarmi."

"Lei ha detto no?" domandò Seth.

"L'unica cosa su cui ha acconsentito è stata trasferirsi a casa mia perché potessi conoscere Maya."

"Sei abbastanza testardo da convincerla" replicò seccamente.

Mi alzai. "Lo spero."

"Dove stai andando?" chiese alzandosi dalla sedia.

"A casa" decisi.

"Speravo che potessi rimanere e darmi una mano."

Dato che ero abituato a non dire mai di no quando la mia famiglia aveva bisogno di me, chiesi: "Di cosa hai bisogno?"

"Abbiamo un bel terreno vicino all'acqua, ma non possiamo costruire. Qualche avvocatessa amante della natura sta avendo una crisi perché è il luogo di nidificazione di alcune specie di uccelli in via di estinzione. Il California Least Tern o qualcosa del genere. Ha chiamato stamattina presto. Ho la sensazione che sarà una gran rottura di palle."

"La conservazione è importante. Penso che Jade sarebbe d'accordo." Nostra sorella era una irriducibile ambientalista della fauna selvatica.

"Non dirlo a Jade" chiese Seth con qualcosa che sembrava molto simile al panico. "Mi salterebbe addosso."

"Forse potresti semplicemente trasformare il terreno in un rifugio."

Seth mi guardò storto. "Ho comprato la proprietà per svilupparla. È proprio sull'acqua. Non sono disposto a perdere quel denaro."

"Ti capisco. Quegli uccelli sono una quantità ridicola."

"Non. Succederà" rispose ostinatamente.

"Allora buona fortuna per lo sviluppo" gli dissi, mentre mi avviavo verso l'uscita.

"Aiden" chiamò.

Quando raggiunsi la porta mi fermai per guardarlo.

"Non puoi rimanere arrabbiato con me per sempre."

"Sono sicuro che lo supererò."

Il tempo sarebbe stato mio amico. Alla fine, l'inferno di ascoltare ogni cosa brutta che era successa a Skye si sarebbe fermato. O almeno speravo che sarebbe diventato più facile.

"Mi mancherai" confidò.

"Non sono mai stato davvero interessato" dissi, lasciandolo da solo nei guai. "Ma è sempre stato il tuo sogno. Non mollare."

"Assolutamente no" concordò.

"Potresti accordarti con l'ambientalista" suggerii. "Non sarebbe un grosso danno rinunciare alla proprietà."

"Per un gruppo di uccelli?" chiese rudemente. "Cavolo, no. Possiamo semplicemente fare in modo di farli spostare."

Sorrisi, perché non potevo farne a meno. "Penso che Eli sarà d'accordo sul fatto che dovrebbe diventare un rifugio dal momento che sta sposando Jade."

"Vedremo" ribatté Seth minaccioso. "Non credo che sia diventato uno dei ragazzi più ricchi del mondo avendo un cuore sanguinante."

Davvero, non importava come il mio futuro cognato fosse diventato ricco prima. Eli Stone era pazzo di Jade e l'avrebbe sostenuta in un baleno. Se la mia sorellina fosse venuta a sapere che c'erano uccelli rari che dovevano essere salvati, Seth non avrebbe mai sentito la fine di quella storia.

"Buona fortuna se Eli ti sostiene" dissi, ancora sorridendo mentre uscivo dalla porta.

Ero abbastanza sicuro che Eli Stone avrebbe preferito fallire piuttosto che rendere infelice la mia sorellina.

Era il motivo principale per cui mi piaceva così tanto quel ragazzo.

CAPÌTULO 11

Skye

Fui sorpresa di vedere Aiden entrare dalla porta di casa sua poco più di un'ora dopo che se n'era andato. "Sei tornato presto."

Ero seduta al tavolo della colazione con una tazza di caffè, cercando idee per il ristorante. Guardai mentre Aiden si avvicinava alla caffettiera e si versava anche lui una tazza.

Non fu difficile per me vedere che la sua mano destra era gonfia poiché mi piaceva guardare quelle mani capaci di fare quasi qualsiasi lavoro.

Mi alzai e mi avvicinai a lui. "Cosa diavolo è successo alla tua mano?"

Presi la sua mano nella mia mentre la esaminavo.

"Niente di grave" borbottò. "Si è semplicemente collegata alla faccia di Seth. Meritava di soffrire."

All'improvviso mi allarmai e guardai nei suoi occhi blu oceano, cercando la verità. "È davvero quello che è successo?"

Girai la sua mano più e più volte. Era piuttosto gonfia, ma sembrava avere una gamma completa di movimenti. Alla fine gli restituii la mano dopo essermi convinta che molto probabilmente non si era rotto nulla.

"Se l'è meritato" disse con voce roca. "Se non avesse deciso di bruciare quella lettera, le cose sarebbero state molto diverse. Forse non avrei avuto molti soldi, ma tu e Maya sareste state accudite da persone a cui fregava qualcosa."

"In tutti gli anni in cui conosco Jade, non ho mai visto uno dei Sinclair mettere le mani su un altro" riflettei.

"Di solito non lo facciamo" disse, mentre si passava la mano ferita tra i capelli, lasciandoli dritti in un paio di punti. "Questa è stata una circostanza speciale."

Mi sentivo triste per aver causato una spaccatura tra lui e Seth. "Mi dispiace che sia successo. So quanto siete legati. E penso che stesse solo cercando di essere d'aiuto, anche se è stato fuorviato."

"Un giorno lo supererò" disse. "Ma in questo momento, non posso perdonare e dimenticare. Questa merda è troppo cruda. Odio quello che ti è successo, Skye."

Sospirai. Non potevo biasimarlo per essere confuso e arrabbiato. Gli era mancato troppo della vita di sua figlia. Ma mi aveva davvero commossa il fatto che fosse stato ovviamente irritato anche per quello che era successo alla mia vita.

"È finita, Aiden. Non possiamo tornare indietro. Maya è una bambina sana e normale. Entrambe siamo uscite dalla nostra situazione relativamente illese."

Sì, c'erano alcuni problemi. Mi venne in mente il fatto che non riuscivo a mostrare le mie emozioni.

E Maya non era stata allevata nel miglior ambiente, anche se avevo fatto del mio meglio per proteggerla dalla verità.

Ma ero determinata a voltare pagina dal mio passato.

Mi lanciò uno sguardo turbolento. "Sei davvero uscita illesa?" chiese con voce roca. "Hai protetto Maya. Ma chi diavolo ha protetto te? Ti ha picchiata, Skye. E ti ha umiliata. Mostri a malapena qualche emozione per tutto questo."

"Perché non ho mai potuto" dissi sinceramente. "Mostrare emozioni era una debolezza che non potevo permettermi, Aiden. Per favore, comprendi che non è che non odio il bastardo che ho sposato e da cui ho divorziato, e che non sono dannatamente felice che il suo culo se ne starà in una prigione federale per il resto della sua vita. Ma essere in quella vita significava che non avrei mai potuto far sapere a lui o alla sua famiglia come mi sentivo. Non era possibile senza conseguenze. Avrebbe preso quei sentimenti e li avrebbe usati contro di me. Sono così abituata a essere insensibile che non so quali siano i miei sentimenti verso chiunque tranne Maya."

Ero senza fiato quando finii. Non avevo intenzione di sfogare la mia confusione con Aiden, ma sembrava importante che capisse esattamente quale fosse la mia situazione emotiva.

Non sapevo come provare *qualcosa*, e prima lo avesse capito, più saremmo andati d'accordo.

Non sapevo come essere felice. Ero in modalità sopravvivenza. Non provavo alcun tipo di *gioia* da quell'estate in cui ero stata con lui.

Non sapevo come essere veramente triste.

Non sapevo come connettermi davvero con altre persone perché ero stata così isolata.

Non era che non bramassi la connessione, ma per me, fidarmi di qualcuno era pericoloso.

Aiden doveva aver percepito che ero in conflitto, perché fece la cosa più straordinaria. Spalancò le braccia.

Istintivamente, mi ci buttai dentro senza pensarci.

E quasi cedetti, quando mi avvolse con quelle braccia forti in modo protettivo.

Mi crogiolai nel calore e nella protezione del suo corpo muscoloso, mentre appoggiavo la testa sulla sua spalla.

Era un uomo enorme. Potevo essere alta per una femmina, ma la parte superiore della mia testa raggiungeva a malapena la sua bocca.

Ma per qualche ragione, ci completavamo perfettamente.

"Mi importa di cosa ti è successo, Skye" gracchiò contro i miei capelli. "Mi importa che tu non abbia avuto nessuno con te quando avevi diciotto anni ed eri incinta di mia figlia. Vorrei uccidere io stesso Marino per averti messo una mano addosso. Non posso fare a meno di sentirmi come mi sento."

Chiusi gli occhi e cercai di assorbire la forza di Aiden. L'uomo aveva più certezze nel mignolo di quanta ne avessero molti uomini in tutta la loro anima.

Restammo in cucina, avvinghiati l'uno all'altra per così tanto tempo che persi la cognizione del tempo.

Mi sentivo più forte quando finalmente mi tirai indietro, come se essere vicina a lui mi avesse dato un po' della sua forza.

"Sono davvero dispiaciuta per Seth."

Scosse la testa, mentre prendeva la sua tazza di caffè. "Non esserlo. Mi ha fatto pensare molto a come comportarmi in futuro. Come ti senti ad essere sposata con un pescatore?"

I miei occhi si posarono sui suoi. "Che cosa? Sei un pescatore, Aiden. Lo sarai sempre. È qualcosa che ami."

Non solo aveva pescato per vivere, ma era sempre stata una passione per lui, anche quando non lavorava. Non avevo mai creduto che andasse a pesca sportiva solo per aiutare a sfamare la sua famiglia. Aveva sempre amato lo sport.

"Lascio Sinclair Properties a Seth e avvierò la mia attività di fornitore di prodotti ittici" disse mentre mi guardava, apparentemente per vedere quale sarebbe stata la mia reazione.

"Dio mio. È fantastico. Parlamene" incoraggiai eccitata.

Aiden espose i suoi piani e rispose a tutte le mie domande.

Concluse: "Aiuterà la città a fornire più posti di lavoro, e l'intero modello si basa sulla pesca sostenibile. Non verranno più uccise specie inavvertitamente. Dobbiamo usare solo ciò di cui abbiamo bisogno. Se aprissi un impianto di lavorazione fuori città e pescassimo le specie che possiamo ottenere qui, forniremmo un sacco di posti di lavoro a Citrus Beach."

Risi. "Mi hai convinta. Se avessi soldi, investirei. Che cosa farai per procurarti i frutti di mare che non puoi trovare qui?"

"Assumerò alcune persone dannatamente brave in tutto il mondo per procurarmi cose che vengono catturate in modo sostenibile."

Rimasi in silenzio per un momento prima di dire: "Sembri felice."

Annuì. "Lo sono. Per quanto tu possa pensare che sia bello con indosso un completo, non sono proprio quel tipo di ragazzo."

Lo colpii scherzosamente sul braccio. "Sei bello con qualsiasi cosa. Lo sai. E tutta la faccenda del miliardario operaio è piuttosto allettante."

Mi lanciò un'occhiata di traverso. "Lo pensi davvero?"

Annuii con enfasi. "È particolarmente bello che tu stia facendo qualcosa a cui tieni."

Non mi ero presa la briga di discutere sul fatto che non avevamo concordato la parte del matrimonio del nostro accordo. Al momento, non importava. Aiden aveva attraversato un enorme cambiamento di vita e aveva bisogno di sentirsi a proprio agio con il suo cambiamento di lavoro.

"Seth e io non abbiamo ancora elaborato i dettagli, ma potrei accettare la sua offerta di rimanere come socio tacito di Sinclair Properties in cambio della sua unione tacita con la Sinclair Seafood."

"Questo è il nome ufficiale della nuova attività?"

Annuì.

"Mi piace" concordai.

"Inizierò a lavorare dal mio ufficio a casa. Ho molti edifici da sistemare e barche da acquistare. Il porto turistico è stato appena ampliato, quindi per ora dovrebbe funzionare per ospitare le barche."

"Dato che non avrò il ristorante aperto per un po', vorrei aiutare come posso. Non ho molte capacità, ma farei tutto ciò di cui hai bisogno" offrii.

Volevo fare tutto il possibile per far decollare l'attività che Aiden voleva. Sembrava così felice e volevo che continuasse a sorridere.

Mi rivolse un sorriso giocoso. "Solo il fatto che pensi che io possa farlo aiuta. E non rifiuterei un po' di assistenza. Non sono esattamente organizzato."

"Perfetto" dissi mentre ricambiavo il sorriso. "Sono un po' scrupolosa riguardo ai piani. Quindi ti aiuterò a mettere insieme le cose. Onestamente penso che avviare due nuove attività sarà divertente."

"Probabilmente sarà l'inferno" avvertì.

"Non lo sarà. Sarà una sfida."

C'era qualcosa in Aiden e nel fare questo insieme che mi portava un senso di eccitazione che non provavo da molto tempo.

"Ti aiuterò anch'io" promise. "Ma possiamo iniziare a lavorare dopo che Maya è andata a scuola e concludere all'ora di cena? Ero serio sul fatto che ti prendessi una pausa."

Il mio cuore fremette. In realtà me l'aveva chiesto come se fossi una partner invece di comandarmi. Non che pensassi che la concessione sarebbe durata per sempre, ma mi aveva sentita quando gli avevo detto che avrei preferito che chiedesse piuttosto che dare ordini.

"Staccherò un po' prima per cenare insieme" mi offrii. "D'accordo?"

Incrociò le braccia muscolose. "Pensavi davvero che avrei litigato sul non cucinare?"

Risi. "Mi piace cucinare." Mi ricordai improvvisamente di qualcosa. "A proposito di cucina, devo preparare i biscotti per la lezione di Maya questo pomeriggio. È il suo turno di portare i dolcetti. Le gocce di cioccolato sono le sue preferite."

"Prima compravo solo cose per i miei fratelli più piccoli" rifletté.

"I tempi stanno cambiando" spiegai. "Faccio biscotti più sani con farina d'avena, zucchero di cocco e più noci che gocce di cioccolato."

"Penso che preferirei quelli vecchio stile" borbottò.

Sbuffai. "Anch'io. Ma quelli più sani non sono male. E a volte faccio ancora cose vere per Maya. Cerco solo di stare attenta con il vero zucchero e mi assicuro di mescolare le cose salutari con le prelibatezze."

"È una brava ragazza, Skye. Hai fatto un ottimo lavoro con lei" disse mentre mi guardava.

Il mio cuore si scaldò, quando vidi lo sguardo genuino nei suoi splendidi occhi. Nessuno mi aveva mai veramente detto che stavo facendo le cose per bene con Maya. Avevo sempre avuto il terrore di fare qualcosa che rovinasse mia figlia poiché non avevo assolutamente alcuna esperienza di educazione.

"Grazie" gli risposi con un sorriso.

"Posso aiutare con i biscotti?"

"Vuoi farlo davvero?" chiesi, il mio cuore che batteva un po' più velocemente.

Continuavo a ripetermi di non dare troppo peso all'avere un partner che aiutasse a crescere Maya. Ma era bello lo stesso.

"Davvero" confermò.

Finimmo il nostro caffè e procedemmo a preparare insieme dei biscotti con gocce di cioccolato più salutari.

Ebbi difficoltà a tenere la maggior parte delle gocce di cioccolato fuori dalla bocca di Aiden, e dopo aver finito c'era farina d'avena ovunque.

Ma non ridevo così tanto da anni, e stavo ancora ridacchiando una volta che l'intera cucina fu di nuovo pulita.

CAPÌTULO 12

Skye

I giorni che precederono il matrimonio di Jade ed Eli furono tra i periodi più incredibili che avessi mai vissuto.

Aiden aveva iniziato a fare il padre in modo quasi naturale.

Non potevo dire che non viziasse sua figlia. Per fortuna, non faceva mai di me la cattiva, quando dovevo far rispettare le regole e l'ora di andare a letto. In realtà, mi supportava completamente e ricordava persino a Maya quando c'era qualcosa che le avevo chiesto di fare.

Ma *era* un debole nel darle tutto e ogni cosa volesse per la maggior parte.

Fortunatamente, mia figlia non era il tipo da chiedere qualcosa di stravagante.

"Il mio insegnante di pianoforte dice che sto imparando così velocemente che probabilmente potrei fare un recital quest'estate" disse emozionata mia figlia dal sedile del passeggero nella nuova auto che Aiden aveva misteriosamente acquistato. Avevo la sensazione che avesse sentito l'improvviso bisogno di un'Audi A3 più per me che per se stesso. Ma dal momento che la mia vecchia carretta era soggetta a guasti continui, avevo accettato volentieri la sostituzione che mi aveva offerto.

Risvolsi a mia figlia un rapido sorriso di traverso. Dato che aveva quasi nove anni, ora la lasciavo sedere davanti.

"Pensa che sarai in grado di suonare un'intera canzone?" chiesi.

"Questo è quello che ha detto. Spero di poterlo fare. Mi piacerebbe suonare per te e papà."

Il mio cuore si strinse dolorosamente. Se non fosse stato per Aiden, mia figlia non avrebbe preso lezioni di piano. Aveva appena iniziato, ma aveva sempre voluto imparare. Semplicemente non potevo permettermi di mandarla a uno studio privato di pianoforte. Erano soldi extra che non avevo mai avuto.

Ma nel momento in cui aveva menzionato il suo desiderio ad Aiden, era stato esaudito. Me lo aveva chiesto prima, ma non avevo avuto motivo di negare a mia figlia quello che voleva.

Come promesso, avevamo trascorso il sabato precedente a Disneyland e gli adulti si erano divertiti tanto quanto Maya. Il tempo era stato perfetto, e Aiden aveva organizzato l'esperienza VIP, quindi avevamo usufruito di ogni attrazione che ci piaceva.

Maya era stata così esausta che aveva dormito per tutto il viaggio di ritorno a casa.

"Andrai alla grande, Zuccherino" le dissi. "Realizzi sempre quello che vuoi fare."

"Amo suonare il piano, mamma. E mi piace davvero avere così tanta famiglia. Anche lo zio Noah si è offerto di portarmi al Sea World quest'estate. E lo zio Seth ha detto che potevamo andare allo zoo."

Perché comanda zii e zie a bacchetta. Persino Seth.

Non avevo dubbi che Maya stesse attirando tutta l'attenzione della famiglia. Sembrava adorare tutti i suoi nuovi parenti.

"Fai attenzione a non chiedere troppo, Maya. Le tue zie e i tuoi zii hanno una vita molto impegnata."

Rimase pensosamente in silenzio per alcuni istanti prima di chiedere: "Quanto è troppo? Si sono offerti e io ho detto di sì."

Annuii. "Allora, va bene. Significa che vogliono portarti. Ma non chiedere loro cose, okay?"

"Non lo farei" rispose. "Mi hai sempre detto di non chiedere cose ad altre persone. Forse la mia vera famiglia è diversa, ma non sarebbe educato."

Purtroppo, avevo sempre voluto che non chiedesse nulla alla sua famiglia acquisita. E aveva capito troppo bene la situazione per parlare con qualcuno di loro.

A volte, Maya sembrava molto più grande dei suoi anni. "Sei una brava ragazza" le feci i complimenti.

"È quello che mi ha detto anche papà" disse con un sospiro. "Ma non è poi così difficile. Penso che sia più facile essere buoni che cattivi."

Trattenni una risata. Ero abbastanza sicura che tutti i genitori desiderassero che i loro figli la pensassero così.

Entrai nel vialetto tortuoso della casa di Aiden con un sospiro. Se avessi dovuto scegliere una casa dei sogni, sarebbe stata la sua villa.

Era imponente con il suo bell'esterno in mattoni e le grandi finestre, ma non così grandiosa da risultare poco accogliente.

E aveva un'enorme piscina, un sacco di terreno e una vasca idromassaggio.

Pigiai il telecomando per aprire il garage e mi fermai in uno dei sette posti auto. Il mio vecchio veicolo ne occupava uno e il camion di Aiden un altro. Il terzo era ora occupato dalla sua nuova Audi nera, ma il resto era vuoto.

Conoscendolo, probabilmente era stato troppo impegnato per riempire il garage di giocattoli per bambini o auto stravaganti.

Presi la spesa dal sedile posteriore prima di seguire Maya nell'ingresso della cucina.

"Papà, cosa stai facendo? Sembra che sia esplosa una bomba" osservò Maya con una risatina.

I miei occhi si allargarono, mentre mi guardavo intorno nella stanza.

Qualcosa aveva un buon odore, ma in cucina sembrava che fosse avvenuto un massacro.

C'era roba rossa su tutti i ripiani e sui fornelli.

Mi morsi la lingua quando notai lo sguardo imbarazzato e infastidito sul viso splendido di Aiden.

"Serata spaghetti" ci disse. "Ho sempre fatto la serata spaghetti quando le mie sorelle erano piccole. Credo di aver perso il mio tocco."

"Ti aiuterò, papà. A volte io e mamma facciamo gli spaghetti" si offrì Maya mentre si avvicinava al lavandino e sciacquava uno strofinaccio per pulire i ripiani.

"Dannato barattolo che mi è esploso addosso" disse lui, mentre mi guardava con occhi che imploravano una guida.

"Succede ai migliori" replicai con voce rassicurante. "Ha un buon profumo."

Gli tolsi di mano il cucchiaio grande e guardai gli spaghetti, mentre Aiden e sua figlia pulivano la cucina.

Davvero, in tutti gli anni in cui avevo cucinato, non avevo mai visto un barattolo far esplodere il suo contenuto in tutta la cucina, ma il povero Aiden sembrava così frustrato che non glielo avrei detto.

Ero troppo sbalordita che avesse anche solo provato a preparare la cena. Ero anche più che emotivamente commossa che gli *importasse* di rovinare la cena.

Assaggiai il sugo. "Ha bisogno di... qualcosa."

Maya prese le spezie italiane e me le porse senza che glielo chiedessi. Eravamo una squadra da così tanto tempo che sapeva cosa volevo.

"Sa di merda?" chiese Aiden, mentre gettava lo strofinaccio nel lavandino.

"Affatto. Ma penso che abbia bisogno di più origano. È buono, Aiden. Nessun problema."

Ero tentata di ricordargli che se la cena era rovinata, potevamo sempre ordinare. Ma sembrava troppo spaventato all'idea di non essere in grado di darci da mangiare. E il sugo era buono. Aveva solo bisogno di qualche altra spezia.

Aggiunsi alcune cose, mescolai e pronunciai: "Tutto fatto. Grazie, Aiden."

Preparai un piatto per Maya, e lei lo portò con cura in tavola, poi andò a prendere le posate per tutti e un bicchiere di latte.

"Fa tutte quelle cose da sola?" chiese con una voce che non avrebbe raggiunto sua figlia.

Girai la testa e sorrisi. "Certo. Compirà nove anni tra un paio di mesi. È piuttosto d'aiuto, in realtà."

"L'ho notato" disse con una smorfia.

"Non devi impressionarla, Aiden. E non devi essere perfetto. A volte facciamo tutti dei casini, specialmente io. I bambini non vengono con le istruzioni. Ma qualunque cosa tu faccia, ti adorerà comunque." Tenni la voce bassa in modo che mia figlia non ascoltasse la nostra conversazione da adulti.

"Voglio che sappia che può contare su di me" gracchiò.

"Lo sa già."

"Non riesco nemmeno a prepararle la cena senza rovinare tutto."

"Lei ama McDonalds" lo informai. "Gli happy meal funzionano."

Alzò un sopracciglio. "Stai cercando di farmi sentire meglio?"

Scossi la testa. "Ti sto solo dando i miei segreti per crescere una figlia. Sii flessibile. Aiuta."

"Hai ragione" concordò, con tono sollevato. "Non avevo bisogno di perdere la testa per gli spaghetti."

"Non era la cena" gli dissi. "Dubiti delle tue capacità di genitore. E non sarà la prima volta. Ho ancora i miei momenti. Ma sta venendo su benissimo."

Scosse la testa mentre sorrideva. "Immagino che siamo fortunati che sia così facile da accontentare."

Presi un piatto e glielo porsi. "Vai a mangiare. Non vedo l'ora di provare gli spaghetti anch'io. Ho fame."

Misi via velocemente le poche cose che avevo raccolto al negozio e mi unii ad Aiden e Maya al tavolo.

Mia figlia stava raccontando a suo padre della sua giornata a scuola e delle sue lezioni di pianoforte.

E suo padre la stava guardando come se fosse inchiodato a ogni singola cosa che lei aveva fatto quel giorno.

Non sapeva che stava dando a Maya tutto ciò che voleva o di cui aveva bisogno?

Le stava prestando attenzione.

Le stava dimostrando che l'amava.

Conoscevo mia figlia, e aveva bisogno di queste due cose molto più di quanto avesse bisogno di una cena perfetta.

Aiden stava facendo il padre, e la gioia di Maya era evidente.

"Ho un bel vestito rosa e bianco da indossare al matrimonio di zia Jade" disse Maya a suo padre. "Probabilmente sono un po' troppo grande per essere una damigella di fiori, ma mi lascerà comunque lanciare petali di rosa."

"Non sapevo che saresti stata al matrimonio" rispose Aiden mentre demoliva il cibo nel suo piatto.

"Jade glielo ha chiesto quando mi ha chiesto di essere la sua damigella d'onore" gli dissi. "Le ho preso un vestito preconfezionato, un cappello e dei guanti che io e Jade abbiamo scelto. Avrebbe odiato stare ferma abbastanza a lungo per un vestito su misura."

"Sembrerai una principessa" disse Aiden strizzando l'occhio a Maya.

"Non indosserò una corona, papà" replicò.

"Allora assomiglierai alla *mia principessa*" si corresse.

"Vuoi vedere il mio vestito?" chiese speranzosa.

"Non vedo l'ora" rispose lui pazientemente. "Ma prima finisci la cena e lascia mangiare tua madre. Lo vedremo dopo."

Maya sorrise raggiante a suo padre, e il mio cuore ebbe un sussulto.

Mia figlia aveva finalmente trovato suo padre, ed era il suo eroe.

Il problema era che ero abbastanza sicura di aver trovato un guerriero conquistatore quanto lei.

CAPÌTULO 13

Skye

Dovetti trattenere un gemito, mentre scivolavo nella vasca idromassaggio all'aperto completamente nuda. Aiden aveva chiamato Seth dopo che avevamo messo Maya a letto, e io avevo preso un asciugamano ed ero uscita.

Mi ero rifugiata nella vasca un paio di volte quando Aiden era stato occupato più tardi la sera.

Ma il mio costume intero logoro aveva lasciato il posto a un enorme strappo sul davanti qualche giorno addietro, e avevo dovuto buttarlo.

Avrei dovuto trovare il tempo per prenderne un altro. Ma non ero ancora riuscita ad andare in un grande magazzino o in un Walmart per comprarne uno.

I getti caldi della vasca idromassaggio mi stavano chiamando.

Quindi, avevo solo preso un asciugamano, sicura di poter entrare e uscire dai jeans e dalla maglietta abbastanza velocemente se avessi dovuto.

C'erano diversi ingressi nell'area della piscina, ma ero strisciata fuori dalla sala da pranzo e avevo lasciato le luci esterne spente. Quindi tutto quello che avevo per la luce proveniva dall'interno della casa.

Non che mi importasse.

Mi piacevano la tranquillità e la pace della vita all'aria aperta dopo una giornata intensa.

Sprofondai nell'acqua calda fino al mento, permettendo ai getti di alleviare la tensione alla schiena e al collo prima di prendere posto.

Chiusi gli occhi e assorbii il rilassamento, ma non durò a lungo.

Feci un piccolo salto, quando sentii una porta aprirsi, e i miei occhi volarono alla stessa porta da cui ero uscita.

Non impiegai molto per rendermi conto che Aiden non sapeva nemmeno che ero nella vasca idromassaggio buia, osservando ogni sua mossa, anche se era a pochi passi da me.

Poggiò la birra che aveva in mano su un tavolino accanto a un lettino e cominciò a spogliarsi.

Non avrei potuto dire una parola ad alta voce se avessi voluto. Ero senza parole.

I pantaloncini lunghi color cachi caddero sul cemento, e lui si tirò la polo sopra la testa e la aggiunse al mucchio.

Mi si mozzò il respiro, mentre si toglieva i boxer e si fermava alla luce della casa.

Era uno splendido esemplare di virilità. Ma nudo, era semplicemente... stupendo.

I muscoli si increspavano sotto la pelle abbronzata e, mentre fissavo il suo stomaco, potevo vedere gli addominali definiti che mi avevano sempre fatta sbavare. Il suo uccello era mezzo eretto, e lo guardai, mentre mi veniva l'acquolina in bocca bramando un assaggio proibito dell'uomo che desideravo avere.

Mi morsi il labbro, mentre osservavo la forza delle sue spalle, della sua schiena e del suo sedere sodo che avrei voluto palpare più di quanto avrei voluto respirare in quel momento.

L'aria lasciò i miei polmoni con un sibilo, mentre si tuffava nella parte profonda della piscina.

Se non ero già abbastanza calda, un calore incendiario si diffuse in tutto il mio corpo e si radunò dolorosamente tra le cosce.

Volevo Aiden.

L'avevo sempre voluto.

Ma ora ero abbastanza matura per riconoscere il desiderio furioso.

Rimasi in silenzio mentre lo guardavo fare una vasca dopo l'altra, le sue braccia che tagliavano l'acqua così facilmente che le sue azioni sembravano senza sforzo.

Devo dirgli che sono qui. Lo sto spiando.

Oh, chi diavolo stavo prendendo in giro? Stavo facendo di più. Lo stavo fissando, immaginando come sarebbe stato avere quel cazzo gigantesco seppellito di nuovo dentro di me dopo così tanti anni.

Sarebbe stato... sublime.

Ma non poteva succedere.

Mi confondeva.

Mi turbava.

E mi faceva provare troppe emozioni.

Dopo aver terminato le sue vasche, si tirò fuori dalla piscina con grazia.

"Aiden" sussurrai ardentemente, desiderando di poterlo toccare solo una volta.

"Skye?" disse mentre si girava verso la vasca idromassaggio. "Sei tu?"

Beccata!

Non avevo idea se fosse riuscito a sentire davvero il mio quasi silenzioso pronunciare il suo nome, o se avesse solo percepito la mia presenza.

"Scusa" dissi in tono umile. "Non volevo disturbarti."

Dio, questa è una scusa ridicola.

"Volevo—" Chiusi la bocca prima di mettermi nei guai.

Rimasi sorpresa, quando ridusse la distanza tra sé e la vasca idromassaggio senza un briciolo di timidezza. "Ti sei goduta lo spettacolo in silenzio" disse con voce roca. "Cosa hai detto che volevi?"

Emisi uno squittio mentre accendeva la luce e si calava nella vasca idromassaggio. "Sono nuda" dissi in preda al panico.

"Anch'io, tesoro" replicò con umorismo malizioso nel suo tono. "Ma penso che tu l'abbia già notato."

L'acqua ora era fortemente illuminata, e all'inizio era un po' scioccante.

L'ultima cosa che volevo era che qualcuno mi vedesse nuda. Avevo delle smagliature e la cicatrice sul mio ventre dovuta al cesareo non era carina.

Tuttavia, non riuscivo a staccare gli occhi da Aiden. Mi attirò a sé senza nemmeno toccarmi.

Si acciglò. "Sembri nervosa."

"Non lo sono. Semplicemente non mi denudo con le persone" gli risposi di scatto.

"Se ci sposiamo, ci vedremo nudi" disse pazientemente.

Anche se avevamo avuto una figlia insieme, Aiden e io non ci eravamo mai visti nudi. I nostri incontri erano di solito veloci e in un luogo in cui toglierci completamente i vestiti non era un'opzione.

"N-non ci sposeremo" balbettai. "Te l'avevo detto che non voglio sposarmi."

Si mosse rapidamente attraverso il piccolo spazio tra di noi. "Skye? Sembri spaventata. Respira. Sono solo io. Non ti farò del male."

La paura mi stava schiacciando. Sapevo che stavo reagendo in modo eccessivo, ma non potevo evitare l'ansia che stava salendo in superficie.

"Vieni qui" disse gentilmente, mentre mi avvolgeva le braccia intorno. "Stai tremando, piccola."

Non sapeva che ogni atto sessuale mi fosse accaduto negli ultimi nove anni era stato uno stupro. Sì, alcune persone potevano affermare che un marito non poteva violentare una moglie, ma nessuna di loro era mai stata brutalizzata da un uomo più animale che umano.

Le braccia che mi tenevano mi erano caldamente familiari. *Questo è Aiden. Non mi farebbe mai del male.*

Senza lasciarmi andare, occupò un sedile e posò il mio corpo sopra il suo. Mi misi a cavalcioni su di lui, il che mi fece sentire più al sicuro, e cominciai a calmarmi, mentre faceva scorrere una grande mano su e giù per la mia schiena.

"Di cosa si trattava?" chiese con voce roca accanto al mio orecchio.

"Brutti ricordi" dissi con voce tremante.

"Sai che mi taglierei il braccio prima di ferirti, vero?" domandò.

Annuii sulla sua spalla. "Lo so. Ma a volte ho dei flashback. Sono stata curata per il Disturbo Post Traumatico da Stress dopo che ho chiesto il divorzio. Non è mai sparito del tutto."

"Merda, Skye!" gracchiò. "Non lo sapevo. Cosa posso fare per aiutare?"

"Fai sesso con me" supplicai. "Fammi rivivere i bei ricordi."

Non avevo intenzione di chiedere che mi fottesse, ma sembrava l'unico modo per togliermi dalla testa alcune delle immagini orribili.

"Dio sa che lo voglio più di quanto voglia quasi qualsiasi cosa" disse gutturalmente. "Ma non così. Mai così. Non se hai paura di me."

"Non ho paura di *te*."

"Guardami, Skye" chiese.

Mi tirai indietro e incontrai i suoi occhi. Erano cupi, blu intenso e pieni di calore.

"Guarda *me*. Non *lui*."

Annuii lentamente, la tensione che lasciò il mio corpo. "Sì."

"Baciami" chiese. "Per favore."

Il mio cuore batteva forte, mentre mi avvicinavo, e sentivo il calore del suo respiro sulle mie labbra.

Stava chiedendo, dandomi il controllo. E volevo sprofondare in lui più di quanto volevo avere paura.

Aprii la bocca e lasciai che le mie labbra toccassero le sue. L'istinto prese il sopravvento.

Non fece movimenti rapidi. Ricambiò solo il bacio, le nostre labbra e le nostre bocche che scivolavano sensualmente l'una contro l'altra.

Alla fine, infilai le mani nei suoi capelli bagnati e strinsi, mentre lui prendeva il controllo.

Il suo respiro era pesante, mentre la sua bocca scivolava lungo la pelle bagnata del mio collo. "Gesù, Skye! Voglio toccarti, ma non voglio fare la cosa sbagliata."

Adesso i miei sensi erano pieni di Aiden, e non c'era spazio per niente e per nessun altro. "Toccami" dissi con un piccolo gemito. "Ti prego."

Si allungò avidamente tra i nostri corpi e io indietreggiai per dargli spazio.

Sussultai, quando mi prese a coppa il seno e mi stuzzicò i capezzoli con i pollici. "Sì" sibilai, mentre mi sedevo di nuovo sulle sue gambe, e lui si alzò.

Tutto il mio corpo doleva per la tensione, ma non avevo paura.

Non ci fu un solo momento in cui potei dubitare di chi stesse dando vita al mio corpo. Solo Aiden era mai stato in grado di farmi questo.

Inarcai la schiena, mentre prendeva un capezzolo tra le sue labbra e lo mordicchiava. Mentre la sua lingua accarezzava la dura vetta, un calore bianco infuriò nel mio corpo.

Quasi esplosi in quel momento.

"Sto male, Aiden. Davvero male" dissi mentre rabbrividivo.

"So come farlo sparire" rispose in tono persuasivo.

"Fallo."

La sua mano scivolò lungo il mio corpo, e feci un respiro affannoso mentre le sue dita accarezzavano la mia figa.

"Sì. Sì, per favore" gemetti.

Avevo bisogno che mi toccasse, per far sparire il dolore del desiderio.

Sondò e trovò il mio clitoride, e ogni tocco fece aumentare la pressione.

"Cavalcami, Skye" disse rudemente. "Prendi quello che ti serve."

Non avevo mai avuto un uomo che mi soddisfacesse eccetto lui, e i nostri accoppiamenti erano stati frenetici. Non ci eravamo mai presi il tempo di toccarci davvero tanto quelle poche volte in cui avevamo fatto sesso.

Ora, mi stava offrendo tutto.

E lo presi.

Premetti forte i fianchi contro la grande mano che mi dava piacere, schiacciandomi contro di lui, l'estasi che mi inondava per aver avuto la sensazione di cui avevo veramente bisogno.

Iniziai a cavalcarlo più forte, e i nostri occhi si incrociarono, mentre sentivo il mio orgasmo crescere.

Non riuscivo a staccare gli occhi dallo sguardo feroce nei suoi.

Voleva che venissi.

Il suo sguardo esigeva che venissi.

E divenni frenetica, quando sentii che il suo bisogno corrispondeva al mio. Mi aggrappai a lui più forte, disperata fino all'orgasmo.

Il climax mi colpì e ondate di piacere mi travolsero così forte che riuscivo a malapena a respirare.

Gli presi i capelli con un pugno e lo baciai, la mia lingua che si intrecciava con la sua, mentre l'orgasmo finalmente si placava.

Quando lasciai le sue labbra, disse con voce roca: "È così che dovrebbe essere, piccola."

Sospirai e crollai contro la sua spalla, sapendo che questo era un ricordo che potevo rivivere ancora e ancora senza un briciolo di paura.

"Grazie" dissi senza fiato.

"Piacere mio" grugnì mentre prendeva il mio corpo e ci portava fuori dalla vasca idromassaggio.

Mi asciugò e mi portò a letto completamente nuda.

Solo quando fui sola, dopo che mi aveva messa nel mio letto, mi ricordai che non aveva avuto affatto il *suo* piacere.

CAPÌTULO 14

Skye

Il giorno del matrimonio di Jade ed Eli stava andando benissimo. Per fortuna, il tempo aveva collaborato poiché il tutto si stava svolgendo sulla spiaggia davanti alle loro case.

La sera prima erano state montate delle eleganti tende bianche, e la sabbia era stata spianata per consentire la navata e l'altare.

Mia figlia aveva lanciato i suoi petali di rosa con abbandono, e ogni donna aveva pianto durante la cerimonia incredibilmente romantica... tranne me, ovviamente, dal momento che non permettevo mai a nessuno di vedermi piangere.

Ma solo perché non mi ero arresa alle lacrime non significava che il mio cuore non gioisse, mentre guardavo la mia migliore amica legarsi all'uomo dei suoi sogni.

Jade era felice, e io ero felice *per lei.*

L'unica parte che mi rattristava era il fatto che una volta che Jade ed Eli fossero tornati dalla loro lunga luna di miele in Australia, la mia migliore amica avrebbe vissuto principalmente a San Diego. Jade stava aprendo un laboratorio di ricerca lì, e tutti gli uffici di Eli erano in città.

Non che San Diego fosse davvero lontana. Potevo raggiungerla in auto in una buona giornata di traffico in circa un'ora. Sembrava lontana solo perché Jade non sarebbe stata così spesso in giro per uscire con me a Citrus Beach.

"Ti stai divertendo?" chiese Aiden, mentre mi metteva leggermente una mano sulla spalla da dietro.

Mi girai per sorridergli. Dio, era stupendo in smoking. E cominciava a piacermi il modo in cui sembrava sempre volermi toccare ogni volta che mi vedeva.

"È un ricevimento fantastico" dissi. "Dov'è nostra figlia?»

Stavo aspettando al bar nella tenda delle bevande e del cibo per prendere un drink.

"La principessa al momento sta parlando all'orecchio di suo zio Seth" mi informò con un sorriso.

Aiden fermò un cameriere e ordinò qualcosa per entrambi, poi si voltò di nuovo a fissarmi.

"Qualcosa non va?" chiesi.

"Sei bellissima, Skye. Te l'ho detto oggi?" domandò con tono rauco.

Non ero esattamente timida, ma ero abbastanza sicura di essere arrossita. "Due volte" gli ricordai.

Scrollò le spalle. "Sei così carina che vale la pena ripeterlo."

Il mio cuore si strinse. Per anni avevo vissuto con un uomo che si era comportato come se mi odiasse perlopiù, quindi mi alleggeriva l'anima vedere la sincerità negli occhi di Aiden.

"Grazie. Sei molto carino anche tu. Forse non impazzisci all'idea di indossare una cravatta, ma lo smoking ti dona" dissi.

Sorrise. "Non mi dispiace perché so che non devo indossarlo tutti i giorni."

"Allora, cosa stavi facendo?"

Non vedevo Aiden da quando la cerimonia era finita un'ora prima.

"Stavo aiutando a montare alcune delle attrezzature musicali."

"Xander canterà alcune canzoni, giusto?" domandai.

Il cugino di Jade, Xander Sinclair, un tempo era stato una superstar del rock and roll. Ora, stava facendo più produzione e tutoraggio di nuovi artisti che esibirsi. E la sua etichetta discografica e il suo talento musicale erano decollati.

"Dopo aver fatto la mia piccola cosa" confermò.

Lo guardai. "Quale *piccola cosa*?"

Scrollò le spalle. "Jade voleva che cantassi e suonassi la sua canzone nuziale, All of Me. Adorava ascoltarla, quando era piccola."

Rimasi sbalordita. "Non avevo idea che sapessi cantare. Cosa suoni? Chitarra?"

"Pianoforte. Avevamo un centro ricreativo quando ero più giovane. Avevano lì un vecchio pianoforte e alcune persone che offrivano lezioni gratuite. Seth suona la chitarra. Ha ancora quella malconcia che possiede da quando eravamo bambini."

"Ma ora non possiedi un pianoforte" osservai, ancora scioccata nell'apprendere che Aiden aveva talento musicale.

"Lo sto facendo arrivare dal momento che Maya ama suonare. Verrà consegnato lunedì."

"Le stai comprando un pianoforte?"

"Mi sto comprando un pianoforte" corresse. "Ma ovviamente è libera di usarlo quando vuole."

Gli lanciai uno sguardo scettico. "Questo è solo un modo complicato per dire che glielo stai comprando, e lo sai."

Dopo che il cameriere ebbe portato i nostri drink, Aiden chiese: "Il trucco funziona?"

Feci un sospiro esagerato. "Come posso dirti cosa puoi o non puoi mettere in casa tua? Suoni davvero?"

"Lo vedrai tu stessa tra poco. Non ho intenzione di *rivaleggiare* con John Legend, ma posso reggere il confronto."

"Adoro quella canzone" condivisi poco prima di bere un sorso del mio cocktail.

"Allora la canterò per te" rispose con un basso, sexy tono baritonale.

Il mio cuore ebbe un sussulto. "È la canzone del matrimonio di Jade" protestai.

"Avrà la sua canzone preferita."

"Non vedo l'ora di sentirti cantare. Non posso credere di non aver mai saputo che ami così tanto la musica."

Scrollò le spalle e trangugiò metà del suo drink, che sembrava una specie di whisky. "Ho sempre voluto comprare un pianoforte. Sul serio. Semplicemente non ci ero riuscito. Il centro ricreativo ha chiuso alcuni anni fa, quindi ho dovuto trovare un amico con un pianoforte per esercitarmi con la canzone. È passato un po' di tempo dall'ultima volta che ho suonato. E di solito non lo faccio davanti a una folla. Ma quando la tua sorellina ti chiede di cantare una canzone per il suo giorno speciale, lo fai."

"In realtà non ho mai visto nemmeno Xander esibirsi di persona" riflettei.

"Fa schifo" disse Aiden seccamente. "Non ho mai capito perché ha riempito le case di tutto il mondo."

Alzai gli occhi al cielo. "Non dici sul serio."

"Certo che no" confessò. "È un genio della musica."

Gli schiaffeggiai scherzosamente il braccio. "Geloso?"

"Nah. Mi piace solo fargli passare l'inferno quando si monta troppo la testa."

Risi. "Immagino che ti piaccia la maggior parte della tua nuova famiglia."

"La maggior parte delle volte." Inghiottì il resto del suo drink e posò il bicchiere vuoto su un tavolo vicino. "Credo che sia meglio che mi muova."

Trangugiai l'ultima parte del drink e poggiai il bicchiere accanto al suo, mentre mi prendeva la mano. Lo seguii mentre mi trascinava tra la folla e fuori.

Notai subito che il palco che era stato allestito la sera prima era totalmente illuminato.

La pista da ballo poteva essere di sabbia, ma sembrava che il palco ospitasse qualcuno di piuttosto importante.

"Mi aspetti?" chiese Aiden. "Voglio ballare con te non appena ho finito."

Mi fermai vicino al palco. La gente era già radunata intorno. "Sarò qui" gli dissi senza fiato.

Vidi Jade ed Eli avvicinarsi al microfono.

I due fecero il consueto ringraziamento a tutti per aver condiviso il loro giorno speciale.

La mia mente vagò mentre cercavo Maya sul palco, e poi la trovai seduta sulle spalle di suo zio Noah.

Era la prima volta che vedevo il sempre serio Noah sorridere.

Seth era in piedi accanto a suo fratello maggiore che parlava con Maya, e potevo vedere che lei si stava divertendo con entrambi i suoi zii.

Ero contenta che Seth e Aiden fossero tornati a parlare e stessero discutendo su come sarebbe stata gestita esattamente la proprietà. Mi ero sentita colpevole per aver creato un qualsiasi tipo di attrito tra di loro.

Ma sapevo che Aiden era più felice da quando aveva iniziato a pianificare come eseguire i progetti per la Sinclair Seafood.

Riportai la mia attenzione sul palco, quando sentii iniziare i bellissimi accordi del piano e notai che Eli e Jade lasciavano il microfono per salire sulla pista da ballo.

Fui catturata dall'intro del pianoforte, ma fui completamente ipnotizzata quando Aiden iniziò a cantare la canzone emozionante, ogni nota pronunciata e straordinariamente commovente.

Aiden eseguiva la musica, mostrando tutto ciò che la canzone avrebbe dovuto dire.

Mi teneva d'occhio guardandomi spesso, e mi fece quasi scoppiare in lacrime.

Era davvero bravo.

Mi guardò e strizzò l'occhio, e il mio cuore quasi volò fuori dal mio petto perché stava battendo velocemente.

Tum-tum!

Tum-tum!

Tum-tum!

Potevo sentire il ritmo rapido martellarmi nelle orecchie come se seguisse quello della canzone che Aiden stava cantando a squarciagola.

Fu sorprendente quando la melodia iniziò a crescere e un'altra voce maschile cantò in armonia verso la fine della canzone.

Xander.

Non era sotto i riflettori, ma seduto su uno sgabello al buio dall'altra parte del palco.

Dei brividi mi percorsero la schiena mentre assorbivo le parole della canzone, e l'emozione si trasmetteva attraverso le note.

E poi, ci fu silenzio, e uno scoppio di applausi entusiastici a cui mi unii una volta superato lo shock.

Era chiaro da dove venisse il talento musicale di mia figlia.

E di sicuro non era venuto da me.

CAPÌTULO 15

Aiden

Saltai giù dal palco; non mi importava se ballare con Skye mi avrebbe ucciso.

Lo farò comunque.

La volevo.

Avevo bisogno di avere il suo corpo morbido e setoso appiccicato al mio.

Dal momento che il mio uccello era costantemente duro quando lei era in vista, che diavolo importava se la stavo davvero toccando o no?

Forse ero un masochista, ma sapevo che non potevo resistere alla possibilità di averla così vicino a me.

"Balla con me" dissi, dimenticando che avrei dovuto chiederle le cose.

Non le stavo dando la possibilità di dire di no questa volta.

Avevo bisogno di sentirla tra le mie braccia. Avevo bisogno di sapere che era al sicuro. Che nessun bastardo l'avrebbe mai più toccata, tranne me. Forse ero uno stronzo a volte, ma di sicuro non le avrei mai fatto del male intenzionalmente. E il solo pensiero che qualcuno l'avesse torturata per anni mi faceva impazzire.

Si protese verso la mia mano, ma io le presi le braccia e me le avvolsi intorno al collo, e poi tirai a me tutto il suo corpo chiudendole le mani dietro la vita.

Fortunatamente, Xander aveva iniziato una delle sue ballate che si adattava perfettamente alla nostra posizione, quindi oscillammo al ritmo della musica, i nostri corpi perfettamente in sintonia.

"Sei stato fantastico" disse, sembrando leggermente senza fiato. "E ti sbagliavi. Non hai niente da invidiare a John Legend. Sei altrettanto bravo, con il tuo stile."

Appoggiai la bocca sui suoi capelli. "Grazie per il voto di fiducia, ma sono un dilettante e non ho mai voluto suonare o cantare per nessuno tranne che per la famiglia. È solo un hobby."

"Stai dicendo che non hai mai avuto sogni di fama, anche quando eri più giovane?"

"È esattamente quello che ti sto dicendo, tesoro."

"Troppo macho per la musica?" prese in giro.

"No. Solo che non mi piace esibirmi di fronte a una folla. Rendo merito a ragazzi come Xander per le loro palle. Sono disposti a mettersi in gioco. Ma non è la fama che guida il mio interesse. È solo che... mi piace farlo."

"Niente di sbagliato in questo" rispose con un sospiro. "A me piace fare il ricamo, ma non ho mai voluto vendere il mio lavoro. Quindi, lo capisco."

"Alcune cose le facciamo solo per diletto."

"Ma... beh... sei abbastanza bravo nelle cose che fai per diletto" disse dolcemente.

"Suonerò per te e Maya ogni volta che volete" offrii.

Una lampadina sembrò accendersi nella sua testa. "Potresti davvero insegnare a Maya."

Scossi la testa. "No. Ha bisogno di imparare nel modo giusto. Dopo aver appreso le basi da alcuni insegnanti volontari, sono diventato un autodidatta. Faccio molte cose a orecchio. Starebbe meglio con un vero insegnante di musica."

"Ah, beh, le piace il suo nuovo insegnante" rispose. "Le va bene. Non ho mai avuto i soldi per permetterle di fare molte cose extra. E quando ero sposata con Marco, avevo paura di chiedere qualsiasi cosa."

Fanculo! Odiavo il fatto che Skye fosse mai stata così dannatamente spaventata da non poter chiedere qualcosa per nostra figlia. E probabilmente nemmeno per se stessa.

Questa bella donna aveva vissuto in una prigione senza sbarre fisiche, ma in una situazione che era, in realtà, decisamente peggiore dell'essere in un vero centro di detenzione.

Chiusi gli occhi e respirai il profumo allettante e floreale di Skye, un aroma che era così unicamente suo, e così allettante che il mio uccello era in piena attenzione e mi implorava di metterla a nudo.

E odiavo il mio fallo traditore. Non che tutto il mio essere non la volesse. Ma non ora. Non finché non si fosse sentita a suo agio.

Per me era ovvio che Skye fosse abituata a qualsiasi tipo di tocco brutto, selvaggio e crudele.

Volevo insegnarle di nuovo il piacere. Ma non potevo farlo finché non si fidava completamente di me.

E non avevo intenzione di ragionare con l'uccello.

"Vorrei che non fossi mai stata con quel bastardo" dissi prima di poter controllare le mie parole. "Voglio dire; capisco perché l'hai fatto. Eri preoccupata per la sicurezza di Maya e per la tua. Ma cazzo, Skye. Non meritavi quello che ti è successo."

La mia vista si offuscava di rabbia solo pensando a un uomo che la toccava con qualsiasi cosa tranne devozione, amore o passione.

Cavolo, se volevo essere onesto, non sopportavo affatto il pensiero che un altro ragazzo la *toccasse*.

Ma il modo in cui Marino l'aveva trattata era stato insensibile e senza cuore.

"Se c'è una cosa che ho imparato, è che la vita non è sempre giusta" disse con un sospiro rassegnato. "Era giusto che tua madre morisse quando eri così piccolo? Era giusto che tu avessi dovuto lottare finanziariamente per crescere i tuoi fratelli e sostanzialmente perdere la tua infanzia? Era giusto che tu non potessi inseguire i tuoi sogni da adulto?"

"È diverso. Nessuno di noi si è fatto male fisicamente."

"A volte le altre cose sono peggiori del dolore fisico" ribatté saggiamente. "Durano molto di più."

Aveva ragione. Lo sapevo. "Perché non mi hai detto che hai sofferto di Disturbo Post Traumatico da Stress? Da cosa era scatenato?"

Dopo averla soddisfatta nella vasca idromassaggio, avendo osservato la bellezza del suo viso mentre raggiungeva l'orgasmo, lasciarla sola nel suo letto era stata una delle cose più difficili che avessi mai fatto. Ma non sapevo cosa fare. Non volevo rovinare i progressi che avevamo già fatto.

Negli ultimi giorni avevo studiato il disturbo da stress post-traumatico, e ancora non sapevo cosa la spaventasse.

Certo, non era facile da leggere poiché seppelliva le sue emozioni.

Era diversa dalla ragazza che conoscevo tanto tempo addietro, eppure alcune cose rimanevano le stesse.

Come il modo in cui annodava il mio membro.

"Sto meglio" mormorò contro la mia spalla. "Sono andata in terapia, e ho lavorato personalmente sui problemi. Non volevo avere un milione di piccoli disturbi. Non era sano, soprattutto per Maya."

"Non si tratta di Maya. Questo riguarda te. Cosa ti spaventa, tesoro?" *Gesù!* Volevo davvero saperlo.

"Non molto innesca più le mie reazioni. Veramente. Sto bene."

Quindi non avrebbe risposto?

"Se non posso toccarti senza che tu abbia dei flashback, *non* stai bene."

"Mi stai toccando ora" sottolineò con voce dolce.

"Sai cosa voglio dire." Accidenti, non volevo sembrare un coglione, ma volevo molte più informazioni di quelle che apparentemente voleva svelare.

"Se qualcosa mi darà fastidio, te lo dirò sempre d'ora in poi."

"Meglio" avvertii.

Era così dannatamente difficile essere incazzato con lei. Aveva passato l'inferno, e l'ultima cosa di cui aveva bisogno era che io insistessi.

"Forse dovremmo solo fare sesso" sussurrò. "Forse sarebbe d'aiuto."

Lo shock mi tenne in silenzio. "Che cosa hai appena detto?"

"Mi hai sentita."

"Pensi che sia la risposta?" dissi, la mia voce che suonava cruda.

Non avrei mai potuto rifiutare la sua offerta. Non potevo. La volevo troppo. Ma non ero sicuro che questo fosse il modo in cui sarebbe dovuto accadere.

"Sposami e faremo tutto il sesso che vuoi. Come vuoi tu" offrii.

Fui grato, quando Xander entrò in un'altra ballata in modo che potessi tenere Skye esattamente dov'era. Ma stavo trattenendo il respiro, aspettando solo la sua risposta.

Avevo smesso di negare che non volevo questo matrimonio per me. Che lo volevo per Maya. Volevo la donna tra le mie braccia più di quanto avessi mai desiderato qualsiasi altra cosa nella mia vita. Egoisticamente. Solo perché avevo bisogno che lei fosse mia.

Non era per mia figlia, anche se sarebbe stato bello poter essere una vera famiglia.

Volevo Skye.

Punto.

"Prima il sesso" mormorò. "E se non posso farlo? E ti ho già detto che non voglio sposarmi di nuovo."

"Non eri *sposata* la prima volta. Non un vero matrimonio, comunque."

Skye non aveva avuto un matrimonio. Era stata una detenuta in carcere.

"Ho bisogno di essere di nuovo completa, Aiden. Non so cosa vorrò dopo, ma devo essere completamente libera dal mio passato."

Il desiderio nella sua voce mi fece crollare. Non potevo costringere questa donna a fare qualcosa che non poteva fare con tutto il suo cuore. Non sarebbe stato giusto.

"Allora mi accontenterò del sesso. Per ora" brontolai.

"E se non posso—"

"Puoi" interruppi. "Hai solo bisogno delle buone esperienze per superare le cattive."

"Come lo facciamo?"

Sorrisi tra i suoi capelli. "Non credo che tu abbia bisogno che te lo insegni."

"In realtà, lo so. Siamo stati insieme solo un paio di volte, e poi tutto è andato male."

"Non è stata colpa tua."

Nove anni addietro, non avevo davvero avuto la possibilità di fare l'amore con Skye, e me ne ero pentito. Avrebbe meritato di più. Ma ero determinato a rimediare a ogni scopata veloce che le avessi mai dato quando eravamo giovani.

Sospirò. "Ho avuto tua figlia. E sono stata sposata per anni. E mi sento ancora come se non sapessi molto di niente."

Il mio fallo era così duro che era fisicamente doloroso. "Hai un insegnante molto disponibile" le assicurai. "Ma prima cerchiamo di capire i tuoi fattori scatenanti, e non solo per quanto riguarda l'intimità."

"Non ho mai capito bene come non avere sempre paura" confessò. "Ho solo imparato a non darlo a vedere."

Cavolo, tanto valeva che mi accoltellasse al petto. Ecco quanto maledettamente male faceva sentire che era difficile per lei abbassare davvero la guardia.

"Come mai?"

"Perché non c'è stato un solo minuto del mio matrimonio in cui non ho avuto paura che Marco capisse cosa stava succedendo e mi uccidesse."

Da quello che aveva detto, Skye aveva cercato di essere una moglie modello. Perché Marino avrebbe dovuto volerla morta? "Cosa hai fatto se non cercare di compiacerlo?"

Alzò la testa e si guardò intorno. Non c'era un'altra coppia vicino a noi, ma avevo la sensazione che non volesse che qualcuno ascoltasse la nostra conversazione.

"Ho fatto molte cose che mi avrebbero fatta uccidere in un baleno" disse senza fiato.

Non riuscivo a immaginare cosa avrebbe potuto fare una donna come Skye a un ragazzo per fargli desiderare che lei scomparisse. Dio sapeva che non potevo capirlo. Non l'avrei mai voluta fuori dalla mia vista.

"Tipo cosa?"

Rimase in silenzio, mentre posava di nuovo la testa sulla mia spalla, la sua bocca il più vicino possibile al mio orecchio. "Non sono stata solo docile e obbediente durante il mio matrimonio" ammise.

"Quindi l'hai combattuto?"

"Nell'unico modo possibile. Aiden, ho capito cosa stava succedendo in famiglia subito dopo il primo compleanno di Maya. E una volta che l'ho saputo, non potevo restare in silenzio."

Santo cielo! "L'hai affrontato?"

"Peggio."

Rabbrividii al pensiero che lei avesse rischiato la vita dicendo al suo ex marito che sapeva che lui era coinvolto nella criminalità organizzata. "Cosa diavolo potrebbe esserci di peggio?"

"Una volta saputo, non potevo lasciare che accadesse. Sono andata alla polizia. Mi hanno mandata all'FBI perché erano crimini federali. Sono stata un'informatrice per diversi anni. Sono la ragione per cui la famiglia criminale Marino è finita in galera a vita. E ho passato ogni minuto della giornata terrorizzata che lo scoprissero. Una volta che l'FBI mi ha promesso che se fosse successo qualcosa o se fossi stata compromessa si sarebbero assicurati che Maya fosse al sicuro, ho iniziato a dire loro tutto ciò che sapevo o che potevo scoprire."

La verità alla fine mi sbatté in testa con una mazza.

Santo cielo!

Aveva ragione.

C'era qualcosa di peggio e di più pericoloso che affrontare la mafia.

Skye Weston era stata la spia dell'FBI che aveva fatto crollare definitivamente l'intera organizzazione Marino.

CAPÌTULO 16

Skye

Non avevo mai detto a nessuno che avevo contribuito a far crollare la famiglia criminale Marino. Non era qualcosa di cui fossi esattamente orgogliosa, ma era qualcosa che la mia coscienza mi aveva chiesto di fare.

Era stato anche l'*unico modo* per assicurarmi che io e Maya fossimo al sicuro per il resto delle nostre vite.

Le donne non lasciavano un maschio Marino, e quelle che l'avevano fatto prima di me erano state opportunamente fatte scomparire e non si erano più viste.

Data la scelta tra scomparire ed essere un'informatrice, era stata una decisione piuttosto facile. Non avrei mai permesso a mia figlia di diventare adulta crescendo in una famiglia criminale. Non aveva davvero capito molto di quello che stava succedendo quando era piccola—grazie a Dio! E avrei voluto tirarla fuori prima che potesse capire che sua madre aveva sposato un mafioso.

Aiden non mi disse una parola, mentre mi prendeva per mano e mi conduceva giù alla spiaggia. Era deserta, e a distanza di sicurezza dal ricevimento.

"Sei seria?" disse, mentre ci fermavamo prima di raggiungere il bordo dell'acqua.

C'era una splendida luna piena, che mi diede abbastanza luce per vedere il suo viso. "Sì. Non l'ho mai detto a nessuno tranne te. Ho fornito informazioni all'FBI per cinque anni prima che avessero finalmente un caso abbastanza grande da assicurarsi che tutti i membri della famiglia coinvolti sarebbero stati arrestati."

Mi lasciò andare la mano. "Non c'è da stupirsi che tu abbia il disturbo da stress post-traumatico. Posso solo immaginare quanto avevi paura."

"Ogni singolo giorno ero pietrificata che sarebbe stato il giorno in cui qualcuno l'avrebbe scoperto."

"Hai dovuto testimoniare?"

Annuii. "Certo. Ma non mi importava. Ogni prova mi avvicinava alla libertà che desideravo per me e Maya."

"Cosa ti ha fatto decidere di farlo?"

Feci un respiro profondo e lo lasciai uscire lentamente. "C'era quasi sempre una domestica in casa nostra. Era lì da quando sono andata a vivere con Marco fino a quando Maya aveva appena un anno. Mi piaceva. Era giovane, sui vent'anni, ed era una delle poche persone con cui potevo davvero parlare. Si chiamava Maria. Un giorno mi ha detto di aver visto un'enorme scorta di eroina e cocaina al piano inferiore, e poi era sparito tutto. E lei intendeva *un sacco* di droghe. Penso che stesse cercando di avvertirmi. Sfortunatamente, Marco l'ha sentita parlare e l'ha cacciata via. Non è mai tornata. Non l'ho più vista. Quando ho chiesto di Maria, tutto quello che Marco ha detto è stato che lei non avrebbe più parlato. È stato allora che ho capito che l'avrebbe uccisa. Non l'ho mai più nominata."

"Santo cielo!" esclamò Aiden, mentre si passava una mano tra i capelli. "Non avevi paura che facesse tacere anche te per sempre?"

"Penso che l'avrebbe fatto se ne avessi parlato apertamente. Ma ho imparato a tenere la bocca chiusa davanti a qualsiasi membro della famiglia. Ero terrorizzata."

"Quindi, hai continuato a dare le informazioni in silenzio alla polizia?" chiese.

"Sono andata prima alla polizia, e poi hanno coinvolto l'FBI."

"Come hai fatto? Come hai continuato a fornire loro informazioni senza sapere quando o se la famiglia avrebbe scoperto che eri la spia interna?"

Alzai le spalle. "Non avevo scelta. Se non fossero stati *tutti* arrestati, avrei dovuto avere paura di chiunque fosse rimasto libero. Ho imparato a nascondere le mie emozioni incredibilmente bene. Non piangevo, non mostravo emozioni. Quindi non hanno mai sospettato."

"E Maya?"

"Non aveva idea di cosa stessi facendo. L'ho tenuta lontana da tutto questo. Ero dannatamente grata quando è finita. Ma non è davvero finita fino a quando i processi non sono stati completati e ho capito che nessuno di loro sarebbe mai uscito di prigione per tutta la sua vita."

Mi posò leggermente le mani sulle spalle. "Ti rendi conto che quello che hai fatto è stato follemente pericoloso, vero?"

"Lo sapevo" ammisi. "Ecco perché dovevo assicurarmi che qualcuno promettesse di proteggere Maya se fosse successo qualcosa. E che sapessero dove *contattarti*. Immagino che già allora sapessi che non avresti mai rifiutato tua figlia se non fossi stata più in giro a prendermi cura di lei."

Le sue dita si strinsero sulle mie spalle. "Sei stata così coraggiosa, Skye. Ma mi fa letteralmente schifo pensare che sarebbe potuto succederti qualcosa. C'è così tanto che *sarebbe potuto* andare storto."

Gli rivolsi un debole sorriso. "Allora immagina come mi sono sentita io. Ho passato molto tempo a guardarmi le spalle, ed è probabilmente il motivo per cui ho un persistente disturbo da stress post-traumatico. Questo e il fatto che non ho mai saputo come sarebbe stato Marco ogni volta che varcava la soglia."

"Perché ci è voluto così tanto tempo per arrestarli tutti?"

"Avevano bisogno di alcune prove molto concrete. Non volevano rischiare di non avere ciò di cui avevano bisogno per metterli tutti dentro. È stato un processo lungo e frustrante. Ma continuavo a pensare a quando Maya e io saremmo state finalmente libere. A quanto avremmo potuto fare insieme. A come nessuna di noi due avrebbe dovuto avere di nuovo paura. Forse Maya non ha mai saputo i dettagli, ma era sempre un po' nervosa. Penso che potesse percepire la mia paura per l'intera situazione."

Aiden mi avvolse con le braccia e mi tenne stretta. Sentii il suo grande corpo rabbrividire mentre diceva: "Gesù! Non so cosa dire per migliorare le cose."

Avvolsi le mie braccia intorno al suo collo. "Non devi. È finita, Aiden. A parte il fatto che ho ancora alcune reazioni persistenti dal trauma, sto bene. Maya ed io ne siamo libere ora. Onestamente, non sono sicura che ricorderà mai molto di quello che è successo. Aveva solo sei anni quando trascinarono l'intero gruppo in prigione. E le ho detto il meno possibile al riguardo."

"Sta bene" disse con voce roca.

"L'ho portata da una psicologa, ma ha detto che Maya aveva reagito bene. Forse non è riuscita a fare alcune delle cose che avrei voluto potesse fare, ma ho cercato di mantenere la vita il più normale possibile per lei."

Aiden mi strinse le braccia intorno. "Non sono preoccupato per lei. Hai fatto un buon lavoro nel proteggerla. Sono più preoccupato per te."

Sospirai. Era passato così tanto tempo da quando qualcuno si era preso cura di me che non ero abbastanza sicura di come gestire la sua preoccupazione. "Sto bene. Dico davvero."

"Allora perché mi hai appena chiesto di fare sesso con te?" domandò seccamente.

Va bene. Sì. Forse *non* era stata la migliore delle idee, ma non potevo sposare Aiden. Tuttavia, non potevo negare di volerlo. Pensavo che entrambi avessimo bisogno di lasciarci quel prurito alle spalle. Forse allora si sarebbe reso conto che non ero esattamente normale. Che non sentivo più le cose come le persone normali. E che sarei stata una pessima moglie.

"Immagino che sia stato piuttosto egoista" confessai. "Ma penso che sia qualcosa che entrambi vogliamo. Quando mi hai toccata nella vasca idromassaggio, mi hai fatto provare cose che non provavo da quando avevo diciotto anni. Voglio amare di nuovo il sesso. Voglio stare bene. L'ultima cosa che voglio è ricordare cosa mi è successo in quegli anni in cui sono stata sposata con Marco. Preferirei sostituire quei ricordi con qualcosa di meglio. Vorrei pensare a te invece che a *lui*."

Mi accarezzò distrattamente i capelli. "Lo voglio anch'io, tesoro. Ma non voglio solo scoparti—anche se lo voglio piuttosto disperatamente. Voglio che mi sposi. Voglio che diventiamo la famiglia che avremmo sempre dovuto essere."

"Sai che sono incasinata, Aiden. Non vuoi che io sia tua moglie. Qualcosa si è rotto dentro di me in quegli anni. Sono danneggiata."

"Non lo sei, piccola. Hai solo bisogno di un po' di tempo per riprenderti."

"Non sarò mai la stessa Skye che conoscevi anni fa" gli dissi. "Ero giovane, stupida e terribilmente ingenua. La vita che ho condotto dopo essere rimasta incinta e gli anni successivi mi hanno cambiata. Non posso più essere quella neodiplomata."

A volte sarei voluta tornare ai giorni in cui ero molto più innocente, ma non potevo. Avevo visto troppo, ne avevo passate troppe. I miei sogni erano stati infranti e avevo imparato a sopravvivere.

Ero riuscita a resistere.

Ma non ero veramente felice da molto tempo. La mia unica gioia era mia figlia.

"Nemmeno io posso essere il ragazzo che ero allora" mi informò. "Ma io e te possiamo essere qualcosa di meglio."

"Quando mi hai toccata, ho potuto sentire di nuovo" cercai di spiegare. "Immagino che sia per questo che volevo... di più."

"Non è che non lo voglia, Skye. Lo voglio, cazzo. Penso di averti desiderata dalla prima volta che ti ho vista davvero come qualcosa di più di una semplice amica di Jade dopo che ti sei diplomata al liceo. Sono abbastanza sicuro che se avessi mostrato il minimo interesse, sarei stato al settimo cielo all'idea di un'altra relazione quando sei tornata con Maya, anche se pensavo che mi avessi scaricato la prima volta. Non ti ho mai dimenticata, anche se avrei voluto farlo."

"Nemmeno io ti ho mai dimenticato" dissi mentre mi allontanavo da lui.

Raggiunsi il mio vestito e lentamente tirai fuori la collana rossa con l'occhio di tigre che mi aveva regalato tanto tempo addietro.

La tirai sulla mia testa con attenzione e la tenni in mano mentre confessavo: "Indosso questa collana costantemente da quando me l'hai data. Forse una parte di me voleva ricordarsi di noi, anche se era andata male. L'ho tolta solo quando dovevo, come quando ho avuto il mio taglio cesareo."

Alzò la mano, e io lasciai cadere il gioiello nel suo palmo.

"Mi sono sempre chiesto se l'avessi tenuta" replicò distrattamente, facendo rotolare la pietra tra le dita.

"Era il mio bene più prezioso—a parte la figlia che mi hai dato. L'avrei lasciata con la lettera, se avessi saputo che non ti avrei più rivisto prima di dover sposare Marco."

Afferrò con cautela la catena e me la sollevò di nuovo sopra la testa. "Voglio che tu la tenga."

Feci un silenzioso sospiro di sollievo. Avevo indossato quella collana per così tanto tempo che era quasi come se fosse parte di me. "Grazie. Ma se mai la rivuoi indietro—"

"Non lo farò" disse conciso. "L'ho donata all'unica ragazza della quale mi sia mai importato abbastanza da fidarmi di lei." Si fermò prima di continuare: "Allora, elaboriamo le condizioni per questa nuova relazione?"

"Penso che dovremmo. Alla fine vorrai terminarla—"

"Per l'amor del cielo, Skye... Sono *io* quello che vuole *sposarti*. Credi davvero che mi tirerò indietro?"

Una volta capito quanto fossi rotta e imperfetta, avrebbe voluto più di quanto potessi mai dargli. Quindi sì, alla fine avrebbe voluto qualcuno che fosse capace di più emozioni di quante io potessi dargli. "Potresti" avvertii.

"Immagino che dovremo solo vedere" ammise a malincuore.

Il mio cuore faceva male. Tutto quello che volevo davvero era arrendermi e accettare di sposarlo. Volevo Aiden. L'avevo sempre voluto. Ma non potevo legarlo a una donna che non aveva idea di essere in grado di essere felice in futuro.

Ero veramente libera solo da un anno. La mia psicologa mi aveva detto che ci sarebbe voluto del tempo per riconquistare la fiducia nelle persone e nelle relazioni. Ma non ero così sicura che sarebbe *mai* successo.

"Quali sono le tue condizioni?" chiesi.

"Non c'è nessun altro ragazzo tranne me. Non condivido, Skye" borbottò.

Come se avessi mai pensato a qualsiasi *altro* uomo. Non sarebbe successo. "Bene."

Incrociò le braccia. "Questo è praticamente tutto. Se sei mia, sto dannatamente bene. E tu?"

"Penso di voler essere l'unica donna anche per te. Non credo di poter gestire altro."

"Affare fatto" rispose con voce roca.

"È così?" chiesi nervosamente.

Mi strinse le braccia intorno alla vita e mi tirò di nuovo nel suo corpo. "Per adesso. Non ho intenzione di dirti che non voglio di più, ma possiamo prenderlo un giorno alla volta se ti aiuta."

Annuii, il cuore in gola.

Mi mise una ciocca di capelli vaganti dietro l'orecchio. "Ti renderò così dannatamente felice che non vorrai mai andare da nessun'altra parte" avvertì.

"Voglio rendere felice anche te" dissi con un tono irregolare che era quasi emotivo.

"Tesoro, mi rendi felice solo stando qui con me."

Sentivo le lacrime minacciarmi, ma le scacciai spietatamente.

A volte, Aiden diceva cose così dannatamente dolci che sarei voluta annegare nelle sue parole.

Ma sapevo che era meglio controllarmi.

Dovevo essere forte. Se questa relazione non fosse durata, sarei stata danneggiata *per sempre*. Lo percepivo nella mia anima.

Mi sollevò il mento, e potevo *sentire* il calore irradiarsi da lui.

La combustione spontanea iniziò nel momento in cui posò le sue labbra sulle mie.

"Aiden" mormorai contro le sue labbra prima che approfondisse il bacio.

Quella sola parola esprimeva tutto il desiderio che avevo provato da quando ci eravamo incontrati di nuovo.

La passione.

L'esigenza.

La disperazione dolorosa che non riuscivo a nascondere del tutto ogni volta che mi toccava.

Strinsi le mani nei suoi capelli e gli restituii tutto quello che stavo ricevendo.

Se non riuscivo a comunicare con le parole, ero determinata a usare il mio corpo per parlare.

Chiusi gli occhi, mentre esplorava a fondo le mie labbra, aprendo la mia bocca in modo da poter alleviare il dolore che provavo volendo essere più vicina a lui.

Non c'era niente che desiderassi di più che arrampicarmi dentro di lui e non uscirne mai. Ecco quanto avevo bisogno di quest'uomo.

Respirava pesantemente, quando si alzò per prendere aria. "Cristo, piccola. Mi stai uccidendo" disse con un gemito.

Le sue mani mi afferrarono il sedere e spinsero i miei fianchi contro i suoi in modo che potessi sentire quanto mi voleva.

E tremai, quando sentii la sua dura erezione stridere contro il mio nucleo. "Aiden" mugolai mentre gli tiravo i capelli.

"Mamma!"

Mi allontanai da lui quando sentii mia figlia gridare il mio nome.

"Salvati da una scopata su una spiaggia da nostra figlia" disse Aiden in tono frustrato.

Feci scorrere le mani sul mio vestito spiegazzato, mentre Maya veniva verso di noi con suo zio Seth al seguito.

"Più tardi" ringhiò Aiden, allontanandosi da me.

Sembrava più una promessa che un suggerimento, e scoprii che a volte non mi dispiaceva affatto la sua prepotenza.

CAPÌTULO 17

Skye

"Mi mancherai così tanto, ma spero che tu trascorra un periodo fantastico. So quanto hai sempre desiderato andare in Australia" dissi a Jade la mattina dopo mentre ci abbracciavamo.

Nonostante l'avvertimento di Aiden la sera prima, non ci fu sesso bollente una volta arrivati a casa. Ero così stanca che mi ero addormentata con Maya mentre leggeva per me. La mattina dopo mi ero ritrovata coperta e rannicchiata accanto a mia figlia.

Poco dopo che ci eravamo alzati, Jade era arrivata per salutarci.

"Mi mancherai anche tu" disse in lacrime. "Ma ci vediamo tra un mese."

Sbuffai. "Dubito che ti mancheremo molto qui a Citrus Beach quando sarai con il marito dei tuoi sogni."

Ci sedemmo entrambe a bere il nostro caffè al tavolo.

Aiden era andato con Eli a fare alcune commissioni dell'ultimo minuto prima che gli sposini partissero.

"Sono stata così follemente impegnata con il matrimonio che non abbiamo avuto molto tempo per parlare" disse Jade con rammarico nella voce.

Le rivolsi un sorriso. "Va tutto bene. Ho aiutato Aiden ad avviare la sua nuova attività, e ho esaminato nuovi progetti per il ristorante, quindi è stato pazzesco anche qui."

"Come state voi due?" chiese ansiosa Jade.

Esitai prima di rispondere. "Bene. Penso che entrambi stiamo iniziando a lasciarci alle spalle il passato in modo da poter dare a Maya una buona vita."

"Ma non c'è solo Maya, giusto? Voglio dire, è evidente che c'è ancora qualcosa tra te e Aiden."

Ero sorpresa. "È davvero evidente?"

Scrollò le spalle. "Forse solo per me. Sono follemente innamorata di Eli. Quindi riconosco i segni sottili."

"Non sappiamo ancora cosa accadrà davvero" ammisi.

"Forse è bene che prenda il tuo tempo" suggerì.

"Non ci conosciamo più" confessai. "Siamo entrambi... cambiati."

"Certo. Avevi solo diciotto anni quando sei rimasta incinta, Skye. E anche se non hai condiviso molto sul tuo matrimonio, non sei più la stessa persona che eri. Sei molto più cauta."

Mi sentivo in colpa. "Non è che non volessi dirtelo. Era solo... doloroso."

Jade era sempre stata la migliore amica che avessi mai avuto, ma mi vergognavo di tutti i guai in cui mi ero cacciata. Non volevo dire a nessuno tutta la verità.

"Capisco" replicò gentilmente. "Non ho bisogno di conoscere ogni minimo dettaglio per sapere che quelle esperienze ti hanno fatto qualcosa di male. Ma non aver paura di Aiden. Non ti farebbe mai del male intenzionalmente."

"Lo so. Ma è difficile per me fidarmi di qualcuno ora."

"Dagli un po' di tempo. So che un giorno tu e Aiden finirete insieme. Non importa quanto tempo ci vorrà perché accada."

Sollevai un sopracciglio. "Perché pensi questo?"

Strizzò l'occhio. "Perché ho visto il modo in cui vi guardavate mentre cantava. Ti ha conquistata."

Jade aveva ragione. Aiden mi *aveva conquistata*. E non ero sicura se dovevo essere terrorizzata o sollevata.

Volevo sentire di nuovo le cose.

Solo che non volevo affrontare quelle emozioni così velocemente come avevo fatto con Aiden.

"Penso che le cose stiano accadendo troppo velocemente" condivisi. "Per anni mi sono allenata a non provare nulla per sopravvivere. Ho riversato tutto il bene su Maya, ma finiva lì. Mi sono spenta con tutti e tutto il resto. Ho dovuto, Jade. L'ho fatto per proteggere me stessa e mia figlia."

"Ma non devi più farlo, Skye. Capisco che dovevi bloccare le cose brutte intorno a te, ma è tutto finito. Meriti di ricominciare a vivere, e non solo per Maya. Ne hai bisogno per te stessa."

Feci un respiro profondo, e poi lo lasciai uscire. Aveva ragione. Ma non si rendeva conto di quanto fosse difficile lasciar andare i meccanismi di difesa che probabilmente mi avevano salvato la vita.

"Lo so" risposi. "Ma ci vorrà sicuramente del tempo."

Sorrise. "Hai tutto il tempo del mondo. Non credo che Aiden andrà da nessuna parte."

"È un uomo straordinario. Lo è sempre stato" dissi malinconicamente.

Jade fece una smorfia. "Beh, è il mio fastidioso fratello maggiore, ma immagino di dover essere d'accordo con te. Tutti i miei fratelli sono piuttosto straordinari."

"Lo adori e lo sai" dissi con enfasi.

"Sì. Quindi cerca di non torturarlo troppo" chiese, ancora sorridendo mentre alzava la tazza per bere.

"Onestamente non voglio assolutamente torturarlo. Ma non posso nemmeno permettergli di costringermi a fare le cose."

Posò la sua tazza sul tavolo. "Sta insistendo troppo? So che Aiden ha la tendenza a perseguire ciò che vuole fino in fondo."

"Dio, non posso davvero dire che mi sta *spingendo* a fare delle cose. Beh, non molto spesso comunque. Ma sa essere abbastanza persuasivo."

Jade rise. "Lo so. Mi ha fatto mangiare le verdure per molto tempo. E di sicuro non volevo. Ma di solito cercava di contrattare con me e Brooke."

"Allora non è cambiato molto" risposi seccamente.

"Ma il suo cuore è buono."

"Lo so."

"Quindi dagli una possibilità" chiese. "Fa' le cose con i tuoi tempi."

"Questo è il piano" confidai. "A volte vorrei spingere il pedale al massimo con lui, ma poi ho... paura."

"Le relazioni sono piuttosto terrificanti a volte" concordò. "Il mio legame con Eli di certo non è mai andato liscio. E a volte non riesco ancora a credere che sia mio marito. *Io.* La piccola studiosa amante degli animali. Come sono finita con uno come Eli Stone?"

"È fortunato ad averti" la difesi.

Forse Eli era uno degli uomini più ricchi del mondo, ma nessuno era troppo per la mia migliore amica.

Roteò gli occhi. "È quello che dice anche la mia famiglia. Ma sembra ancora surreale essere Jade Stone."

Sbuffai. "Ti ci abituerai."

"Suppongo che lo farò. Ma non voglio mai dare Eli per scontato. Quello che abbiamo è... speciale."

"Non lo farai, Jade. Non sei il tipo. Apprezzi tutto ciò che hai."

"Anche tu" disse con sicurezza. "Solo non lasciare che le tue paure governino la tua vita."

Annuii e poi bevvi un sorso del mio caffè.

A differenza sua, non avevo un marito che avrebbe attraversato l'inferno per me. Ma questo non significava che non potessi apprezzare il fatto che Aiden mi volesse, anche se ero ancora una specie di disastro ferroviario.

"Penso di aver paura che si renderà conto di quanto sono cambiata, e che questo lo allontanerà" riflettei.

"Forse non sei la stessa donna che eri a diciotto anni, ma nessuna di noi lo è, Skye. Le esperienze ci modellano man mano che cresciamo. Ma sei sempre la stessa dolce amica che sei sempre stata. Nulla è cambiato. Okay, seppellisci di più le tue emozioni, ma hai buone ragioni per farlo. La fiducia richiede tempo. Penso che dopo quello che hai passato, preferirei che fossi cauta piuttosto che fidarti di ogni singola persona che incontri."

"Spero solo che Aiden possa essere paziente" dissi incerta.

"Uhm... la pazienza non è mai stata il suo forte" avvisò. "Sa sempre ciò che vuole, e poi cerca come un dannato di ottenerlo."

Sorrisi perché aveva appena descritto esattamente suo fratello. "È testardo."

"Non discuterò su questo" disse con un sorrisetto.

"Stai parlando di me?" chiese Eli dalla porta.

Jade si alzò dalla sedia e corse ad abbracciare il suo novello marito come se fosse stato via per mesi.

Ed era adorabile.

Eli la baciò, e la mia migliore amica ne uscì con le guance in fiamme.

Aiden entrò dalla porta con un sorriso. "Di nuovo voi due?"

"Non posso trattenermi" rispose Eli ad Aiden.

"È ora che voi due partiate per il viaggio di nozze. Non voglio davvero stare a guardare la mia sorellina che si fa mettere le mani addosso."

"Siamo pronti" disse Eli giovialmente. "A meno che Jade non abbia bisogno di più tempo con Skye."

"No" dissi. "Abbiamo finito. Ma vorrò vedere molte foto."

"Anche voi ragazzi siete pronti per andare, vero?" chiese Eli.

"Andare dove?" domandai, perplessa dal suo commento.

"Tu e Aiden state—"

Jade allungò una mano e la sbatté sulla bocca di suo marito. "È ora di andare, Eli" gli disse con fermezza.

Vidi una comunicazione silenziosa tra marito e moglie che non compresi mentre Jade strappava la mano dalla bocca di Eli e lui la stringeva. "Allora noi ce ne andiamo" disse imbarazzato. "Statemi bene entrambi. Ci vediamo tra un mese."

Aiden si acciglò. "Farai meglio a chiamare. Voglio sapere che sei arrivata sana e salva."

"Lo farò." Jade abbracciò suo fratello. "Promesso."

"Alla fine, dovrai imparare che posso prendermi cura di tua sorella" scherzò Eli con Aiden.

"Non succederà presto" ribatté lui ostinatamente. "Chiama e basta."

Dovetti mordermi il labbro per non sorridere. Aiden era stato protettivo nei confronti delle sue sorelle per tutta la vita. Le aveva cresciute. E non si sarebbe fermato solo perché ora erano entrambe sposate.

Seguì una raffica di saluti, e poi Aiden e io fummo finalmente soli in cucina.

"Mi chiedo di cosa si trattasse" riflettei. "Jade sembrava infastidita."

Aiden sorrise. "Suo marito stava quasi per rovinare una sorpresa."

Mi accigliai. "Che sorpresa?"

"Ti porto via a spassarcela per un po' di tempo" disse. "Maya vuole stare con sua zia Brooke a casa di Jade per i prossimi cinque giorni. Brooke, Liam e Seth la portano allo zoo oggi. E poi staranno con lei fino al nostro ritorno. Brooke vuole davvero conoscere sua nipote prima che debba tornare sulla Costa Orientale, e anche Liam."

"Non avevamo programmato di andare da nessuna parte." Ero confusa.

"Nessun programma. Mi sono occupato di tutto io."

"Aiden, di cosa stai parlando?"

Si avvicinò a me e mi baciò dolcemente sulle labbra, distraendomi momentaneamente.

Quando ebbe finito, si tirò indietro e mi trapassò con uno sguardo tagliente al laser nei suoi splendidi occhi blu. "Ci prendiamo una pausa, Skye. Solo io e te. E Liam e Brooke rimarranno in California per fare da babysitter alla loro nipote per noi."

Il corpo mi faceva male al pensiero di essere sola con Aiden. "Dove stiamo andando? Posso chiedere?"

"No." Mi dette una pacca sul sedere. "Vai a fare la valigia. Ce ne andiamo tra un'ora."

Il mistero e l'eccitazione dell'ignoto avevano davvero suscitato il mio interesse.

Era bello immaginare ciò che Aiden aveva in serbo. Così bello che non gli avevo nemmeno ricordato che non mi aveva esattamente chiesto di andare. Ma a quanto pareva *era* una sorpresa.

Avevo scoperto che mi piaceva davvero quell'accenno di malizia e mistero nei suoi occhi. Suscitava una curiosità che quasi non riuscivo a contenere.

Andai a fare la valigia.

CAPÌTULO 18

Aiden

Ero sollevato che Skye non avesse fatto una sola domanda su dove stavamo andando.

Ma non per il motivo che la maggior parte delle persone avrebbe potuto pensare.

Ero fottutamente estasiato dal fatto che si fidasse di me abbastanza da accettare di andare ovunque con me.

Stava iniziando a fidarsi di me, a sentirsi al sicuro con me.

E giurai che non le avrei mai dato motivo di dubitare di me.

La mia borsa era già pronta e nel furgone, quindi mi preparai un caffè e poi mi appoggiai al bancone aspettando Skye mentre lo bevevo.

Amavo mia figlia con tutto il cuore, ma avevo bisogno di un po' di tempo da solo con Skye per capire come eliminare l'accenno di tristezza che avevo sempre visto nei suoi occhi.

Anche quando sorrideva o rideva, quella cauta inquietudine era ancora lì, e così quel tocco di dolore nei suoi espressivi occhi verdi.

L'unica volta in cui abbassava completamente la guardia era quando stava con nostra figlia.

Volevo sapere della sua esperienza di convivenza con la mafia. Eppure, non volevo nemmeno *saperne di più*.

Probabilmente avrei avuto degli incubi sul fatto che fosse stata scoperta e uccisa senza pensarci due volte da suo marito.

Skye era stata un oggetto per Marco, uno a cui avrebbe potuto facilmente rinunciare se avesse significato salvargli il culo.

E Skye era stata probabilmente più in pericolo di quanto anche lei avesse mai riconosciuto.

Un passo falso e sarebbe finita. Bastava una conversazione origliata.

Fanculo! Devo smetterla di essere ossessionato dal fatto che sarebbe potuta morire!

Ma il mio bisogno di proteggere sia lei che mia figlia non avrebbe lasciato riposare il mio cervello.

Non avrei nemmeno provato a fingere di non volere o di non aver bisogno di Skye. Per quanto riguardava le relazioni romantiche, non ne avevo avute tranne lei.

Avevo scopato.

Avevo frequentato un sacco di donne.

Ma nessuna di loro era mai stata Skye. E questo era il mio problema. Qualunque cosa fosse successa, il mio dannato cuore non aveva mai lasciato andare Skye Weston, e molto probabilmente non l'avrebbe mai fatto.

Non insistere troppo.

Scossi la testa a quel pensiero casuale.

Come potevo non farlo quando *dovevo* farla mia? Non sarei stato felice finché non avesse avuto il mio anello al dito, e sia lei che Maya fossero state ufficialmente Sinclair.

Oh, accidenti, chi stavo prendendo in giro? Se *avessi* dovuto aspettare, lo avrei fatto. La aspettavo già da nove anni, anche se non l'avevo mai riconosciuto fino a poco tempo addietro. Forse la pazienza non era esattamente una delle mie virtù—non che ne avessi molte comunque. Ma se avesse avuto bisogno di tempo, avrei provato a darglielo.

Non perché volessi Maya come mia figlia a tempo pieno.

Non perché volessi che fossimo tutti una famiglia, anche se volevo anche quello.

Egoisticamente, volevo *Skye* perché il mio cuore testardo non l'aveva mai veramente lasciata andare. Non c'era nessuna chiusura da trovare per noi perché avevo finalmente ammesso a me stesso che non c'era nessun'altra per me tranne lei.

Sarei stato felice perché era mia.

O miserabile perché non lo era.

Ero stato ferito e incazzato negli ultimi nove anni, ma avevo trattenuto tutto il giovane amore che avevamo avuto allora.

Sì, eravamo entrambi cresciuti. Ma in qualche modo, la donna che era oggi aveva solo rafforzato la mia determinazione.

Era forte.

Era indipendente.

Era decisamente intraprendente e intelligente.

E la volevo anche più di quanto non avessi fatto, quando eravamo appena cresciuti.

"Papà! Ehi, papà!" urlò Maya scendendo le scale.

La raggiunsi mentre correva verso di me, e l'abbracciai forte.

Questa bambina era ancora un miracolo per me.

Il mio e di Skye.

E avevo imparato ad amarla più di quanto amassi me stesso così facilmente.

"Ehi cosa?" chiesi mentre la appoggiavo sul mio fianco.

"Rimarrò con la zia Brooke e lo zio Liam mentre tu sei via con la mamma. Oggi mi portano allo zoo. E verrà anche lo zio Seth."

"Lo so. Sono piuttosto emozionati" spiegai. "Tua zia Brooke vuole fare delle cose con te prima di dover tornare sulla Costa Orientale."

Maya emise un sospiro da bambina. "Amo avere una famiglia. E ne ho così tanta adesso. Amo zia Brooke, zio Liam e zio Seth. Sono fantastici."

Sorrisi. "Perché ti lasciano mangiare i biscotti subito prima di cena?"

Brooke aveva dato a Maya un piatto di biscotti al ricevimento, e poi Skye si era chiesta perché nostra figlia non avesse cenato. Ma io sapevo perché. Probabilmente avrei dovuto dire alla madre di Maya dei biscotti, ma non l'avevo fatto. Le zie potevano viziare le loro nipoti di tanto in tanto. E Brooke e Liam sarebbero tornati presto sulla Costa Orientale, quindi non sarebbe successo spesso.

Mia figlia mi guardò seria. "Non solo per quello, papà. Penso che si preoccupino davvero di me come dovrebbe fare la famiglia."

Mi faceva male il petto perché era stata privata della famiglia per così tanto tempo. "Lo fanno" le assicurai. "Tutta la tua nuova famiglia lo fa."

"Dove stai portando mamma?" chiese. "Non va mai da nessuna parte."

"È una sorpresa" spiegai. "E sto cercando di occuparmi del problema di lei che non va da nessuna parte. Anche gli adulti hanno bisogno di una pausa ogni tanto."

"Pensi che questo la renderà felice?"

Quasi mi uccideva il fatto che anche mia figlia fosse stata in grado di percepire alcuni dei traumi passati di sua madre.

Annuii. "Lo spero, Principessa."

"Sta migliorando ora. Ma era triste. Ha cercato di nasconderlo, ma potevo dirlo. Mamma ha cercato di fare di tutto per rendermi felice, ma ho sempre saputo che c'era qualcosa che non andava quando vivevamo con Marco."

La voce dei bambini.

Forse era un'osservazione approssimativa, ma Maya aveva perfettamente colpito nel segno con le sue teorie semplicistiche.

La lanciai in alto e poi la ripresi, facendola strillare come la bambina che era. "Prometto che farò tutto ciò che è in mio potere per rendervi *entrambe* felici d'ora in poi" giurai.

Scrollò le piccole spalle. "Sono già felice. Ho te e tutto il resto della mia famiglia. Davvero, non sono mai stata triste. Volevo solo fare più cose quando ero più piccola, ma la mamma è sempre stata una brava mamma."

"Lo era?" chiesi.

Mia figlia annuì. "La migliore."

Era abbastanza sorprendente come Skye avesse davvero protetto Maya da tutto ciò che era brutto, quando sua figlia era più piccola. Non esitava ad amare o a fidarsi. Forse aveva percepito che stava succedendo qualcosa di brutto, ma non era mai stata coinvolta in niente di tutto ciò. Se Maya avesse avuto problemi, non sarebbe stata in grado di accettare le persone nella sua vita così prontamente.

"Quindi non ti dispiace se ogni tanto ci prendiamo delle brevi vacanze da soli?" le chiesi.

"No!" disse subito. "Posso raccontarti un segreto?"

Annuii, sperando che non fosse niente di male.

"Spero che tu e la mamma decidiate di sposarvi. So che non dovete farlo per essere una famiglia. Ma sarebbe così bello" disse speranzosa. "Potremmo essere tutti Sinclair."

"Vuoi il mio cognome?" chiesi con voce roca. "Vuoi essere una Sinclair?"

Ci pensò un attimo prima di dire: "Solo se lo fa anche mamma. Ho il cognome di mamma e non voglio ferire i suoi sentimenti."

Il commento di Maya mi rese più orgoglioso che ferito dal fatto che non volesse automaticamente essere una Sinclair. Mi diceva quanto fosse fedele a sua madre, quanto amasse la donna che l'aveva cresciuta da sola per così tanto tempo.

"Allora immagino che dovrò convincere entrambe a cambiare i vostri cognomi" dissi mentre le sorridevo.

"Voglio solo che siamo tutti felici" rispose.

L'abbracciai forte. "Lo voglio anch'io, Principessa. Molto."

"Anche tu sembri un po' triste" osservò. "Non come mamma, ma neanche del tutto felice."

Accidenti se mia figlia non era completamente in sintonia e sensibile agli stati d'animo degli altri. Non ero completamente sicuro se fosse un bene o un male.

"Sono felice di averti" le dissi.

"Ma anche tu vuoi che siamo una famiglia, credo."

"Penso che tu abbia ragione, saputella" dissi facendole il solletico.

"Papà, basta!" disse con una risatina.

"Lo farò" promisi, mentre muovevo rapidamente la mano. *Nota per me stesso: mia figlia non sopporta il solletico.*

"Posso venire qui mentre sei via a suonare il nuovo pianoforte?" chiese esitante.

"Certo, Principessa. Questa è casa tua. Mi assicurerò che tu abbia una chiave nello zaino."

Maya era stata diligente nel suonare il piano ogni giorno tra le sue lezioni, e non ero solo un padre orgoglioso quando dicevo che aveva talento.

Non aveva impiegato molto per imparare le basi, e ora stava lavorando su canzoni complete.

Sì. Forse *avevo* detto che non le avrei insegnato, ma ero lì con lei ogni volta che si esercitava per rispondere a tutte le domande che poteva farmi.

Cercavo di non essere un padre iperprotettivo e indulgente, ma era difficile non voler recuperare parte del tempo che avevo perso nella sua vita.

"Grazie" disse con sollievo. "Un giorno, voglio suonare bene come te, e bene come lo zio Seth suona la chitarra."

"Continua ad allenarti e sarai migliore di noi" le assicurai.

"Mamma dice che ho preso tutto il mio talento musicale dai Sinclair perché lei non riesce nemmeno a tenere una melodia" disse Maya.

Una voce femminile provenne da vicino alle scale. "Penso che qualcuno stia raccontando tutti i miei segreti" disse Skye mentre si precipitava in cucina.

"Nah" negò Maya. "Sono solo cose non segrete."

Misi giù mia figlia mentre Skye dava a Maya il suo zaino.

"Dovresti avere tutto ciò di cui hai bisogno lì dentro per diversi giorni" le disse Skye. "Fa' la brava con tua zia Brooke e zio Liam, okay?"

"Lo farò. Spero che ti divertirai tanto quanto me" disse Maya con sicurezza.

"Lo farà sicuramente" dissi, la mia voce roca.

Fissai direttamente gli splendidi occhi verdi di Skye. Il luccichio della paura era ancora lì, ma lei sorrise. E quel sorriso eccitato mi colpì al petto come un duro colpo di mazza da baseball.

Immagino che un sorriso sarebbe bastato... per ora.

CAPÌTULO 19

Skye

"Hai un jet privato?" chiesi con sorpresa, mentre Aiden prendeva la strada per l'aeroporto.

"Abbiamo tutti imparato da Eli" rispose. "Quel tipo ha più velivoli della United Airlines. Quindi Noah, Seth e io ci siamo lanciati e ne condividiamo uno. Tecnicamente è il jet Sinclair. Non posso dire che l'abbiamo usato molto, ma tornerà utile in questo momento. E sarà d'aiuto quando io e Seth dovremo viaggiare di più in futuro. Ha intenzione di espandersi all'estero e, conoscendo Seth, sono sicuro che lo farà. E dovrò viaggiare di tanto in tanto per incontrare i fornitori."

Ero così entusiasta di sapere cosa stavamo facendo, ma ero anche curiosa di sapere cosa stava immaginando per il suo futuro. "Pensi che dovrai viaggiare molto?"

"All'inizio sì. Innanzitutto, ho bisogno di costruire le strutture di lavorazione, ma dovrò creare persone e luoghi in tutto il mondo per procurarci i frutti di mare che non possiamo portare qui."

"Nessun rimpianto per aver lasciato Sinclair Properties?"

Scosse la testa. "Nessuno. E credo che nemmeno a Seth importi. Sta già contando i soldi che apporteranno *entrambe* le attività."

"Sono contenta che siate riusciti a trovare un accordo. Non ho mai voluto che io o Maya fossimo la causa della vostra spaccatura."

"Non lo eravate" negò. "Aveva più a che fare con il fatto che non aveva il diritto di provare a gestire la mia vita e decidere cosa dovevo e cosa non dovevo fare."

"Stava cercando di proteggerti."

"Lo capisco" rispose Aiden. "Ma ha esagerato."

"Non ti penti di averlo colpito?"

"Cavolo, no. Se lo meritava" brontolò. "Ci sono state troppe conseguenze davvero negative a causa di ciò che ha fatto."

"Alla fine, aver preso quella lettera potrebbe averti salvato la vita, Aiden. Quindi non mi dispiace troppo che l'abbia bruciata. Se fossi venuto a cercarmi, potresti essere morto in questo momento. Non avevo idea di cosa avesse in mente Marco, quando sono andata con lui. All'inizio, volevo che venissi. Ma poi, sono stata contenta che tu non l'abbia fatto. Avresti brancolato, senza alcuna idea di cosa dovevi affrontare. A volte le cose si risolvono per il meglio."

"Sì, ma tu?" disse gutturalmente.

Alzai le spalle. "Avrei preferito trovare un'altra via d'uscita, non importa quanto difficile potesse essere. Ma sono qui. Sono viva. E ora sono libera. Quindi penso ancora che sia andata come doveva andare, non importa quanto lo odio. Incarcerarli per aver ferito e ucciso così tante persone era necessario. Allora, mi dici dove stiamo andando adesso?"

Volevo cambiare argomento. Non volevo rovinare il viaggio o l'eccitazione che provavo nel viaggiare da qualche parte.

Sorrise. "Faremo un viaggio in aereo."

Feci un sospiro esasperato. "Ovviamente. Per me, è piuttosto eccitante. Ho volato solo una volta nella mia vita. Quando avevo dodici anni. Mia madre mi ha portata al funerale di mia zia a Dallas."

Posteggiò l'auto nel parcheggio dell'aeroporto, saltò fuori e prese entrambi i bagagli. "Sei pronta?"

Ero già fuori dall'auto. "Sì."

Fece un cenno verso il terminal.

Citrus Beach non aveva un aeroporto molto grande. Ero disposta a scommettere che gli aerei più grandi che entravano e uscivano fossero probabilmente quelli di Eli e il jet Sinclair.

Mi precipitai dietro di lui, chiedendomi ancora dove mi stesse portando.

Il mio ex marito aveva guadagnato molti soldi. Potevo anche affermare che era ricco, anche se tutti i soldi erano stati fatti in modo sporco.

Ma i soldi di Marco non potevano nemmeno essere paragonati alla fortuna Sinclair.

"Questo è incredibile" mormorai, mentre passavo una mano sulla pelle morbida come il burro dei sedili del jet.

Alla fine mi sedetti vicino al finestrino poiché sapevo che ci stavamo preparando per il decollo, e Aiden si lasciò cadere accanto a me.

"Onestamente, anche per me è ancora abbastanza stupefacente" ammise con voce profonda. "Immagino di non essere abituato a possedere cose del genere. Diavolo, avevo i miei dubbi sul fatto che sarei stato in grado di possedere una casa mia, figuriamoci una villa sulla spiaggia."

Si allacciò la cintura di sicurezza e poi si allungò per allacciare la mia.

"Cosa si prova a passare dall'essere poveri all'avere più soldi di quelli che chiunque potrebbe mai spenderne in una vita? Non è nemmeno come vincere alla lotteria perché la fortuna dei Sinclair è davvero vasta."

Sapevo che Jade aveva avuto delle difficoltà ad adattarsi ad avere così tanti soldi. Non avevo dubbi che tutti fossero stati colpiti in un modo o nell'altro.

"Cavolo, anche dopo tutto questo tempo, penso ancora che potrebbe esserci stato un qualche errore" confessò. "Ero un operaio che cercava di guadagnarsi da vivere per mantenere la famiglia. Per un po' non ho potuto toccare i soldi, anche se Evan li definiva la nostra eredità legale. Non mi sembrava che fosse mia. Mi ci è voluto un po' per connettermi davvero con tutti quei soldi. A volte sembra ancora strano. Ma avere così tanti soldi ha i suoi vantaggi. Sei in uno di quelli in questo momento."

"Ma i soldi erano tanto tuoi quanto di Evan e della sua famiglia sulla Costa Orientale. Hai avuto lo stesso padre, ma nessuno degli stessi vantaggi crescendo" gli ricordai.

"In un certo senso, sono grato che fossimo la famiglia bastarda" ammise. "Evan, i suoi fratelli e sua sorella non hanno avuto un'infanzia molto felice. Nostro padre era un cattivo figlio di puttana. Probabilmente siamo stati fortunati perché non l'abbiamo quasi mai visto. La mia famiglia sarà stata povera, ma eravamo tutti lì l'uno per l'altro, e sapevamo che Noah ci amava abbastanza da lottare per tenerci insieme quando nostra madre è morta."

"Quindi, quando hai capito che erano *davvero* i tuoi soldi? Che era davvero un'eredità che meritavi?" chiesi.

Girò la testa e sorrise. "Ti farò sapere. Non me ne sono ancora del tutto capacitato. Ma almeno ho imparato a spenderli come se fossero miei."

Il velivolo si mise in posizione per il decollo e afferrai la mano di Aiden.

La strinse. "Nervosa?" chiese.

Deglutii a fatica. "Un po'. Ma sono anche emozionata. Non ricordo molto del mio volo quando ero bambina."

"Cerca solo di rilassarti e goderti la velocità" disse mentre infilava le dita tra le mie.

Il jet decollò in un baleno e il mio cuore accelerò insieme ai motori.

Fui quasi delusa, quando ci alzammo dalla pista e non sentii più la spinta dell'accelerazione.

"Non ho mai saputo di essere una drogata di adrenalina" dissi con una risata. "Ma è stato divertente."

"Non del tutto vero" replicò con voce strascicata. "Ricordo distintamente un tempo in cui ti eccitava il rischio di essere scoperti a scopare nei grandi spazi aperti."

Il calore inondò il mio nucleo. "Non mi piaceva" negai. "Ero solo felice di stare con te."

Una parte di me sapeva che stavo mentendo. Sebbene tutto della famiglia Marino mi avesse terrorizzata a morte, giocare con Aiden *era stato* esilarante. Quel minuscolo elemento di pericolo che potevamo essere scoperti nel parco nel cuore della notte aveva aggiunto un po' del piacere frenetico che mi aveva sempre dato.

"Negalo quanto vuoi, tesoro. Ma eri dannatamente bagnata quando ti avvertivo che potevamo essere scoperti" mi ricordò.

"Va bene" dissi in un sussurro. "Forse a una piccola parte di me piaceva un po'."

Davvero, quello che mi era *piaciuto* era averlo dentro di me.

La connessione profonda.

La passione.

L'abbandono che provavo quando mi aveva tutta per sé.

Con Aiden, il sesso era stato nuovo ed eccitante sotto *ogni punto di vista*.

"Sembra che il sole sia dietro di noi. Siamo diretti a est?"

"Più o meno" disse. "Ricordi di avermi detto quanto desideravi vedere Las Vegas una volta raggiunta l'età per bere?"

Il mio cuore accelerò. "Sì! È lì che stiamo andando?"

Avevo sempre sognato andare a Las Vegas. Volevo vedere le luci brillanti e la follia della città.

"Saremo lì tra poco" disse con un sorriso fanciullesco. "E non c'è niente che non possiamo fare lì. Avrei scelto qualcosa di più esotico, ma Las Vegas è vicina e sapevo che non avresti voluto stare lontano da Maya più di qualche giorno.»

"No. È perfetto, Aiden. Dio mio. Non posso credere che stiamo volando a Las Vegas solo per divertirci."

Partire per una festa su due piedi era qualcosa che non mi era mai passato per la mente, figuriamoci se potevo pensare che accadesse davvero.

Ero una mamma single in difficoltà, e le donne come me non avevano la possibilità di fare queste cose.

Generalmente.

Mi chinai, gli misi un braccio intorno alle spalle e lo baciai perché non potevo trattenermi, prendendomi il mio tempo per gustare il suo sapore prima di tirarmi indietro. "Grazie per questo. È la cosa più dolce che qualcuno abbia mai fatto per me."

I miei occhi iniziarono a lacrimare, ma sbattei le palpebre finché non si asciugarono.

Non piangere. Non puoi piangere.

"Non lo sto facendo per essere dolce" disse calorosamente. "Forse sto solo cercando di fare sesso senza nostra figlia in giro."

Sbuffai. Aiden era incredibilmente dolce, che lo volesse ammettere o meno. "Questo ti farà sicuramente scopare tutte le volte che vuoi, in qualsiasi modo tu voglia" scherzai.

Mi sollevò il mento, e questa volta mi baciò.

E il suo abbraccio era rude, ma tenero.

Sospirai nella sua bocca, e lui esplorò per così tanto tempo che persi traccia di tutto tranne delle sue labbra sulle mie.

Era esigente, ma il bacio era ancora dolce.

Mentre si tirava indietro e mi guardava negli occhi, ringhiò. "Fai attenzione a ciò che prometti, tesoro. Mi sono astenuto per molto tempo. Potresti non vedere mai Las Vegas."

Il mio corpo era già pronto dal suo abbraccio semplice ma feroce. "Comincio a pensare che non sarebbe così male. Potremmo sempre tornare" dissi senza fiato.

Avrei passato molto volentieri diversi giorni nuda in una stanza d'albergo con lui. Non avevo dubbi che mi sarebbe dispiaciuto perfino vederlo vestirsi.

"Dobbiamo mangiare" disse.

"Servizio in camera?" suggerii.

Ero così bramosa di Aiden. Lo ero sempre stata, anche quando non mi era piaciuto molto.

Noi due avevamo un'attrazione primordiale, elementare che mi consumava incessantemente, e mi stava facendo impazzire.

Mi accarezzò i capelli con una mano. "Saremo impegnati, Skye, ma ho lasciato un sacco di tempo libero."

"Grazie a Dio" risposi, e poi mi tuffai per un altro bacio.

CAPÌTULO 20

Aiden

"**S**ei brava, tesoro. Non chiedere carte" dissi a Skye mentre mi sedevo accanto a lei a un tavolo di blackjack.

Girò la testa e mi guardò, con gli occhi lucidi di malizia. "Come fai a capirlo così in fretta? E come fai a sapere che dovrei restare con quelle che ho? Ho solo quattordici punti. Non dovrei prendere una carta?"

Scossi la testa e mi sistemai di nuovo sullo sgabello.

Un sorriso, uno sguardo e il mio uccello era più duro di una roccia.

La donna mi stava uccidendo, e non lo sapeva nemmeno.

"Si tratta di possibilità. Ha una carta scoperta più alta che, secondo le probabilità, dovrebbe farlo sballare. Non funziona sempre così, ma devi seguire sempre questo conteggio."

Sorrise più luminosa. "Va bene, ha senso."

Skye era praticamente euforica da quando eravamo entrati in albergo. Probabilmente da molto prima se volevo contare la sua gioia nel volare su un aeroplano—e *tenevo* il conto perché apprezzavo ogni dannato momento in cui era felice.

Aveva riso come una ragazza spensierata durante la cena, e poi di nuovo quando avevamo provato le slot machine. Giocare a carte non faceva per lei, ma aveva voluto provarci.

La cameriera lasciò i nostri drink e le diedi la mancia, mentre guardavo la partita che si concludeva.

Il mazziere aveva sballato.

"Ho vinto" disse lei, sembrando felice.

Avevo vinto anch'io, ma non stavo guardando le mie fiches.

Non riuscivo a staccare gli occhi da Skye.

Con il suo abito da cocktail nero e i tacchi altissimi, era la fantasia di ogni uomo.

I suoi capelli biondi erano tenuti su da una molletta d'argento, ma alcune ciocche erano sfuggite e penzolavano, un aspetto che la rendeva ancora più desiderabile.

Cavolo, ero abbastanza sicuro che potesse indossare un sacco di iuta e il mio uccello l'avrebbe trovata irresistibile.

"Stai bene?" chiese in tono preoccupato.

Ovviamente aveva notato che la stavo fissando. "Sto bene. Immagino di essermi distratto."

"Vuoi fare una passeggiata?" suggerì.

Annuii, non fidandomi di parlare. Se lo avessi fatto, le avrei detto esattamente quello che volevo veramente.

Una passeggiata sarebbe andata bene.

Avevo bisogno di tempo per provare a ricompormi.

Misi le mie fiches nella tasca dei pantaloni e la osservai, mentre metteva con cura le sue in una minuscola borsetta nera che si assicurò sul corpo con una lunga cinghia.

Prendemmo i nostri drink dato che avevamo chiesto bicchieri di plastica da asporto, quindi non c'erano problemi a portarli fuori dal casinò.

"Dove andiamo?"

La presi per mano e la condussi fuori, sapendo che le sarebbero piaciute le luci ora che era completamente buio.

"Facciamo una passeggiata lungo la striscia" consigliai.

Dato che era ancora primavera, non faceva troppo caldo.

Camminavamo senza meta, senza curarci di dove stessimo andando. Non mi importava, purché Skye fosse con me.

"Se non te l'ho già detto, grazie per questo" disse dolcemente dopo che furono trascorsi diversi minuti. "È incredibile. E le luci sono fantastiche."

"Ero abbastanza sicuro che ti sarebbe piaciuto" dissi con un sorrisetto. "E smettila di ringraziarmi. Mi sto divertendo anch'io. Non vado a Las Vegas da anni. È bello prendersi una pausa."

"Non riesco a ricordare quando sono stata così rilassata" concordò mentre sorseggiava il suo drink. "Certo, potrebbe essere anche l'alcol che ho consumato."

"Due bicchieri di vino a cena e il drink che stai bevendo ora non ti faranno ubriacare."

"Non voglio sbronzarmi" condivise. "Voglio ricordare ogni minuto di questi giorni. Hai notato che qui c'è arte ovunque? Sculture, dipinti e fotografie sorprendenti. È piuttosto spettacolare.»

Ora che ci avevo pensato, aveva ragione. Ma non era qualcosa che cercavo visto che non sapevo un cazzo di arte. Ma era il genere di cose che Skye avrebbe notato. "Vegas è esagerata in quasi tutti i sensi."

"Forse è per questo che è così divertente" considerò.

"A proposito della follia di Las Vegas, non volevi provare una delle attrazioni che hai visto online?"

Era andata su Internet pochi istanti dopo che le avevo detto che saremmo andati a Las Vegas. Mi sarebbe piaciuto vederla indicare tutte le attrazioni della città.

"Le montagne russe Stratosphere di sicuro" disse eccitata. "Onestamente, mi piacerebbe provarle tutte."

Questa è la mia ragazza.

Skye era sempre stata praticamente senza paura. Quindi non ero così sorpreso che volesse provare qualsiasi cosa.

"Vedremo tutto domani" promisi. "Forse assisteremo a uno spettacolo domani sera."

Emise un sospiro felice. "Sarebbe fantastico. Non ho mai visto un'esibizione dal vivo."

Sembrava così entusiasta che il mio cazzo eretto si contorceva. Volevo inchiodarla contro un muro e catturare quella felicità mentre sbattevo dentro di lei fino a quando il desiderio inesorabile che stavo provando in quel momento non fosse stato soddisfatto.

Trangugiai il mio drink in due sorsi, e poi gettai via il mio bicchiere, sperando che l'alcol mi calmasse.

Camminammo lungo la striscia per un bel po', guardando lo spettacolo della fontana d'acqua e altre attività che si svolgevano mentre passeggiavamo e ci fermavamo.

Mentre stavamo tornando in hotel, Skye commentò: "A volte mi sembra che essere qui con te sia surreale. È passato così tanto tempo e sono successe tante cose. Ma le sensazioni sono le stesse."

Il mio cuore quasi saltò fuori dal petto. Skye mi aveva detto che mi amava allora. Era *ancora* così?

"È un bene o un male?" chiesi.

Bevve l'ultimo sorso e i miei occhi rimasero inchiodati a quelle labbra rosee che avrei voluto avvolgere intorno al mio uccello.

Gettò il suo bicchiere vuoto nella spazzatura. "Forse un po' di entrambi. Sono diversa ora, Aiden. Lo sai. Non mi fido facilmente e non sono aperta alle mie emozioni."

"Datti tempo, tesoro. Devi *imparare* a fidarti di me."

"Lo faccio qui." Si portò la mano al petto. "Ma a volte la testa mi confonde."

Accidenti, l'avrei accettato. Alla fine, la sua mente avrebbe raggiunto il suo cuore e il suo istinto.

"Hai attraversato l'inferno, piccola. Concediti una pausa e lascia che accada in modo naturale."

"Anche il mio corpo è cambiato" disse con un sospiro. "Non ho più diciotto anni, Aiden. Ho le smagliature e un'enorme vecchia cicatrice dovuta al cesareo. Inoltre, un paio di chili di peso sulla pancia di cui non potrei mai liberarmi."

Girai la testa per guardarla. "E pensi che sarà un problema per me? Oh, cavolo, no. Mi eccita."

Aveva avuto mia figlia, e ne avrebbe avuto i segni per sempre. Come potevo non trovarlo così dannatamente sexy? Beh, non il fatto che avesse sofferto—da sola—per aver messo al mondo nostra figlia. Ma vedere i segni che aveva portato in grembo mia figlia sarebbe stato un afrodisiaco per me—non che avessi bisogno di altri in questo momento.

Mi diede una pacca sul braccio scherzosamente. "Sei assurdo" disse con una risata nervosa.

"Sono totalmente onesto" brontolai.

Entrammo nel casinò e ci dirigemmo verso l'ascensore. Avevo visto Skye sbadigliare diverse volte, ed era stata una lunga giornata.

"Pronta a salire?"

Lei annuì perché il casinò era rumoroso.

Quando entrammo in ascensore, tutto era silenzioso perché era un ascensore semi-privato che saliva agli attici.

Si appoggiò alla parete di fondo e mi fissò con curiosità. "Parlavi seriamente riguardo alle smagliature e alla cicatrice? Perché non sono belle. Né lo è il peso della bambina che non sono mai riuscita a togliermi dalla pancia."

Premetti il pulsante dell'ultimo piano e poi mi voltai verso di lei. "Togliamoci questo problema di mezzo. Fammi vedere" chiesi, il mio membro duro come un diamante gigante.

Allungandomi, afferrai la gonna del suo vestito da cocktail sopra il ginocchio e iniziai a tirarla su.

"Cosa stai facendo?" domandò con una risata, mentre cercava di schiaffeggiarmi via la mano.

Continuai a sollevare. "Sto guardando quelle cicatrici antiestetiche che pensi siano brutte."

Presi un respiro veloce una volta sollevato il vestito fino al seno.

Non solo potevo vedere i segni del parto, ma Skye non indossava altro che calze alte fino alla coscia e un minuscolo perizoma sotto l'indumento leggero.

"Santo cielo, donna!!! Stai cercando di uccidermi?" ringhiai e caddi in ginocchio.

"Fermati. Aiden. Siamo in ascensore." Il suo tono era per metà divertito, per metà mortificato.

"Voglio vedere queste cicatrici da vicino" borbottai mentre affondavo il viso nella pelle morbida del suo stomaco. "Mi sembrano dannatamente sexy."

"Alzati" disse con una risatina.

La ignorai e passai le mie labbra sulle poche, deboli smagliature, e poi tracciai la cicatrice del cesareo con la lingua.

"Totalmente erotico" dissi, la mia voce attutita dalla sua pelle contro il mio viso.

Era setosa e calda.

Skye era bellissima ovunque, e se aveva un piccolo peso in eccesso, era tutto nei punti giusti.

"Fermati!" Sembrava in preda al panico mentre cercava di lisciarsi il vestito.

Mi alzai e lasciai cadere l'orlo poco prima che le porte si aprissero.

Le presi la mano e la strinsi, mentre una coppia di anziani entrava nell'ascensore semi-privato.

Le sue guance erano adorabilmente rosse, e Skye era agitata mentre mi lanciava un'occhiata ammonitrice.

Ma stava ancora sorridendo.

Ed entrambi ridemmo una volta fuggiti dall'ascensore e rientrati nell'attico.

CAPÌTULO 21

Skye

"**A**vrebbero potuto vederti in ginocchio e sotto il mio vestito" gli dissi mentre bloccava la porta della nostra suite dietro di noi.

Cercavo disperatamente di essere seria.

Tuttavia, sapevo di essermi tradita ridendo per quello che avrebbe dovuto essere un rimprovero. Ma non potevo farne a meno. Onestamente, sapevo che Aiden non mi avrebbe mai esposta a nessuno. Ma ci era andato abbastanza vicino.

Aveva raggiunto uno scopo, però. Aveva eliminato tutta l'ansia di rivelargli il mio corpo cambiato. E ora tutto quello che volevo era *denudarlo*.

Dio, avevo così disperatamente bisogno di lui che non riuscivo a sopportarlo.

Il calore mi aveva inondato la figa, quando mi aveva sollevato il vestito. Non che non l'avessi guardato per tutta la notte, pensando di essere entrambi nudi, sexy e avvinghiati.

Ero solo un po' preoccupata di rivelare il mio corpo. Non era più quello di una diciottenne.

Avevo passato il parto, e ne avevo pagato il conto.

Mi inchiodò contro il muro, il suo grosso corpo caldo contro il mio. "Perché non mi hai detto che non indossavi quasi nulla sotto quel vestito? Il tuo culo è nudo."

Non mi piacevano molto i perizomi. Ma… "L'ho indossato per te. Non avresti dovuto saperlo finché non fosse arrivato il momento di scoprirlo."

"Meno male che non lo sapevo" brontolò. "Non avremmo mai lasciato questa dannata stanza."

Nessun commento sul cambiamento del mio corpo. Anche se *era* difficile credere che le mie cicatrici lo avessero davvero eccitato, non pensavo nemmeno che ne fosse infastidito. Sembrava ancora più ossessionato dalla mia biancheria intima sexy.

Seppellì il viso tra i miei capelli. "Gesù, hai un profumo così buono. Sai di fragole."

Sorrisi. "È solo uno spray per il corpo. Non mi piacciono molto i profumi pesanti.»

"È sexy da morire" ringhiò, mentre si tirava indietro per guardarmi. "Tutto di te mi fa impazzire, Skye."

Potevo sentire quanto fosse eccitato quando appoggiò i fianchi contro il mio bacino. "Ti voglio, Aiden. Così tanto che non lo sopporto" gli dissi sinceramente mentre incontravo il suo sguardo.

Non avrei più nascosto il modo in cui mi sentivo. Ero bisognosa quanto lui… forse di più. "Ho bisogno di sentirti. Ho bisogno che mi scopi."

I suoi occhi esplosero di calore fuso. "Hai bisogno di me per venire" dichiarò.

Annuii a scatti. "Per favore. Mi sembra che sia passata un'eternità."

Affondò le mani tra i miei capelli, e poi abbassò la testa, coprendo la mia bocca con una forza che accolsi con favore.

Non c'era niente di sottile nella mia attrazione per Aiden.

Era sempre stata travolgente.

Gemetti contro le sue labbra, assaporando la sensazione e il gusto del suo abbraccio.

Ansimavo, quando finalmente si tirò indietro, e poi cadde in ginocchio.

"Hai già visto le cicatrici" mormorai. "Ti prego."

Ero più che pronta a pregarlo di scoparmi. Avevo bisogno di lui dentro di me.

Il mio corpo tremava, mentre mi contorcevo, quando la sua lingua ricominciò a tracciare le mie cicatrici, ma saltai, quando con un potente scatto mi tolse le mutandine.

Andai quasi in fiamme, quando mi resi conto che aveva intenzione di mettere la bocca da qualche altra parte, e non era timido, mentre si tuffava nella mia figa liscia.

Il primo tocco della sua lingua che sondava la mia fessura mi fece vacillare, e feci uscire un gemito di piacere che non avevo mai sentito provenire dalle mie labbra prima.

Questo era nuovo.

Era sconosciuto.

Ed era così dannatamente sexy che mi sentii spazzata via in un altro posto, un altro momento.

Quando fece una promessa che non aveva mai avuto il tempo di realizzare.

Aveva sempre parlato di quanto avrebbe voluto assaggiarmi anni addietro, ma i nostri rapporti erano stati rapidi ed essenziali per necessità.

Il mio ex marito era stato nient'altro che brutale, e il suo viso non si era mai avvicinato a quell'area della mia anatomia.

Ma Aiden era lì adesso, e apparentemente ne amava ogni minuto.

Aprii un po' di più le gambe per dargli un migliore accesso.

E quando alla fine seppellì completamente la sua faccia nella mia figa tremante, urlai letteralmente perché il piacere era davvero intenso.

Mi assaporò come un uomo che era stato privato del sostentamento troppo a lungo. Come se fosse affamato, e io fossi la sua unica fonte di cui nutrirsi.

"Oh, Dio. Aiden" gemetti.

Un milione di sensazioni esplosero dal mio corpo, e il modo in cui mi faceva sentire era quasi spaventoso.

Ma ero più disperata di quanto avessi paura.

"Di più" supplicai. "Per favore."

Mi diede di più, quando la sua lingua scivolò sul mio clitoride.

E poi la portò via quando mi leccò dal basso verso l'alto.

"Aiden. Ho bisogno di venire. Ti prego."

Il calore e la pressione che si accumulavano all'interno del mio intimo erano intensi. Dovevo avere sollievo.

Mi sentivo avida e completamente persa. Infilai le mani nei suoi capelli, e tirai il suo viso contro la mia vulnerabile figa.

Avevo bisogno di...

Più pressione.

Più calore in modo da poter bruciare di più fino all'orgasmo.

Più di... Aiden.

"Sì" urlai, mentre sentivo la pressione del mio climax crescere.

Appoggiai la testa contro il muro e chiusi gli occhi, il mio piacere così potente che riuscivo a malapena a stare in piedi.

Le sue grandi mani mi stringevano forte il sedere, ma non mi importava. Era bello avere le sue dita che mi afferravano come se non volesse mai più muoversi da dove si trovava adesso.

Usò la sua presa per spingermi più forte sul suo viso, la pressione e la sensazione della sua lingua che mi stuzzicava il clitoride quasi insopportabile.

Strinsi i suoi capelli, mentre sentivo le prime potenti ondate del mio orgasmo consumarmi completamente.

Non avevo alcun controllo; ero pronta per la cavalcata.

Aiden stava leccando i miei succhi che inondavano il mio nucleo mentre sperimentavo un climax così forte da scuotermi, ed era la cosa più erotica che avessi mai sentito. Continuava a succhiare come se dovesse avere ogni parte di me, anche se il mio climax si trasformò in semplici increspature, e poi solo una sensazione generale di fluttuare.

Gli tirai i capelli. "Fottimi" chiesi.

Ero risoluta. Dovevo sentirlo dentro di me, anche se mi aveva appena regalato uno degli orgasmi più potenti che avessi mai provato.

Si alzò in piedi, e io lasciai andare i suoi capelli, lo sguardo selvaggio nei suoi occhi così feroce che il mio intimo si strinse in reazione.

Si tolse il maglione, e io salivai, quando vidi tutta quella pelle liscia tirata su muscoli tonici.

Volevo toccarlo, ma lo volevo nudo ancora di più.

Le sue scarpe, i calzini, i pantaloni e i boxer volarono via freneticamente.

Tirai il mio vestito sopra la testa, e poi mi tolsi il reggiseno.

Avevo bisogno di sentire la sua pelle sulla mia.

"Non posso più aspettare, Skye" ringhiò mentre il suo corpo nudo mi inchiodava contro il muro.

"Non indugiare, allora. Scopami adesso" risposi, mentre ansimavo in attesa.

Avevo intravisto brevemente il suo enorme fallo duro e volevo reclamarlo. Volevo Aiden dentro di me.

"Avvolgimi quelle gambe sexy intorno alla vita" chiese, mentre mi sollevava per il sedere.

Non appena gli obbedii, si tuffò dentro di me disperatamente. *Bam!*

La mia parte posteriore colpì il muro, le sue mani che attutirono il colpo.

E poi fu lì, dentro di me, intorno a me, a consumarmi.

Mi distesi contro di lui, avendo bisogno di ogni centimetro del suo cazzo, anche se mi stava già dilatando.

"Cavalca con me, piccola" gracchiò vicino alla mia testa. "Resta con me."

Come se potessi fare qualcos'altro?

E poi mi resi conto che non voleva che avessi paura. Sapeva che a volte avevo dei flashback.

"Non sto pensando ad altro che a te" dissi senza fiato. "Fottimi e basta, Aiden. Ho bisogno di te."

"Santo cielo! Anch'io ho bisogno di te, Skye. Così dannatamente tanto" replicò con una ferocia che non sentivo da anni. "Ho sempre avuto bisogno di te. Sarà sempre così."

Strinsi le gambe intorno alla sua vita, incoraggiandolo a muoversi. "Allora prendimi."

Il mio corpo non era e non sarebbe mai appartenuto a nessuno se non a lui.

Si tirò quasi fuori dal mio corpo, e poi tornò dentro di colpo. "Eri destinata ad essere mia" ringhiò. "Io e te. Lo abbiamo sempre saputo."

"È così" ansimai.

Le sue dita premevano possessivamente sulla pelle del mio sedere mentre iniziava a stabilire un ritmo frenetico che mi faceva perdere il controllo.

Ero *libera* quando stavo con Aiden.

Ero *selvaggia* quando stavo con Aiden.

Ero di nuovo *me stessa* quando stavo con Aiden.

Nessun ripensamento.

Cavalcai il suo uccello mentre sbatteva dentro di me.

Sempre più duramente.

Sempre più velocemente.

Fino a quando i nostri corpi non furono madidi di sudore.

Quando iniziò a sbattere contro di me ad ogni entrata dura, mi sentii come se stessi perdendo il controllo.

Volevo quella stimolazione al mio clitoride ogni volta che mi riempiva.

"Sì. Devo venire" gridai.

"Ti farò venire" gracchiò.

Spinse più a fondo, e con un'angolazione che sfregò contro il mio clitoride così forte che esplosi.

"Aiden" gridai, mentre il mio corpo implodeva.

"Proprio così. Vieni per me, Skye. Non posso più aspettare."

Divenne evidente pochi istanti dopo che stavo venendo. Gli graffiai la schiena e gli morsi la spalla perché non sapevo bene come gestire la forza estrema del mio climax.

Il corpo di Aiden si tese e gemette il mio nome: "Skye. Tesoro. Santo cielo."

Il suo grosso corpo rabbrividì, e trovò la sua calda liberazione nel profondo di me.

Non c'era nient'altro che il suono del nostro respiro affannoso, mentre ci riprendevamo. Ero così stordita che non riuscii a parlare per almeno un paio di minuti.

"Dannazione" disse alla fine posando la fronte sulla mia spalla.

Gli accarezzai la schiena sudata. "Che cosa c'è?"

"Avevo giurato che l'avremmo fatto in un letto la prima volta."

Impiegai un minuto per rendermi conto che non eravamo mai stati in un letto insieme, anche se avevamo fatto sesso.

E nemmeno questa volta eravamo riusciti a raggiungere una camera.

Non mi importava. Non avevo alcun controllo con quell'uomo, che era frustrato perché non pensava che l'avessimo fatto nel modo giusto per la prima volta in quasi un decennio.

Non potei farne a meno.

Risi.

CAPÌTULO 22

Skye

Neanche la seconda volta riuscimmo a farlo in un letto. Aiden e io avevamo deciso che entrambi avevamo bisogno di una doccia, e dopo aver esplorato ognuno il corpo dell'altro sotto i molteplici spruzzi della doccia stravagante, non ci preoccupammo di cercare di raggiungere la camera.

"Finalmente ce l'abbiamo fatta" scherzai, mentre guardavo tutti i componenti del servizio in camera che erano sparsi sul letto.

Entrambi avevamo provato i morsi della fame di mezzanotte, quindi avevamo ordinato del cibo.

Strano che stavamo mangiando sul letto su cui avremmo voluto scopare.

Prese un paio di patatine fritte, le inzuppò nel ketchup e poi le fece cadere in bocca prima di dire: "Era ora."

Sorrisi mentre davo un morso al mio hamburger. Ero seduta a gambe incrociate e nuda sul copriletto, mentre lui era disteso accanto alla maggior parte del cibo.

Avevo superato il nervosismo per il cambiamento del mio corpo, e non avevo scrupoli a sedermi nuda di fronte a lui ora.

Onestamente, stavo iniziando a credere di eccitarlo proprio per come ero.

Tutto ciò a cui riuscivo davvero a pensare era il vantaggio di avere un letto matrimoniale per ospitare tutto il cibo che avevamo ordinato.

"Ti stai lamentando?" scherzai.

Catturò il mio sguardo e scosse lentamente la testa. "Mai. Non ha molta importanza per me. Pensavo solo che per una volta avresti dovuto provare a prenderla con calma in un dannato letto."

Ridacchiai. "Non credo che sappiamo come andarci piano. E non importa neanche a me."

"Ti rendi conto che non abbiamo nemmeno pensato alla protezione" disse alla fine. "Sei l'unica donna che me l'abbia mai fatta dimenticare."

"Sei al sicuro. Sono sana. E prendo ancora la pillola anticoncezionale."

"Nessun problema anche da parte mia" ammise. "Sono stato controllato e non sto con qualcuna da molto tempo. E mai senza preservativo."

Mangiammo in silenzio per un paio di minuti prima che lui chiedesse: "Come lo vuoi, Skye? Dimmi cosa ti eccita davvero. Quali sono le tue fantasie?"

Come potevo dirgli che ogni fantasia birichina che avessi mai avuto riguardava lui? E che non importava molto come arrivavamo alle parti calde e sudate?

Alzai le spalle. "Non credo di averne davvero, tranne essere inchiodata da te. Le posizioni sono facoltative. Semplicemente non mi piace a pecorina. Oppure... il sesso anale."

Doveva aver sentito la trepidazione nella mia voce, perché mi fulminò con uno sguardo tagliente. "Come mai? Ti ha ferita?"

Avevo finito il mio cheeseburger, e mi asciugai le mani con il tovagliolo. "Sai che l'ha fatto."

"Con l'anale?"

Annuii lentamente. Non potevo non rivelare tutto ad Aiden. Stavamo vivendo una relazione sessuale. Meritava di sapere. "Sì. Faceva male. Penso che gli piacesse. Prima mi spingeva sempre la faccia sul letto, e poi lo faceva in quel modo."

Il suo viso si fece tempestoso. "Non si può semplicemente farlo. Certo, non è mai stata una cosa importante per me, ma è necessario un lubrificante e va fatto con calma. Dev'essere preparato nel tempo."

"Non è mai andata così" replicai con un brivido.

"È per questo che non sei mai più rimasta incinta?" chiese con un tono più dolce.

"Dio, no. Era un duplice abusatore. Quella era solo la sua preferenza per la maggior parte delle volte. Prendevo l'anticoncezionale come un orologio. Lo nascondevo in modo che non lo sapesse. L'ultima cosa che volevo era rimanere incinta di suo figlio."

"Sai che mi piacerebbe uccidere quel bastardo?" chiese.

Scossi la testa. "No. Non odiarlo. Non ne vale la pena. Nessuno di loro ne vale la pena."

Avevo imparato molto tempo addietro a non dare a Marco il potere di farmi provare nulla, nemmeno l'odio. Non meritava nessuna emozione da parte mia. Non potevo fare a meno del persistente disturbo da stress post-traumatico che avevo, ma mi rifiutavo di provare consapevolmente qualcosa sui criminali che avevo aiutato a far arrestare. Avevano preso abbastanza della mia vita.

"Forse no" grugnì. "Ma *tu* vali la pena. Odio lui e ogni cosa brutta che ti abbia mai fatto. Ma il bastardo è in prigione, quindi non posso ucciderlo."

"Non te lo lascerei fare nemmeno se non lo fosse" dissi dolcemente. "Ti perderei."

Potevo vedere la tensione nei suoi muscoli allentarsi. "Non vado da nessuna parte" brontolò.

In quel momento, volevo attraversare il letto, arrampicarmi sulla sua splendida sagoma nuda e restarci per il resto della mia vita.

Per la prima volta da molto tempo, mi sentivo... al sicuro. E sapevo che Aiden mi faceva sentire così.

"Sai che non ti farei mai del male, vero?" chiese.

Mi infilai in bocca un fungo fritto e masticai, mentre il suo sguardo tagliente come il laser veniva puntato su di me.

"Non ho paura di te, Aiden. Non l'ho mai avuta. Forse ero preoccupata quando ho scoperto che non sapevi di Maya, ma non ho mai provato un solo attimo di paura che mi avresti ferita fisicamente."

"Non volevo nemmeno ferirti mentalmente" disse con voce potente.

"Lo so. Se ti ho ferito, è stato involontario anche da parte mia" gli dissi onestamente.

Si distese sul cuscino, ovviamente avendo finito con il cibo. "Vuoi sapere la verità?"

"Sì" incoraggiai.

"Mi hai spezzato il cuore quando te ne sei andata. Forse non abbiamo mai parlato di futuro perché sapevo che avevi la scuola che volevi fare, ed eri così giovane. Ma anche allora, volevo sposarti, Skye. Sapevo che non sarebbe successo per anni. E questo andava bene perché ero disposto ad aspettare dato che eri ancora troppo giovane."

Il mio cuore sussultò, e poi iniziò a martellare.

Aveva capito anni fa che voleva stare con me?

Non mi aveva mai detto che mi amava, ma ripensandoci me lo aveva mostrato. Anche se non avevamo mai parlato di un futuro serio insieme, avevamo pianificato tutte le cose che avremmo voluto fare come coppia. Quindi, cosa cambiava che non avessimo parlato di matrimonio? Mi aveva fatto sapere che sarebbe tornato e che ci considerava una coppia. A volte le azioni contavano più delle parole.

"Mi dispiace averti ferito" dissi, con la voce che tremava per l'emozione.

"Davvero non ti ho mai dimenticata" continuò. "Mi ci sono voluti diversi anni per andare di nuovo ad appuntamenti casuali. E non è mai stato lo stesso perché quelle donne non erano te."

"Neanch'io ti ho mai dimenticato" confessai.

"Allora perché mi hai ignorato quando sei tornata a Citrus Beach?"

"Non ero pronta a parlare. Ero ancora arrabbiata per il fatto che non fossi venuto a cercarmi, anche se ero contenta che non l'avessi fatto perché saresti potuto finire morto. Davvero, ero più sconvolta perché non riconoscevi o non ti importava di nostra figlia."

"Ma non sapevo di Maya" sottolineò.

"Io non lo sapevo."

"Devo ammettere che fa ancora male che tu potessi pensare che avrei abbandonato te e mia figlia" disse con voce roca.

"Ero triste perché credevo pensassi che me ne fossi andata a causa dei soldi. Avrei preferito essere povera con te piuttosto che stare con un ragazzo solo perché era ricco. Non mi importava dei soldi di Marco. Onestamente, non li ho mai visti molto comunque. Non volevo toccarli."

"Lo capisco ora" rispose. "Sono stato stupido."

Le mie labbra si piegarono in un piccolo sorriso. "Anch'io sono stata un'idiota. Ma sono felice che tu sia qui ora."

"E ora sono ricco anch'io" scherzò.

"Pensi davvero che mi importi?" domandai. "Voglio dire, è bello che tu non debba lottare e che finalmente avrai la tua attività. Ma i soldi non significano molto per me, Aiden. Non l'hanno mai fatto."

"Per me avere i soldi è ancora una novità. Ma *significa* che posso assicurarmi che tu e Maya abbiate sempre tutto ciò che desiderate e di cui avete bisogno."

Si alzò e prese qualcosa sul tavolino. "Il che mi ricorda che ti ho preso qualcosa."

"Mi hai già regalato questo viaggio, Aiden, non devi comprarmi cose—"

"Volevo che lo avessi. Quando stavo curiosando nei negozi, ho dovuto comprarlo. Mi ricorda te."

La mia mano tremava, mentre prendevo la scatolina oblunga. "Che cos'è?»

Sorrise. "Aprilo. Non è davvero una grossa cosa."

Gli lanciai un'occhiata scettica. Tutto ciò che faceva per me era una grossa cosa. Forse non se ne rendeva conto, ma a nessuno era mai importato abbastanza di me da pensare di farmi un regalo. L'unico che avessi mai avuto era la collana di sua madre, e quel gioiello significava tutto per me.

Con cautela, tolsi la parte superiore della scatolina e capii immediatamente perché aveva acquistato il contenuto.

Sollevai attentamente il delicato braccialetto dal suo nido di morbido cotone e lo strofinai con le dita.

"Si abbina alla collana" dissi con un tono stupito.

"Non esattamente" corresse. "Ci sono differenze, ma potrebbero essere un set. È pensato per stare sul tuo polso. L'ho capito nel momento in cui l'ho visto."

"Non ho mai visto niente di così bello" dissi con voce affannata.

Il braccialetto aveva lo stesso aspetto vintage della collana, e ogni pietra era come un duplicato di quella dell'unico gioiello che avevo.

Anche adesso, che ero seduta nuda, potevo ancora sentire l'oro freddo della delicata catena contro la mia pelle. Raramente toglievo il dono che mi aveva fatto Aiden. Era sempre stato come un talismano per ricordarmi che la vita non era sempre così brutta come era stata con la famiglia della criminalità organizzata.

La collana mi aveva visto passare dei momenti piuttosto difficili.

"Non ho mai visto una persona più bella di te. Il braccialetto appartiene al tuo polso. Proprio come la collana dovrebbe essere sempre vicino alla tua pelle" disse burbero.

Stava fissando direttamente me.

E mi sentivo come se qualcosa fosse finalmente cambiato dentro di me.

Il suo dono mi avrebbe sempre ricordato che anche quando non eravamo insieme, pensava a me, chiedendosi cosa mi sarebbe piaciuto o cosa non mi sarebbe piaciuto.

Mi avrebbe fatta sentire come se non ci sarebbe mai stato un momento in cui Aiden non avesse pensato a me e a nostra figlia.

Rilasciai un piccolo sospiro.

Era l'uomo migliore che avessi mai conosciuto, ed era probabilmente per questo che mi ero perdutamente innamorata di lui di nuovo.

O forse non avevo mai *smesso di amarlo*.

"Mi piace così tanto" dissi, mentre glielo porgevo per mettermelo al polso. "Grazie."

Fissò la clip in tempo record considerando quanto erano grandi le sue dita e quanto doveva essere delicato il moschettone.

Annuì quando ebbe finito. "Era sicuramente fatto per te."

Guardai il braccialetto, e poi feci qualcosa che non facevo da molti, molti anni.

Una lacrima mi scese sulla guancia.

E poi un'altra.

Non feci alcun tentativo di ricacciarle indietro o di fermarle. Non c'era modo di fermarle questa volta.

Prima che me ne rendessi conto, ero aggrappata contro la spalla di Aiden.

L'uomo di cui ero innamorata mi aveva costretta a provare di nuovo le mie emozioni.

Per la prima volta dopo tanto tempo, piansi.

CAPÌTULO 23

Aiden

Non ero sicuro se dovevo essere allarmato o contento che Skye si fosse finalmente lasciata andare, e fosse entrata in contatto con le sue emozioni.

Tutto quello che potevo fare era tenerla stretta, mentre piangeva come se il mondo intero stesse finendo.

Volevo che si sentisse di nuovo viva, che sentisse che era giusto esprimersi emotivamente.

Ma di sicuro non mi piaceva il fatto che stesse piangendo.

Mi spezzava il dannato cuore.

Anche se sapevo che non era dolore quello che provava.

"Andrà tutto bene, piccola. Te lo prometto" le giurai.

"Lo so" disse lei in lacrime. "Non sono triste. Sono felice. A volte sei così dolce."

Sussultai, perché quale ragazzo voleva essere considerato *dolce*?

Onestamente, avrei preferito di gran lunga essere il suo stallone.

Acquistare il braccialetto era stato un impulso. Si abbinava alla collana che aveva già così bene che doveva semplicemente averlo. E non era che fossi minimamente a corto di fondi.

Per me il braccialetto era stato un gingillo, e niente di più. Mi ricordava la collana, e avevo sperato che l'avrebbe fatta sorridere.

Ma, santo cielo! Non mi sarei mai aspettato che si scatenasse l'inferno per questo.

Per farla smettere di piangere, dissi: "Sono anche uno stronzo, a volte. Ricordi?"

Emise un suono a metà tra una risata e un singhiozzo, mentre si tirava indietro e incontrava i miei occhi.

E poi sorrise, e mi guardò come se potessi volare.

Ringraziai qualunque istinto mi avesse portato a quel braccialetto e mi avesse restituito Skye. Cavolo, sarei anche stato *dolce* se fosse stato davvero quello che voleva. O almeno ci avrei provato.

Asciugai delicatamente le lacrime dalle sue guance. "Va tutto bene?" chiesi.

Annuì vigorosamente. "Decisamente bene."

Tolsi il sedere nudo dal letto, spostai tutti i vassoi e i piatti sul comò e poi la trascinai sotto le coperte con me.

Tutto quello che volevo davvero era stringerla e farle capire che non ci sarebbe mai stato un giorno in cui non sarei stato in giro per lei d'ora in poi.

Ora che la diga si era rotta sulle sue emozioni, avevo bisogno che lei sapesse che erano al sicuro con me.

Skye e Maya erano tutto il mio dannato mondo, e in qualche modo volevo che lei lo *sentisse*.

"Sarai sempre al sicuro con me, Skye" dissi con una voce roca che quasi non riconoscevo, mentre tiravo il suo corpo morbido contro il mio.

Ero determinato a compensare ogni singolo giorno in cui avesse sofferto per mano di un pazzo perché mio fratello aveva rovinato le cose per entrambi.

"Lo so" replicò con voce assonnata. "Non ti prometto che non avrò mai un episodio o dei flashback. Ma non sarà mai a causa tua."

"Non sono esattamente un fiocco di neve, piccola" risposi. "Posso accettare qualunque cosa accada. Voglio solo che tu ti senta al sicuro."

"È così. La sensazione migliore del mondo" mormorò. "Immagino che quando passi anni a sentirti spaventata, apprezzi di non doverti guardare le spalle nel caso qualcuno voglia ucciderti."

"Ti sentivi ancora così? Anche dopo che tutto era finito e tutti erano in prigione?" chiesi.

Seppellì il viso nel mio petto. "Qualche volta sì. Ma non più così tanto. Le vecchie abitudini sono dure a morire. È come la mia incapacità di permettermi di piangere o di far sapere a qualcuno cosa provo. Ogni debolezza veniva sempre usata contro di me, Aiden. È difficile sbarazzarsi di quel meccanismo di difesa, anche se non ne ho più bisogno."

Lo capivo in un modo contorto. Avevo passato tutta la vita a stare attento ad ogni singolo centesimo che guadagnavo. E mi sorprendevo ancora a chiedermi se potessi permettermi qualcosa prima di ricordarmi di avere i soldi. Alcune cose si radicavano nel cervello, e non era facile cambiare quelle abitudini.

Solo che spendere soldi non mi avrebbe ucciso. Quindi, le abitudini di Skye dovevano essere molto più difficili da cambiare.

"Cosa c'è in programma per domani?» chiese.

Sapevo che stava cercando di cambiare argomento, e per quella sera non avrei insistito. "Tutto quello che vuoi. Questo è il tuo viaggio."

"Ma voglio che anche tu ti diverta" insistette.

Ero stato dentro il suo corpo.

E l'avevo scopata fino a farle urlare il mio nome.

Qualsiasi altra cosa che fosse accaduta oltre a poterla toccare era dannatamente irrilevante.

"Possiamo fare un giro per la città, se vuoi" dissi. "Oppure andare in centro a dare un'occhiata. C'è anche la possibilità di fare una gita alla diga di Hoover o vedere uno degli spettacoli. Dimmi cosa vuoi fare, perché sono già felice» dissi.

"Mi piacerebbe davvero andare sulla ruota panoramica" disse con desiderio.

"Fatto" acconsentii. "Ma non ci vorrà tutto il giorno."

Strofinò il suo dolce corpo contro di me, ed emise qualcosa come delle fusa mentre diceva: "Non sono così sicura che usciremo di qui *così presto*."

Santo cielo. Non avrei discusso se voleva rimanere tutto il giorno e la notte, ma notai che era dolorante sotto la doccia. Quindi dovevo fare in modo che il mio uccello si comportasse bene.

"Posso dire che sei dolorante" dissi severamente.

"Ma è un bel dolore» ribatté con fare seducente.

Misi delicatamente la mia coscia tra le sue gambe, e poi avvolsi le mie braccia intorno alla sua vita. "Vai a dormire o avrai più di quanto ti aspetti" la avvertii.

Non avevo bisogno di molto riposo tra una volta e l'altra. Non con lei. Il mio uccello era pronto in pochi minuti quando ero con lei.

Ma non volevo il mio piacere in cambio del suo dolore.

Le diedi una giocosa pacca sul sedere. "Vai. A. Dormire."

"Ti ho già ringraziato per il braccialetto e per questo viaggio?" chiese piano.

Le sue parole erano smorzate contro il mio petto.

Mi *aveva* ringraziato. Circa un *milione di volte*. "L'hai fatto."

"Beh, allora grazie ancora una volta. Penso che ne avessi davvero bisogno. Forse avevo solo bisogno di un po' di tempo lontano dalla California."

Non avevo mai pensato al fatto che vivesse ancora abbastanza vicino a dove le erano successe cose brutte, e non era insolito fare un viaggio da Citrus Beach a San Diego. Anche se la città costiera stava crescendo, c'erano ancora alcune attrazioni che non riuscivi a trovare lì.

Non mi era mai venuto in mente che forse doveva andarsene, iniziare una nuova vita da qualche altra parte.

"Potremmo trasferirci" offrii. "Ricominciare da qualche altra parte."

Ero un miliardario. Cavolo, tutto era possibile. Avremmo potuto trasferirci ai Caraibi, se questo l'avesse aiutata a dimenticare la merda che le era successa in California.

"Ci ho pensato" ammise. "Ma continuerei a scappare."

"Non è irragionevole non voler vivere nello stesso Stato in cui hai attraversato l'inferno."

"Ma non voglio davvero trasferirmi, Aiden. Mi piace la mia vita a Citrus Beach. Tu hai la tua famiglia lì, e io ho i miei amici. Il ristorante e anche la tua nuova attività."

"Prenderò il mio jet, e potremo viaggiare avanti e indietro."

"Non è necessario» ribatté con fermezza. "Marco non è nemmeno in prigione lì. Hanno trasferito lui e la maggior parte della famiglia in una prigione di massima sicurezza in Colorado. E ho capito che trasferirmi non mi avrebbe resa felice. Perché dovrei lasciare un posto che amo solo perché ho dei brutti ricordi del luogo? Svaniranno con il tempo. Soprattutto ora che ho così tante cose con cui sostituirli."

Aveva senso. "Va bene. Se vuoi restare."

"Sì. Tutto considerato, non lascerò Citrus Beach. Ci sono cresciuta. Ho un sacco di bei ricordi con Jade, e anche con te lì."

"Come il parco?" chiesi scherzosamente.

Ogni incontro sessuale che avevamo avuto da giovani era stato in quel parco cittadino.

Mia figlia era stata concepita lì, e ora la portavamo lì per farla andare sull'altalena e farla giocare con le sue amiche.

"Uno dei miei posti preferiti" confermò, mentre strofinava la testa contro la mia spalla come se si stesse mettendo a suo agio.

"So che non è stato facile, tesoro, ma era un buon posto per crescere."

"A parte mia madre pazza, lo adoravo" concordò.

Improvvisamente mi venne in mente un dettaglio di cui non avevamo mai discusso. "Cosa sapeva tua madre di Marino?"

"Non ne sono sicura" disse incerta. "Penso che sapesse che la sua falsa agenzia religiosa era in realtà una copertura per attirare donne, ragazze e ragazzi minorenni nel traffico di esseri umani. Non so come avrebbe potuto non saperlo. Ma sono abbastanza sicura che le sia stato fatto il lavaggio del cervello per farle credere che stesse salvando la loro anima in qualche modo. Era pazza, Aiden. Ma non l'ho mai vista coinvolta in nessuno degli altri crimini di cui stavo informando l'FBI."

"Non ne hai parlato con lei?" Conoscevo praticamente la risposta, poiché Skye non aveva mai avuto una madre di cui potersi fidare.

"Non osavo" rispose. "Anche se non era coinvolta, non l'avrei convinta che io avevo ragione e che la famiglia Marino era malvagia."

"Quando è morta?"

"Circa sei mesi prima che l'FBI facesse il suo raid e arrestasse tutti. Non sono del tutto sicura che non sarebbe stata implicata se fosse sopravvissuta. Forse era matta, ma stava infrangendo la legge e aiutando la famiglia Marino nel loro giro di traffico di esseri umani. Che fosse consapevole del fatto che era malvagio o meno."

Misi la mia faccia tra i suoi capelli perché ero dipendente dal suo profumo. "Mi dispiace così tanto che nessuno sia mai stato lì per te."

Avevo avuto un'intera famiglia di persone a sostenermi ogni volta che ne avevo bisogno. Skye non aveva mai avuto nessuno di cui fidarsi. Nemmeno sua madre.

"Avevo Jade" protestò. "Non le ho parlato molto mentre ero sposata perché non potevo. E non avrei mai voluto che sapesse cosa stava succedendo perché quella conoscenza avrebbe potuto mettere in pericolo la sua vita. Ma le è sempre importato. Era ed è la migliore amica che una donna possa avere."

"Ora hai anche me."

"Lo so. Non è la quantità di persone che importa, lo sai. È la qualità" disse seriamente.

Ridacchiai. "E pensi che io e Jade siamo di qualità?"

"Decisamente."

"Ti rendi conto che tutto il resto della mia famiglia ti conoscerà e ci saranno anche per te?"

"Penso di poterlo gestire" rispose, la voce leggermente bassa.

La baciai sulla fronte e chiusi gli occhi perché sapevo che si stava addormentando.

Era rassicurante sapere che se mai mi fosse successo qualcosa, la mia famiglia si sarebbe presa cura di Maya e Skye in un batter d'occhio.

Era bello sapere che avere una tonnellata di fratelli, sorelle e cugini non era *sempre* una rottura di coglioni.

CAPÌTULO 24

Ero solo un po' malinconica, quando mi svegliai il nostro ultimo giorno completo a Las Vegas.

Ogni momento passato con Aiden era stato un regalo per me.

Potevo finalmente sentire che stavo cambiando, trasformandomi nella donna che volevo essere.

Sì, mi sentivo un po' strana, perché non ero abituata che le mie emozioni fossero condivise. E solo un po' apprensiva. Ma quei sentimenti stavano svanendo velocemente.

Preferirei essere una donna che piange e prova gioia genuina piuttosto che consumarmi in un vuoto emotivo.

E l'uomo che mi aveva portata in questo viaggio era stato il catalizzatore di cui avevo bisogno per uscire dal mio guscio di protezione e ricominciare a vivere davvero.

Aiden mi faceva sentire al sicuro.

Mi faceva sentire adorata.

E mi faceva sentire la donna più affascinante e bella che avesse mai incontrato.

Quell'attenzione era inebriante, e mi aveva raggiunta.

Quel braccialetto era stato il mio punto di svolta, il momento in cui non riuscivo più a contenere quello che stavo provando. E non me ne ero pentita nemmeno per un secondo.

Gli ultimi quattro giorni erano stati un paradiso perché ero stata in grado di provare davvero ogni emozione mentre eravamo insieme.

Avevamo visitato ogni folle montagna russa della città. Poi, mi aveva sorpresa con un giro in elicottero sulla città e sulla diga di Hoover.

La sera prima eravamo andati a uno spettacolo comico esilarante.

I giorni erano volati, con mio grande sgomento.

Quel giorno era l'ultimo. Saremmo partiti l'indomani per casa.

Non avevamo fatto grandi progetti, ma volevo giocare alle slot machine e visitare la gigantesca piscina del nostro hotel per un po' prima di cena.

"Cosa stai facendo, bella?" chiese Aiden mentre entrava nel grande soggiorno della suite.

Lo guardai dal mio posto sul divano. "Sto pensando a quanto sarò triste di andarmene. Sono stati giorni fantastici. Penso di essere completamente viziata."

Mi strizzò l'occhio, il che mi fece battere forte il cuore. "Te lo meriti. Questo è stato un viaggio davvero breve, però."

"Sono contenta di tornare. Mi manca Maya."

Avevo parlato con mia figlia ogni sera, ma salutarla in videochiamata non era come darle l'abbraccio della buonanotte.

"Anche a me" ammise burbero.

"Allora siamo pronti per andare di sotto?" Saltai su dal mio posto.

Mi avvolse le braccia intorno alla vita e io mi chinai per riempirmi i polmoni del suo profumo.

Aiden profumava di aria fresca, legno di sandalo e un po' di menta, ed era una fragranza che mi veniva sempre in mente ogni volta che pensavo a lui. Il suo profumo era unico e così avvincente che volevo rimanere esattamente dov'ero.

"Quindi sei pronta per affrontare le slot machine?" disse con un accenno di malizia nel suo tono.

"Lo sono. Non abbiamo passato molto tempo al casinò. Speravo che potessimo andare in piscina più tardi. Ho bisogno di un po' di esercizio. Ho mangiato come un maiale."

Il sesso sembrava essere un induttore dell'appetito per me. Mi ero ingozzata mangiando ogni tipo di cibo che potessi procurarmi da quando eravamo arrivati in città.

"Questa è una delle attrazioni di Las Vegas. Il cibo" scherzò. "E non corri alcun rischio di mettere su chili. Ci siamo allenati tutte le sere."

Storsi il naso perché quello che aveva detto era vero. Stavamo praticando l'aerobica sul letto ogni notte. "Non abbastanza" gli dissi.

Per quanto avessi amato ogni tocco, non erano abbastanza per bruciare tutte le calorie contenute nei ricchi dessert e nel cibo che avevo mangiato.

"Sarei più che felice di darti di più" mi gracchiò all'orecchio.

Le sue mani mi presero il sedere e strizzarono le natiche attraverso il paio di pantaloncini che indossavo.

Il mio corpo prese fuoco quando mi mise una mano sulla schiena e immerse l'altra tra i miei capelli.

Aprii la bocca appena in tempo perché lui la coprisse con la sua.

E proprio così, ero pronta.

Questo era tutto ciò che gli serviva. Un tocco e non vedevo l'ora che mi scopasse.

Avvolsi le braccia intorno al suo collo e mi sforzai di avvicinarmi a lui, i miei capezzoli già duri che gli sfioravano il petto, mentre iniziavo a contorcermi.

Non mi concesse pietà e io non ne volevo.

Mi prese la bocca come se non ne avesse mai abbastanza. Mi mordicchiò le labbra mentre riprendevamo fiato, e poi piombò di nuovo dentro.

"Aiden" ansimai, quando finalmente lasciò la mia bocca e iniziò ad assaporare la pelle sensibile del mio collo.

Mi morse il lobo dell'orecchio. "Dimmi cosa vuoi, Skye."

"Te" sussurrai. "Voglio solo te."

"Mi hai, tesoro" disse con voce roca contro il mio orecchio. "Mi avrai *sempre*."

Raggiunse l'orlo della mia canotta e la tirò abilmente sopra la mia testa. "Sei così dannatamente bella, Skye."

I vestiti volarono via sotto la nostra frenetica attività, entrambi che lavoravamo per denudare l'altro.

Quando finalmente raggiungemmo il nostro obiettivo, semplicemente ci guardammo, il nostro respiro affannato dal desiderio.

Non riuscivo a staccare gli occhi dalla figura nuda di Aiden, dalla perfezione del suo corpo mentre era in piedi di fronte a me senza un accenno di disagio.

Mi ero abituata a lui che mi fissava senza vestiti. Ogni modestia che avevo era sparita.

Ma ero ancora senza parole quando lo vedevo spogliarsi, e non esitò minimamente a mettersi nudo come il giorno in cui era nato.

Mi si mozzò il respiro, mentre si spostava leggermente in avanti e mi prendeva a coppa i seni, i suoi pollici che accarezzavano senza meta i miei capezzoli turgidi.

"Perfetta" disse.

Il calore si precipitò tra le mie cosce, seguito da un'ondata di calda umidità. Mi appoggiai alla sedia della scrivania dietro di me e lasciai cadere la testa all'indietro. "Aiden" dissi con un sospiro eccitato. "Ho bisogno di te."

"Quanto hai bisogno di me?" chiese burbero.

Gemetti mentre mi mordeva leggermente il capezzolo e poi lo leniva con la lingua.

"Troppo" risposi con un gemito. "Veramente troppo."

Ogni desiderio sessuale nel mio corpo aveva preso vita ruggendo nel momento in cui mi aveva baciata come se fosse necessario per lui come cibo e acqua.

Mi tirò verso di sé, e poi mi girò in modo che mi trovassi di fronte allo specchio sulla grande scrivania prima che mi avvolgesse con le braccia intorno da dietro.

"Guardami, Skye."

Incontrai il suo sguardo nel riflesso, e il mio non vacillò.

Lentamente, mise le mie mani sulla scrivania finché non fui piegata. "Ti va bene questo?" chiese con voce roca, i suoi occhi che bruciavano nei miei.

Potevo vederlo.

Potevo sentirlo.

Come poteva *non* starmi bene?

E poi capii esattamente *cosa* stava cercando di fare.

Odiavo il sesso da dietro.

Ma non c'era nessuna parte di me che esitava finché potevo vederlo.

Annuii lentamente mentre mantenevo la mia posizione piegata. "Sì. Mi sta più che bene."

Stava cercando di cancellare i brutti ricordi per me, e stavo per fare del mio meglio per lasciarlo fare.

Si mosse dietro di me e mi accarezzò le natiche, il suo sguardo che non si spostò mai dal mio.

Divaricandomi le gambe, scavò nella carne rosa tremante della mia figa, e quasi dimenticai di respirare. "Sì" sibilai. "Per favore."

"Sei così dannatamente bagnata per me, tesoro" ringhiò mentre le sue dita cercavano e trovavano il mio clitoride. "Voglio che il mio cazzo sia seppellito così in profondità dentro di te da non volerne più uscire."

Accarezzò il minuscolo fascio di nervi, la sua espressione intensa.

Mi morsi il labbro mentre accarezzava più forte il mio clitoride liscio, spingendomi più in alto. Dopo diversi giorni passati insieme, conosceva ogni pulsante da premere per farmi venire così forte che vidi le stelle.

Abbassai la testa verso la scrivania perché non potevo più sostenerla. Il mio corpo stava urlando con un desiderio così profondo che non mi sembrava di poterlo sopportare.

"Non farlo" ordinò Aiden. "Non smettere di guardarmi."

Afferrò una grossa ciocca dei miei capelli e mi tirò dolcemente per esortarmi a guardarlo.

Vuole che io sappia con chi sono. Non vuole che dimentichi che è lui che mi prende da dietro.

Se era possibile, questo mi fece desiderare ancora di più che venisse dentro di me.

Non avevo paura; avevo bisogno di lui.

Alcuni dei miei capelli erano nei miei occhi, ma potevo ancora vedere la sua forma muscolosa mentre mi afferrava i fianchi e si lanciava in avanti con così tanta forza che sarei inciampata in avanti e sarei caduta a terra se non fossi stata in grado di tenermi ferma sulla scrivania.

I nostri occhi erano bloccati quando iniziò a martellarmi da dietro.

Non era la posizione più intima, ma era sexy da morire. Stare così con lui era diverso. Più profondo. Più forte.

Iniziai a incontrarlo colpo dopo colpo, spingendo indietro mentre lui spingeva in avanti, e potevo sentire la nostra pelle che si toccava eroticamente.

"Di più" chiesi, mentre spingevo indietro i fianchi.

Lo volevo così disperatamente che il mio corpo non sarebbe stato soddisfatto a meno che non potessi sentire ogni spinta.

E lo feci, mentre lui smetteva di trattenersi, e mi dava la ferocia che dovevo avere.

Chiusi gli occhi mentre si spingeva dentro di me con una potenza strabiliante e a un ritmo incessante che non avrebbe dovuto essere possibile.

"Sì, Aiden. Sì" urlai, senza preoccuparmi che la gente potesse sentirmi.

Ero vicina. Così vicina. E tutto quello che volevo era venire.

Nel momento in cui allungò una delle sue mani e trovò il mio clitoride, persi la testa. Il mio climax arrivò veloce e furioso.

Aiden trovò l'orgasmo subito dopo di me, e tenne su il mio corpo tremante anche mentre raggiungeva l'orgasmo.

Seppellì la sua faccia nel mio collo, e restammo così, nessuno di noi due che si mosse, e l'unico suono nella suite era il nostro respiro pesante.

Tutto il mio corpo tremava, e non avrei potuto fare a meno del supporto di quella scrivania per un minuto o due.

Mi sollevò e crollò con il mio corpo sopra di lui sul divano.

Sapevo che lo stavo schiacciando, ma non si lamentava.

Ci volle qualche altro minuto perché il mio cuore smettesse di galoppare e il mio respiro finalmente rallentasse.

"Non considererò mai più la pecorina allo stesso modo» gli dissi, mentre stavo ancora lottando un po' per riprendere fiato.

Lo sentii ridacchiare mentre scivolavo al suo fianco, la mia gamba ancora sospesa sul suo corpo supino, le sue braccia ancora strette intorno a me.

"Non era proprio quello stile" disse scherzosamente.

"Allora sarò felice di permetterti di insegnarmi anche in questo."

Ero completamente convinta che non avrei mai dimenticato con chi ero quando c'era Aiden. La sensazione di lui e il piacere che poteva darmi erano troppo potenti per essere scambiati per qualcos'altro.

Ti amo. Ti amo tanto.

Volevo pronunciare le parole così tanto che era fisicamente doloroso trattenerle.

Ma non avevamo parlato d'amore.

E non ero sicura che fosse qualcosa che era pronto a sentire.

Stavamo ancora cercando di elaborare il nostro futuro insieme.

Saltai, quando la sua mano toccò la mia natica.

"Non addormentarti" avvertì. "Abbiamo delle slot machine da conquistare stamattina."

Risi. "E se dicessi che sono molto più interessata a esplorare lo stile pecorina che alle slot?"

"Direi che le raggiungeremo più tardi" replicò con entusiasmo.

Gli mordicchiai un orecchio prima di rispondere: "Penso che dovremmo sicuramente raggiungerle più tardi."

Saltò giù dal divano e mi prese in braccio. Avvolsi le braccia intorno al suo collo per stabilizzare il mio corpo.

"Come dopo pranzo o qualcosa del genere?" suggerì.

"O qualcosa del genere" concordai.

Non mi importava se avessimo *mai* visto o meno le slot machine.

Non quando avrei potuto avere Aiden tutto per me.

Finimmo per saltare le slot, e non riemergemmo fino all'ora di cena.

Il. Miglior. Giorno. Di. Sempre.

CAPÌTULO 25

Aiden

Mi ci vollero due settimane dopo il nostro ritorno da Las Vegas per ammettere a me stesso che, anche se fosse durato un'eternità, avrei aspettato che Skye fosse dannatamente pronta a sposarmi.

Certo, era quello che volevo, e come ogni ragazzo testardo, volevo fare a modo mio.

Avevo un diamante molto bello che mi bruciava in tasca da più di una settimana.

E non mi ero ancora proposto.

La verità era che avevo bisogno che lei volesse impegnarsi con me tanto quanto volevo che lei avesse tutto ciò che avevo da dare.

Volevo che si fidasse completamente di me. E cavolo, non potevo biasimarla per essere lenta a fidarsi di qualcuno dopo quello che aveva passato.

Fino a quando non avessi *sentito* che era pronta, solo stare con lei era abbastanza.

Avevo finalmente capito che il matrimonio era solo un pezzo di carta. Ciò che contava davvero era il nostro rapporto.

Il matrimonio non le avrebbe impedito di lasciarmi di nuovo.

Quel lavoro era tutto su di me. E non avevo intenzione di rovinarlo.

Nelle ultime settimane mi ero sentito come se io, Skye e Maya *fossimo una famiglia.*

Non avevo bisogno di un pezzo di carta per dimostrarlo.

Vagai in cucina, sentendo la mancanza della presenza di Skye perché era andata a prendere Maya a scuola.

Era via solo da quindici minuti, e già mi mancava.

Stava diventando troppo naturale poter vagare dentro e fuori dal suo ufficio di casa tutto il giorno dato che il suo era proprio accanto al mio.

Aveva passato molto tempo ad aiutarmi. Skye aveva punti di forza in aree che non conoscevo, in particolare l'organizzazione. Ed era stata inestimabile nell'aiutarmi a mettere in ordine le idee.

La costruzione di un impianto di lavorazione appena fuori città stava per iniziare, e avevo già acquistato un paio di barche da pesca. Ero sulla buona strada per far funzionare la mia attività secondo un programma ragionevole.

Sorrisi, quando vidi il panino che Skye mi aveva preparato sul tavolo della cucina.

Ogni giorno era un'altra creazione.

E ogni singolo giorno, inventava qualcosa di meglio del giorno prima.

Questa era una delle cose incredibili di Skye. Non era una che si arrendeva, e non si accontentava del mediocre. Continuava a cercare di superare se stessa, di inventare qualcosa di ancora migliore, anche se quello che aveva fatto il giorno prima era stato dannatamente buono.

I suoi piani per trasformare il ristorante in una gastronomia di alto livello erano un'idea brillante. Le persone che si dirige-vano verso la spiaggia in estate potevano comprare qualcosa da asporto, ma ci sarebbe comunque stata una bella area salotto per i clienti dove rilassarsi, sedersi e fare un ottimo pranzo o cena se non avessero avuto fretta di arrivare in spiaggia.

Guardai il biglietto scritto a mano che aveva lasciato accanto al sandwich:

Panino al formaggio alla griglia con pizza hawaiana e salsa colante. Assicurati di usare la salsa. Lo rende più gustoso.

Non avevo idea di cosa ci fosse nella miscela, ma il pane italiano tostato sembrava dannatamente buono.

Lo presi e lo morsi. Potevo gustare l'ananas, ma il formaggio e il prosciutto prevalevano su tutto.

Come al solito, era migliore di quello che avevo provato il giorno prima, e non pensavo che sarebbe stato in grado di superare la carne di maiale grigliata con mele.

Lo immersi nella salsa, e poi scoprii nel boccone successivo che era ancora più buono con la marinara. Avrei dovuto seguire il suo consiglio subito.

Svuotai il piatto in pochi minuti e lo misi in lavastoviglie, congratulandomi ancora con me stesso per aver ottenuto il lavoro di assaggiatore ufficiale per il menu su cui Skye stava lavorando.

Era un po' ridicolo che pensasse davvero che assaggiare le sue creazioni fosse una specie di aiuto per lei, o un qualche tipo di sacrificio da parte mia.

Era un'occupazione che mi piaceva molto.

Un'altra prelibatezza, tesoro.

Quel panino doveva *assolutamente* rimanere nel menu. Proprio accanto agli altri cinque che avevo provato negli ultimi cinque giorni.

Stavo controllando la posta che Hastings aveva lasciato a casa, quando mia figlia e sua madre entrarono dalla porta.

"Allora, cosa ne pensi?" chiese subito.

Maya corse verso di me come un treno in corsa, e io la sollevai e dissi a Skye: "Il migliore finora."

Lei roteò gli occhi. "Lo dici sempre."

"Perché è vero. Ti superi ogni giorno. La tua gastronomia sarà un grande successo."

Mi sorrise. "Lo spero. *Dovresti* sperarlo anche tu, visto che siamo soci."

Non volevo sminuire i suoi sogni ricordandole che avrei potuto benissimo permettermi la perdita se il posto non avesse prosperato. Il successo del suo nuovo ristorante era qualcosa che volevo disperatamente vedere perché era importante per *lei*.

Onestamente, sapevo che sarebbe stato un successo, perché Skye non conosceva il significato del fallimento. Si sarebbe spaccata la schiena fino a far funzionare le cose esattamente come voleva.

Ad un certo punto, sapevo che l'avrei rimproverata perché lavorava troppo. Ma per ora, si atteneva al nostro patto di staccare a un orario ragionevole in modo da poter trascorrere le nostre serate con Maya.

Mia figlia mi abbracciò, mi baciò la guancia e poi mi chiese educatamente di metterla giù perché voleva andare a esercitarsi con il pianoforte.

La guardai scappare via e poi abbracciai Skye. "Andrà tutto bene. Non impazzire. Hai un ottimo design per il nuovo posto e ti garantisco che il menu sarà molto ben accolto. È unico e diverso."

Mi mise le braccia al collo e mi baciò prima di rispondere: "Lo spero. Immagino che avrei potuto semplicemente ridecorare e riaprire, ma penso davvero che il ristorante avesse *bisogno* di un cambiamento. Era obsoleto non solo per l'arredamento. Il menu era vecchio e stantio. Questa è una città di mare. Le persone cercano qualcosa di unico, qualcosa che si distingua."

"Avevi bisogno di trasformarlo in qualcosa che ti rappresentasse. So che era della famiglia da un po', ma non c'è motivo per cui non possa cambiare per essere qualcosa che vuoi."

Annuì. "È rimasto lo stesso per troppo tempo. Come ti vanno le cose?»

"Benissimo" dissi. "La costruzione inizierà in tempo. E ho già acquistato alcune barche. Saranno consegnate la prossima settimana. Dovrò lavorare per trovare alcuni fornitori per le cose che non posso ottenere qui. Ma ho tempo. Non mi aspetto che questo venga fatto da un giorno all'altro. Quando Eli tornerà, approfitterò del suo cervello per un consiglio."

"Torneranno sabato" mi ricordò. "Sembra che Jade sia via da sempre."

Annuii. "Sono d'accordo. Sarò felice di vedere anche Eli. Forse può aiutarmi un po' con il lato commerciale di questa nuova impresa. Conosco la parte operativa, ma non i dettagli della parte commerciale vera e propria."

"A volte deve sembrare una follia, vero?" chiese. "Voglio dire, una volta pescavi per altre persone, e ora stai facendo una start-up tua."

Onestamente, era irreale. Se mi avessero detto qualche anno addietro che sarei diventato un miliardario che stava cercando di costruire una gigantesca azienda di prodotti ittici, avrei risposto che erano fuori di testa.

Ma stava succedendo. "A volte, ancora non ci credo" condivisi con lei. "Come fa un povero ragazzo come me a finire con una vita come questa?"

"Ma hai lavorato duramente per tutta la vita, Aiden. Se c'è qualcuno che merita questa vita, quello sei tu."

"Molte persone lavorano sodo e non diventano così ricche" brontolai. "In realtà, ci sono pochissime persone in tutto il mondo ricche come noi. E la stragrande maggioranza di loro è nata con un po' di soldi."

"Non hanno lavorato come hai fatto tu. Hai sacrificato tutto per tenere unita la tua famiglia."

"Così ha fatto il resto della mia famiglia."

Mi sorrise. "Non ho niente da aggiungere. Adesso anche loro sono tutti ricchi sfondati."

Le sorrisi di rimando. "Saputella."

La lasciai andare a malincuore, mentre andava a prendere lo zaino di Maya e la roba della scuola da mettere via.

Tornai a spulciare la corrispondenza, mentre lei lasciava la stanza per mettere via le cose nella camera da letto di Maya.

Gettai la maggior parte della posta che avevo ricevuto nella spazzatura. Avendo acquistato una casa costosa, ricevevo offerte di ogni genere, dai mutui alle offerte di carte di credito.

Perché sembrava che il mondo intero sapesse che ora ero incredibilmente ricco?

Una cosa interessante dell'essere ricchi era che di sicuro ricevevo un sacco di posta.

Un anno o due addietro, mi preoccupavo di mettere insieme abbastanza soldi per fare la spesa.

E ora ricevevo offerte pre-approvate per una quantità infinita di carte di credito, mutui—come se ne avessi *bisogno*.

Abbastanza folle per un ragazzo che sapeva solo pescare per vivere.

Continuai a cestinare le cose finché non arrivai in fondo al mucchio.

L'ultima busta attirò la mia attenzione perché riguardava qualcosa di cui mi ero praticamente dimenticato.

Maya e io avevamo fatto un test di paternità subito dopo che Skye mi aveva informato che lei era mia.

Ora, sembrava che l'avessimo fatto secoli fa.

Era diventato così poco importante che non avevo nemmeno più pensato al test fino a quando non avevo visto il fascicolo proprio ora.

Andai a buttarlo nella spazzatura, senza aprirlo.

Maya *era* mia figlia.

Non avevo dubbi su questo, e nemmeno la mia famiglia. Assomigliava proprio a Brooke e Jade quando erano piccole.

E lei sembrava... me.

La mia prole mi comandava a bacchetta, ma ero abbastanza sicuro che non lo sapesse perché era una brava bambina. Ero anche stato benedetto con la miglior figlia di sempre. Accidenti, aveva persino buone maniere, ma quello era qualcosa per cui dovevo ringraziare Skye. Non le aveva imparate da me.

Non ero sicuro di come fosse successo, ma mi ero così abituato a essere suo padre che non riuscivo più a immaginare una vita senza Maya e Skye. Tante piccole cose ci avevano fatto avvicinare tutti.

Le cene di famiglia con solo noi tre.

Farle leggere Harry Potter a me e Skye ogni sera.

I calorosi abbracci di Maya che mi facevano sentire il papà più fortunato del mondo.

I nostri fine settimana, e programmare cose divertenti con cui riempire ogni sabato e domenica.

Era quasi incredibile che loro due non fossero sempre state qui, perché mi sentivo come se fossimo insieme da sempre.

Loro due erano il mio dannato mondo adesso.

Non avevo bisogno di prove da un laboratorio per sapere che Maya era mia figlia. Lo *era* dal primo momento in cui l'avevo vista.

Ma per qualche ragione, esitai invece di cestinare i risultati.

L'avevo pagato. Avrei dovuto almeno leggere quello che aveva da dire il laboratorio, giusto?

Ero abbastanza sicuro che non potevo liberarmene senza leggerlo, perché la posta non aperta e non letta mi aveva messo in così tanti problemi in passato.

La lettera di Skye.

Non leggerla aveva cambiato l'intero corso della mia vita.

Non ero un tipo superstizioso, ma aprii comunque la busta.

Ero abbastanza felice, quindi decisi di leggere solo i risultati invece di far incazzare gli dei del destino *nel caso* fossero esistiti.

Ero troppo felice per sfidare la mia fortuna in qualche modo.

C'era un sacco di gergo medico che davvero non capivo molto bene, quindi continuai a leggere i risultati di laboratorio fino a quando non riuscii a trovare qualcosa che potevo comprendere e farla finita.

C'era qualcosa chiamato indice di paternità combinato.

E probabilità di paternità.

Una tabella di dati dei marcatori del DNA.

Infine, c'era una conclusione.

C'era una riga che capivo perfettamente, e mi bloccai.

Ero stato *escluso* come padre biologico di Maya.

Continuai a leggere quella riga più e più volte, come se potesse cambiare magicamente.

Non è possibile.

Per quanto ci provassi, non riuscivo a far cambiare quelle parole, quindi iniziai ad elaborare una verità che non riuscivo ad accettare, anche se i dati scientifici erano proprio davanti ai miei occhi.

La bambina che avevo già imparato ad amare e adorare *non* era mia figlia.

CAPÌTULO 26

Skye

"Sto morendo di fame. Ho pensato che avremmo messo degli hamburger sulla griglia e avrei preparato un'insalata di patate" dissi ad Aiden mentre tornavo in cucina. "Va bene?"

Tirai fuori gli hamburger dal frigo, e lui non aveva ancora risposto, anche se era in piedi proprio dietro di me.

Lasciai cadere la carne nel lavandino e mi voltai.

Era ovviamente nello stesso spazio in cui mi trovavo io.

Ma la sua mente era completamente altrove.

Il suo corpo sembrava teso, i palmi delle mani appoggiati al tavolo e la testa abbassata a fissare qualcosa che non riconoscevo.

"Aiden, stai bene?" domandai preoccupata.

Non rispose.

La mia prima preoccupazione era che si trattasse di cattive notizie su qualcuno nella sua grande famiglia.

"Aiden" dissi più forte. "Mi stai spaventando. Cosa c'è che non va?»

Quando finalmente si voltò, i suoi bellissimi occhi azzurri erano freddi, e questo mi terrorizzò perché non avevo mai visto la sua espressione così glaciale.

"Dimmi cosa c'è che non va" implorai.

"Quando avevi intenzione di dirmi che Maya non è davvero la mia figlia biologica?" chiese con voce gutturale.

Mi avvicinai a lui e gli misi una mano sul bicipite perché non avevo idea di cosa stesse cercando di dire, ma volevo che lo sguardo furioso, freddo e confuso sul suo viso si attenuasse.

Avevo bisogno che mi parlasse, perché quello che mi stava chiedendo non aveva senso.

"Che cosa stai dicendo?" chiesi tranquillamente.

Allontanò il braccio dalla mia mano. "Sto dicendo che ho avuto i risultati del laboratorio sul test di paternità. È escluso che io sia suo padre biologico. *Escluso.* Nessuna possibilità che Maya sia mia figlia."

"Questo è assurdo. Non è nemmeno possibile" gli dissi, mentre mi avvicinavo al tavolo e afferravo i risultati del laboratorio.

Rimasi in silenzio per un momento, mentre leggevo tutte le cose tecniche, ma scesi rapidamente all'ultima pagina per vedere la conclusione.

Quello che vidi mi sbalordì tanto quanto probabilmente aveva fatto con Aiden. Dovetti leggere la riga un paio di volte solo per assicurarmi di averla interpretata correttamente.

Aveva ragione.

Era escluso che fosse il padre biologico di Maya, che era la prova conclusiva che lei non fosse biologicamente sua figlia.

"Non è giusto, Aiden. Dev'essere un errore" dissi in tono inorridito.

Mi guardò con uno sguardo tagliente come il laser, fragorosamente incazzato. "Davvero? O ero solo un buon partito per essere il padre, dato che ora sono ricco e convenientemente qui a Citrus Beach?"

Mi sembrava che mi avesse appena schiaffeggiata. *Duramente.* E non mi aveva nemmeno toccata.

"Fa male" gli dissi con voce tremante.

"Sì. Beh, fa *male* sapere che amo Maya come se fosse mia figlia, e non lo è. Mai stata secondo il test del DNA. E il DNA non mente, Skye. Dimmi solo perché diavolo l'hai fatto. Perché ti sei inventata tutto questo? Erano i soldi, perché questa è l'unica cosa che è veramente cambiata in me."

"Non l'ho inventato. E non si è mai trattato dei soldi. Te l'avevo detto" replicai in tono piatto. "Lo giuro."

Non potevo biasimarlo completamente per essere arrabbiato, ma *doveva* capire che Maya era davvero sua figlia. Doveva. Forse *era* difficile andare contro un test del DNA, ma in cuor suo doveva rendersi conto della verità.

Il problema era che stava pensando completamente con il cervello in quel momento, e aveva ragione, i test di laboratorio raramente mentivano.

La gente lo faceva.

Quindi, era saltato subito all'ovvia conclusione. E cosa diavolo potevo dire in mia difesa se non la verità? Il che gli sarebbe sembrato altamente improbabile in quel momento.

"Dato che il suo compleanno è a maggio, devi esserti dimenticata di me abbastanza in fretta. O è davvero la figlia di Marino?" chiese arrabbiato.

Feci un respiro profondo e cercai di non far sollevare anche la mia rabbia. Non avrebbe aiutato la situazione in questo momento. "Non sarei mai stata con lui se non fosse stato per Maya. Lo sai, Aiden. Ti ho detto che ero incinta di lei quando ho accettato di andare con lui perché non avevo nessun altro posto dove andare."

"Cazzate!" disse con voce frustrata, mentre riprendeva i risultati del laboratorio e li mostrava. "Stai cercando di dire che dovrei credere a te e non al test? Potrei essere credulone quando si tratta di te, ma non sono stupido."

Non era *mai* stato credulone o stupido, ma ora probabilmente non era il momento di provare a convincerlo di questo.

Onestamente, non ero sicura di cosa fosse successo, o perché avessimo ottenuto il risultato sbagliato. Ma sapevo la verità, qualcosa che sicuramente lui non voleva sentire in quel momento.

"Tutto quello che posso dire è che è un errore" dissi dolcemente. "Non so cosa sia successo, ma sai che non stavo con nessuno prima di te, e sono sicura che non sono stata con nessuno subito dopo. Dobbiamo chiamare il laboratorio."

La sua espressione era tormentata. "Sai quanti ragazzi probabilmente lo fanno solo sperando che il test fosse sbagliato?"

Capivo che era arrabbiato, ma mi rifiutavo di permettergli di continuare a usarmi come un sacco da boxe verbale. Si sarebbe odiato per questo in seguito, perché era proprio così che Aiden era fatto.

Mi misi le mani sui fianchi. "È sbagliato. Non c'è dubbio su questo. L'unica risposta di cui ho bisogno è come possa essere successo."

"Non posso più farlo, Skye" disse lasciando cadere i fogli sul tavolo.

Non disse un'altra parola, mentre si incamminava verso la porta del garage e se ne andava.

Pochi istanti dopo, sentii il rumore della porta del garage che si apriva e si richiudeva, e poi il rumore del motore del suo camion che si allontanava.

Feci un respiro profondo, e poi lasciai uscire l'aria. Le lacrime colavano dai miei occhi. Il dolore per tutto ciò che aveva detto era stato atroce. Sì, capivo che poteva essere giustificato nella sua rabbia, ma mi uccideva il fatto che non avesse nemmeno ascoltato o considerato il fatto che avrebbe potuto essere un errore.

Maledette emozioni. Stavo meglio quando non permettevo che affiorassero in superficie.

Ora che l'avevo fatto, ero praticamente sconvolta.

Il dolore di vedere Aiden allontanarsi era quasi più di quanto potessi sopportare.

Presi i documenti e cercai le informazioni di contatto.

Chiudono alle cinque del pomeriggio.

Non avrei mai avuto risposte quella sera.

E cosa sarebbe successo se mi avessero assicurata che non c'era stato alcun errore?

Io sapevo la verità, ma Aiden no.

E non avevo idea se alla fine avrei potuto convincerlo a fare di nuovo il test con un altro laboratorio.

"Mamma, papà è appena andato via? Ho visto il suo camion dalla finestra della sala da musica" chiese mia figlia con ansia, mentre entrava in cucina.

Mi asciugai le lacrime prima di voltarmi verso di lei. "Sì. Ma sono sicura che tornerà."

Prima o poi.

Al momento, non si poteva ragionare con lui.

"Perché è andato via? È ora di cena."

Le sorrisi. "La cena sta arrivando. Stavo per fare gli hamburger. Vuoi andare a casa di zia Jade per farli? Ho una chiave."

La mia migliore amica mi aveva detto di sentirmi libera di usare la sua casa in qualsiasi momento, mentre lei era via. E stavo per accettare la sua offerta. Non volevo davvero essere in giro per litigare con Aiden quando fosse tornato. Ero abbastanza certa che non si sarebbe sbollentato così facilmente.

Il suo cuore era comprensibilmente spezzato, perché pensava che sua figlia non fosse davvero il suo sangue. E niente che potessi fare in questo momento lo avrebbe convinto del contrario.

"Perché dovremmo volerci andare? La casa di papà è più bella."

Buon Dio! Nessuno mi aveva mai detto come spiegare i litigi a una bambina di otto anni. E la situazione era molto diversa rispetto a quando aveva avuto solo una famiglia acquisita che la ignorava costantemente.

Ma non mentivo mai a Maya. Okay, forse solo un po' su Babbo Natale e sul coniglietto pasquale, ma stava diventando abbastanza grande da sapere comunque la verità su quelle cose.

"È successo… qualcosa. E tuo padre è un po' arrabbiato con me. Ma lo supererà. Ha avuto una brutta notizia. Tutto qui. Non lo biasimo per essere arrabbiato, ma non riuscirò a ottenere le informazioni giuste fino a domani." Doveva funzionare, giusto? Non stavo incolpando Aiden o dicendo qualcosa di male su di lui.

"Mamma, puoi semplicemente dire che tu e papà avete litigato. I genitori della mia amica litigano sempre. Penso che sia normale."

La guardai accigliata. "Tu credi?"

Scrollò le spalle. "Quando ami qualcuno, può ancora farti arrabbiare, giusto? I miei amici dicono che i loro genitori a volte si arrabbiano per i soldi o per altre cose stupide."

La guardai, mentre si arrampicava su uno sgabello al tavolo della colazione. I suoi occhi erano quasi all'altezza dei miei, e non sembrava così preoccupata.

"*Era* un po' ridicolo, ma penso che abbia bisogno di un po' di tempo per rinsavire" spiegai, meravigliandomi del fatto che a volte i bambini potessero semplificare cose che agli adulti sembravano piuttosto complicate.

Annuì. "Allora, possiamo andare a casa di zia Jade. Sarebbe divertente. Ma possiamo tornare qui domani? Penso che a entrambe mancherà papà."

Avevo le lacrime agli occhi. Mia figlia aveva ragione. A entrambe sarebbe mancato Aiden. Potevo solo sperare che non avrebbe cacciato Maya dalla sua vita prima di avere la conferma che era davvero sua figlia.

"Non lo so. Vedremo cosa dice tuo padre, okay?"

Non potevo assolutamente far sapere a mia figlia che suo padre si era chiesto se fosse o meno il suo padre biologico. L'avrebbe devastata se avesse pensato che lui la stesse rifiutando in qualche modo.

"Non rimarrà arrabbiato" disse ragionevolmente. "Non lo fa mai."

"Questo perché non gli hai mai dato una ragione per essere così arrabbiato con te. Sei una brava ragazza, Zuccherino."

Poteva essere curiosa, ma mia figlia era ben lungi dall'essere una mocciosa. Raramente dovevo puntare i piedi con lei, e Aiden era così paziente che dubitavo che avesse mai visto suo padre reagire così. Che era un'altra ragione per cui sarebbe stato meglio se fossi rimasta da Jade per ora.

Maya idolatrava Aiden.

E volevo che rimanesse così.

"Devo prendere il mio zaino?" chiese.

Annuii. "Metti dentro dei vestiti per la scuola e tutto ciò che ti serve per domani."

Avrei scoperto i dettagli più tardi. Aiden e io avremmo dovuto parlarci prima o poi.

Il laboratorio era vicino. Se ne avessi avuto bisogno, sarei andata a San Diego dopo che Maya era andata a scuola e avrei scoperto come e perché i risultati erano stati sbagliati.

E sapevo che lo erano.

Ero stata con due uomini nella mia vita.

Aiden.

E avevo sopportato gli stupri a cui mio marito mi aveva sottoposta.

Quindi non avevo dubbi su chi fosse il padre visto che ero incinta prima ancora di prendere in considerazione l'idea di accettare l'offerta di matrimonio con Marco.

Il petto mi doleva per il tormento che Aiden stava attraversando in quel momento.

Forse era difficile credermi quando il DNA era stato proprio lì davanti a lui.

Ma ancora mi distruggeva il fatto che avesse dubitato di me, anche se aveva buone ragioni per essere scettico.

Avrei solo voluto che avesse ascoltato il suo cuore.

CAPÌTULO 27

Aiden

"Per favore, non dirmi che pensi, anche solo per un secondo, che Maya non sia davvero tua figlia" disse Seth, mentre mi porgeva una birra, e poi si lasciò cadere sul divano con la sua bottiglia.

Quando avevo lasciato la mia casa, non avevo idea di dove stessi andando. Per qualche ragione su cui mi stavo interrogando, mi ero diretto lungo la spiaggia a casa di mio fratello.

Non importava quanto fossi incazzato con Seth, avevo sempre condiviso le cose con lui, ed era stato il mio istinto naturale a condurmi alla sua porta.

La mia testa stava ancora elaborando i risultati del laboratorio. Non avevo pensato che Skye potesse mentire su qualcosa di così dannatamente importante. In realtà, per quanto ne sapevo, non era proprio il tipo di donna che raccontava il falso.

"È escluso che io sia suo padre, Seth. È lì sui fogli. Immagino che avrei dovuto portarli con me per farteli vedere, ma dovrai solo credermi. L'ho visto con i miei stessi occhi. Molte volte. *Escluso* significa che non posso essere il suo padre biologico. È DNA per l'amor del cielo. Come potrebbe essere sbagliato?"

Si strinse nelle spalle e bevve un sorso dalla sua birra. "Succede. Niente è mai sicuro al cento per cento se ci sono umani che fanno il lavoro. Rifletti un minuto, Aiden. Maya è come una piccola te. Non c'è dubbio che assomigli proprio a Brooke e Jade alla sua età."

"Coincidenza" brontolai. "Tutti noi abbiamo i capelli scuri."

"Non sono solo i suoi *capelli*. Sono anche le sue caratteristiche facciali, e tu lo sai. È innegabilmente una Sinclair. Credimi, se avessi pensato che non lo fosse, te l'avrei detto. Ma nessuno di noi l'ha mai messo in dubbio perché ti somiglia così tanto."

"Allora dimmi cosa diavolo ne penseresti" chiesi. "Non avrebbe incasinato anche la tua testa?"

"Accidenti, sì" rispose. "Probabilmente crederei ai risultati del test. Ma sto cercando di farti calmare e vedere che anche se la possibilità è minima, il test *potrebbe* essere sbagliato."

"E quante sono le possibilità?"

"Da sottili a nulle" rispose in modo pratico. "Ma *potrebbe* succedere. E in questo caso particolare, dovresti almeno pensarci, dato che ha una straordinaria somiglianza con i Sinclair."

Gettai indietro la testa e trangugiai metà della mia bottiglia di birra prima di rispondere: "Amo già Maya come se fosse mia. Quindi cosa diavolo faccio adesso?"

"L'amore non riguarda il DNA" osservò con candore insolito. "Penso che una bambina possa essere tua anche senza avere i tuoi geni."

"La amerei ancora altrettanto" confessai. "Si tratta più del fatto che Skye mi ha mentito in primo luogo. Cavolo, non doveva. Se avesse mostrato interesse una volta tornata a Citrus Beach, sarei uscito con lei. Forse questo fa di me un fottuto idiota, ma avrei potuto innamorarmi sia di lei che di Maya una volta tornata a casa. Non doveva mentire."

"Non mi sembra il tipo" rifletté Seth. "Tutto quello che sembra volere è un business di successo. E tu stesso hai detto che ti ha aiutato a mettere insieme le idee per la Sinclair Seafood.

Non la sto difendendo perché molto probabilmente ha mentito. Sono solo onesto su quello che ho visto da quando voi due vi siete messi insieme. Non è esattamente fuori a spendere i tuoi soldi se è quello che cercava davvero."

E se me li avesse chiesti, glieli avrei dati. Qualsiasi dannata cosa volesse. Ma Skye non ha mai nemmeno lasciato intendere che voleva i soldi.

Quell'osservazione rese tutto molto più complicato. Non avevo idea di quali potessero essere le sue motivazioni.

Trangugiai la mia birra. "Mi *sta* aiutando" ammisi. "E le sue idee imprenditoriali per il ristorante sono fenomenali. Ha persino insistito affinché sbrigassimo le pratiche burocratiche della partnership in modo che il mio investimento fosse al sicuro."

"Grande lavoratrice. Onesta negli affari. E una buona madre. Ha senso che stia cercando di ottenere qualcosa in cambio di niente?" rifletté Seth.

"Chiamerò il laboratorio in mattinata" dissi in tono piatto. "Se devo, rifarò il test solo per verificare i risultati."

"Forse i risultati sono veri. Allora cosa farai?" chiese.

"Non ne ho idea" ammisi. "Non riesco più a immaginare la mia vita senza di loro. Ma se non posso fidarmi di Skye, non posso stare con lei. Quelle bugie mi distruggerebbero. Ma mi ucciderà se non avrò alcun diritto di essere un padre per Maya."

"Forse era disperata" suggerì Seth. "Hai detto che aveva vissuto in un appartamento piuttosto fatiscente. E se avesse voluto solo di meglio per sua figlia?"

"A mie spese?" chiesi. "Sarebbe potuta uscire con me finché non l'avessi sposata."

Per quanto fossi pazzo di Skye, non mi ci sarebbe voluto molto tempo per suggerirle di vivere con me.

"La maggior parte dei genitori farebbe di tutto per assicurarsi che i propri figli abbiano da mangiare. Non c'era molto che non fossimo disposti a fare per tenere unita la nostra famiglia" disse Seth.

Riflettei sulle sue parole per un momento. Davvero, dovevo ammettere che la famiglia era un buon motivatore. Sapevo com'era volere qualcosa di meglio per i miei fratelli. Era il motivo per cui mi ero spaccato il culo per vedere i più giovani ricevere un'istruzione. "Avrebbe potuto chiedermi aiuto."

Sbuffò. "Dopo averti lasciato per un altro ragazzo? Sono abbastanza sicuro che non si aspettasse di ricevere un'accoglienza calorosa."

"L'avrei aiutata" condivisi. "Di sicuro non avrei lasciato che lei e sua figlia morissero di fame, anche se mi aveva lasciato."

"Penso che tu debba prepararti per entrambe le possibilità. La prima—ti ha mentito perché era disperata, che è lo scenario più probabile. La seconda—qualcuno ha sbagliato i risultati del test."

Feci un respiro profondo, e poi lo lasciai uscire. Avevo bisogno di pensare razionalmente. Mio fratello aveva ragione su questo. Ma ogni pensiero ragionevole era volato via dalla mia testa quando avevo letto quei risultati del laboratorio. Mi sentivo come se il mio intero mondo fosse appena crollato.

Ora, l'istinto mi diceva che Skye non avrebbe mentito a meno che non fosse stata in qualche modo messa all'angolo. E forse lo era stata. Sì, viveva con me, ma doveva ancora chiedermi un centesimo per qualsiasi cosa volesse personalmente. Cavolo, non aveva nemmeno accettato qualcosa per Maya. E se volevo essere onesto, le dovevo anni di mantenimento della figlia. L'unico motivo per cui non l'avevo mai pagata era perché avevo l'impressione che sarei sempre stato lì a prendermi cura di lei e Maya.

"Non importa se Maya non ha il mio DNA" dissi alla fine a mio fratello. "Sarei dannatamente orgoglioso di chiamarla mia figlia."

"Allora parla con Skye e sii ragionevole" rispose.

Guardai Seth mentre una lampadina si accendeva nella mia testa. "Lei ti piace."

Lui annuì. "Mi piace perché ti rende felice. E questo vale anche per Maya. E so già che sei pazzo di lei. Non mi avevi mai dato un pugno prima, anche se ci sono state volte in cui me lo sarei meritato. Solo un ragazzo innamorato pazzo può farlo."

"Te lo sei davvero meritato questa volta" brontolai. "E non mi sto scusando."

Sorrise. "Non sono necessarie scuse. Vai a sistemare le cose con Skye. La tua tristezza sta iniziando a deprimermi."

Probabilmente era ora che tornassi a casa. Ero stato via un paio d'ore, scaricando tutte le mie stronzate su Seth. "Le parlerò."

Lui annuì. "Non voglio che tu stia con qualcuna che sarà una bugiarda abituale, o una donna che non metterà tanta energia emotiva nella relazione quanto te. Ma non voglio nemmeno che mandi tutto all'aria di nuovo perché non conosci tutti i fatti. Procurati tutte le informazioni prima di impazzire."

Era possibile che Skye fosse stata così disperata da aver inventato tutto solo per sistemare Maya in un posto migliore? Per dare a sua figlia una vita migliore? E se lo avesse fatto, potevo davvero biasimarla?

"Si è davvero comportata come se fosse stato tutto un errore" considerai, mentre mi alzavo. "Sembrava sorpresa quanto me."

Solo ora stavo diventando abbastanza razionale da pensare alla *sua* reazione. Non c'era stata alcuna espressione colpevole o esitazione, quando aveva detto che Maya era sicuramente mia figlia.

Seth mi seguì alla porta. "Ascoltala, Aiden. Segui il tuo istinto finché non farai un nuovo test. Non fare nulla di irreversibile finché non saprai la verità."

"Lo farò" risposi. "Come vanno le cose con l'ambientalista che non vuole che si costruisca sul terreno vicino all'acqua?"

"Non bene" rispose mio fratello tristemente. "Sta intraprendendo azioni legali per fermare tutto. E dal momento che è un'avvocatessa, ha delle connessioni. E sa come scrivere alcune e-mail feroci. Odio gli ambientalisti."

Sorrisi nonostante le mie preoccupazioni perché Seth sembrava così scontento. Non capitava spesso che qualcuno lo infastidisse davvero.

"Non odi la tua sorellina, e lei è un'ambientalista. E non esprimere la tua opinione a Jade" lo ammonii. "Potrebbe anche darti un pugno in faccia. Lo sai che starebbe dalla parte della tua ambientalista."

"Spero che tutto questo finisca prima che lei torni" rispose. "Chiamami domani e fammi sapere come sono andate le cose."

Annuii, e poi uscii dalla porta, improvvisamente desideroso di chiarire il mistero del perché Skye mi avesse mentito ora che stavo pensando di nuovo con lucidità.

Quando arrivai a casa, ero considerevolmente più composto di quando ero uscito.

Se avessi potuto sapere la verità da Skye, l'avrei ascoltata e mi sarei messo nei suoi panni. Ero pronto a combattere per noi, se lei fosse stata pronta a non mentirmi mai più.

Dannazione! Doveva esserci una ragione convincente per non essere stata sincera.

E Maya *sarebbe* stata mia figlia. Non ero così preoccupato se condivideva o meno i miei geni. Seth aveva ragione. L'amore non riguardava il DNA. Ero abbastanza sicuro di adorarla già molto più del suo padre naturale—chiunque diavolo fosse. Se non era stato Marino, di certo non avevo visto nessun altro maschio pronto a farsi avanti.

La casa era buia e la prima cosa che notai quando entrai in uno dei parcheggi del garage fu l'assenza del vecchio veicolo scassato di Skye.

Dove diavolo era andata a quest'ora?

Diedi un'occhiata all'orologio e mi resi conto che non era così tardi come sembrava. Per me era già stata una notte maledettamente lunga. Tuttavia, non era da Skye uscire tardi con Maya durante una serata scolastica.

Entrai in casa attraverso il garage e accesi le luci.

Sentii qualcosa che non provavo da un po' e scoprii che il suono non mi piaceva proprio.

Tutto era silenzioso.

Corsi su per le scale, salendone due alla volta, e trovai la camera di Skye vuota. Andai nella mia stanza, perché il più delle volte dormiva lì da quando eravamo tornati da Las Vegas.

Il letto era ben rifatto, e niente Skye.

Sperando che si fosse addormentata nella stanza di Maya, corsi anche lì.

Il mio cuore iniziò a battere forte quando trovai vuota anche la camera di mia figlia. Il letto era ancora fatto, e non ci aveva dormito affatto.

"Dannazione" imprecai, tornando al piano di sotto. "Dove diavolo è, e perché è andata via?"

Le avevo detto delle cose piuttosto schifose, ma non le avevo mai dato un motivo per avere paura di un confronto con me.

Ma non mi ha mai visto così arrabbiato.

E poi vidi il biglietto.

C'erano solo quattro parole scritte sul retro dello stesso foglio su cui aveva scritto il nome del panino che avevo provato all'inizio della giornata:

Maya è tua figlia.

Aveva lasciato il braccialetto che le avevo regalato e la collana di mia madre proprio accanto al biglietto.

Li raccolsi e ci giocherellai, notando che le pietre erano fredde.

Dove cazzo è andata?

E dove diavolo era mia figlia?

Aver lasciato i gioielli significava qualcosa? Forse che non voleva niente da me?

Rimisi il braccialetto e la collana sul tavolo.

Ho bisogno di trovarle.

Un feroce senso di protezione mi sopraffece, facendomi dimenticare di essere mai stato arrabbiato.

Non avevo idea di dove fosse andata. Aveva rinunciato al suo appartamento, quindi forse un motel economico?

Quel pensiero non mi piaceva. Certo, Citrus Beach era una piccola città senza molta criminalità, ma non la volevo in un posto dove lei e Maya non erano completamente al sicuro.

Ma dal momento che non ero sicuro della sua situazione finanziaria, avrebbe potuto essere tutto ciò che poteva permettersi.

Mi presi a calci mentalmente per non aver mai chiesto a Skye se avesse abbastanza soldi nei suoi conti personali.

Non aveva mai detto di essere a corto di fondi, ma dubitavo che lo avrebbe mai fatto. Skye e Maya si erano sistemate qui, ma non avevo idea di quanto avesse in banca.

L'avevo convinta a chiudere il ristorante, quindi al momento non era una fonte di denaro. Non lo era da settimane.

Presi le chiavi, e pochi secondi dopo uscii dalla porta.

CAPÌTULO 28

Skye

La mattina dopo, ci vollero diverse tazze di caffè per aprire completamente gli occhi.

La sera prima avevo fatto mangiare Maya e l'avevo messa a dormire abbastanza presto. Ma anche se ero andata a letto non molto dopo, non ero riuscita a dormire.

Verso mezzogiorno, mi sentivo ancora completamente esausta, e più che un po' nervosa per tutta la caffeina che avevo consumato.

E la cosa peggiore... mi mancava Aiden.

Ero arrabbiata perché non mi aveva ascoltata, quando gli avevo detto che Maya era sua figlia? *Sì.* Ero ferita.

Ma capivo la sua esitazione ad accettare la mia parola? *Abbastanza.*

Il cuore mi faceva male, ma il mio cervello capiva esattamente *perché* era sconvolto.

Avrei solo voluto che non fosse stato così veementemente sicuro che gli avessi mentito. Le sue accuse erano state ciò che veramente mi aveva ferito di più.

Avrei potuto capire molto più facilmente se fosse stato solo... confuso.

Non aveva nemmeno avuto abbastanza tempo per accettare veramente il fatto di essere il padre di una bambina di otto anni, quindi scoprire improvvisamente che Maya presumibilmente non era il suo sangue doveva essere stato difficile.

Aiden mi aveva prontamente creduto riguardo alla lettera che gli avevo lasciato, anche se con il sostegno di Seth che aveva confessato di averla presa.

Tuttavia, era difficile accettare che la *scienza* potesse effettivamente sbagliarsi.

Davvero, quanto bene mi conosceva? Avevamo avuto un breve amore estivo che era finito in un disastro. E ci eravamo ricongiunti solo da poche settimane.

Sfortunatamente, il mio cuore e il mio corpo non avevano impiegato molto a venire a patti con i miei sentimenti per Aiden, e a volte la fiducia assoluta richiedeva tempo.

Non mi ero fidata *immediatamente* di lui.

Gli erano capitate un sacco di cose che avevano cambiato la sua vita.

Quindi, razionalmente... potevo concedergli una pausa.

Ma questo non significava che non fossi triste per il fatto che si fosse rifiutato di ascoltare la verità.

Mi alzai da tavola e andai in cucina per un altro caffè. Stavo lavorando ai progetti per il nuovo ristorante, e la mia vista era sfocata per la mancanza di sonno.

Dovevo solo convivere con l'agitazione da caffeina.

Avevo cercato di lavorare da quando Maya era andata a scuola, ma il mio cervello non era interessato.

Sapevo che sarei dovuta andare a parlare con Aiden. Non potevo stare a casa di Jade per sempre, non importava quanto fosse carina.

La casa della mia migliore amica non era grande come quella di Aiden. Era più un adorabile cottage luminoso con temi da spiaggia.

Lasciai cadere una cialda nella macchina del caffè e aspettai il prodotto finito.

Avrei dovuto trovare un altro appartamento, e attingere alle mie risorse già esigue, ma avrei trovato qualcosa. L'avevo sempre fatto. Dato che il ristorante non era attivo e non creava soldi, le cose sarebbero state difficili per me e Maya, ma non era che non fossimo abituate ad accontentarci di tutto ciò che potevamo permetterci.

Ma *non potevo permettermi* di non lavorare per rimettere in funzione il ristorante.

Avevo bisogno di concentrarmi.

Non importava cosa fosse successo tra me e Aiden, l'ultima cosa che volevo era che Maya perdesse di nuovo suo padre. L'amava già così tanto, e sarebbe stata devastata se lui fosse uscito dalla sua vita. Quindi sarei arrivata presto a casa di Aiden e avrei cercato di convincerlo a impegnarsi almeno a mantenere una relazione con Maya fino a quando i test non fossero stati ripetuti.

Emisi un lungo sospiro, mentre mettevo la panna e il dolcificante nel caffè. Volevo davvero tornare a letto e tirarmi le coperte sulla testa. Fingere che la notte prima non ci fosse mai stata.

Volevo... Aiden.

Era diventato il mio posto sicuro. Non casa sua. *Lui.* Ed era diventato un vero inferno non potergli parlare quando mi sentivo giù. O quando mi sentivo bene.

Era un tormento non averlo vicino a me... punto.

Cercai di ricacciare indietro le lacrime che mi riempivano gli occhi, ma le mie emozioni erano spalancate ed esposte ora. Quel trucco della psiche non funzionava più.

Aiden aveva aperto quella porta e io non potevo chiuderla.

Lo amavo, ed ero completamente fottuta.

A voler essere davvero onesta con me stessa, avrei dovuto ammettere di averlo *sempre* amato. Probabilmente lo avrei sempre fatto. Eravamo connessi in un modo che non accadeva tutti i giorni.

Lo sapevo perché era stato l'unico uomo che avessi mai amato. L'unico ragazzo che potesse farmi sentire così maledettamente infelice. Quello che poteva anche rendermi incredibilmente felice.

Spazzando via le lacrime che scendevano sul mio viso, cercai di essere forte. Avrei dovuto rimettermi in sesto per mia figlia.

Avrebbe davvero avuto bisogno della mia presenza, se suo padre non ci fosse stato.

Mi spaventai, quando sentii qualcuno bussare alla porta sul retro della casa.

Posando il caffè, mi diressi in quella direzione, chiedendomi se avrei dovuto rispondere.

Ero a casa di Jade. Probabilmente era un suo amico o conoscente.

Ma qualcosa mi attirò verso l'ingresso sul retro e aprii la porta.

Aiden!

Era qui.

Era reale.

Il mio cuore batteva forte, mentre lo fissavo come se fosse una specie di illusione.

Sembrava che fosse stato trascinato nelle profondità dell'inferno a giudicare dalla sua faccia stanca.

Attraversò la porta. "Sei qui. Santo cielo! Ho controllato qui solo per disperazione."

"J-Jade ha detto che potevo usare la sua casa se volevo. E non avevo davvero un posto dove andare" spiegai.

"Quindi la tua macchina è in garage?" tirò a indovinare.

"Sì."

"Eri così dannatamente vicina e io non lo sapevo?"

Iniziò a ridacchiare. E non perché fosse divertito. Sembrava proprio che stesse ridendo di se stesso.

"Aiden, cosa c'è che non va in te?» Sembrava sfinito e io mi stavo preoccupando.

"Ho girato per tutta la città almeno tre volte, Skye" ringhiò. "Ho cercato il tuo veicolo in ogni alloggio. Era l'unica cosa che avevo per capire dove diavolo fossi andata. Perché te ne sei andata?"

"Eri arrabbiato" dissi. "E non volevo che Maya fosse turbata, se fossi tornato e avessi detto qualcosa sui test."

"Sono stato un fottuto idiota, Skye. Sarei dovuto restare. Avrei dovuto parlarne con te. Invece, sono finito a parlare con mio fratello per un paio d'ore."

È andato da Seth.

Neanche per un minuto avevo creduto che fosse andato da un'altra donna, ma era un sollievo sapere che era andato in un posto innocuo.

Appoggiai una mano sulla sua spalla. "Siediti. Ti preparo un caffè. Dobbiamo parlare."

Si passò una mano sul viso. "Ne ho già bevuto troppo."

Ma si lasciò cadere su una sedia al tavolo prima di aggiungere: "Ti sto cercando da ieri sera."

Afferrai il mio caffè, gli presi una bottiglia d'acqua dal frigo e mi sedetti di fronte a lui. "Tutta la notte?" chiesi.

Non c'era da stupirsi se sembrava che non avesse dormito. Probabilmente non era mai andato a letto.

Annuì, i suoi occhi che mi divorarono come se fossi una specie di tesoro raro. "Anche tutta la mattina. Avevo paura che ti fosse successo qualcosa. Non farlo mai più. Probabilmente me lo sono meritato per essere stato uno stronzo, ma mi hai tolto dieci anni di vita. Maya sta bene?"

Inclinai la testa. "Lei sta bene. È a scuola."

"È mia figlia" disse in fretta. "Non me ne frega niente di quello che dice il test, lo sento qui dentro." Si batté due volte sul petto. "Non importa se non abbiamo gli stessi geni. Non me ne frega un cazzo. E so che ci deve essere una buona ragione per cui hai detto che fosse mia. Parlami, Skye. Spiega, come non ti ho dato la possibilità di fare ieri sera. Non sarei dovuto andarmene. Ce la faremo se giuri di non mentirmi mai più."

Mi darà davvero un'altra possibilità? È disposto ad accettare Maya come sua figlia anche se pensa che non sia biologicamente imparentata?

Ero sbalordita e le mie lacrime cadevano liberamente lungo le mie guance ancora una volta.

"Sei innamorato di me come io lo sono di te?" chiesi prima di poter censurare le mie parole.

I suoi occhi erano selvaggi mentre rispondeva: "Innamorato pazzo, Skye. Follemente innamorato di te. Dobbiamo risolvere questa merda o non sarò mai più utile a nessuno. È così brutto."

Iniziai a piangere come una bambina. "Ti amo anch'io così tanto."

Aiden si alzò e mi sollevò dalla sedia, quindi mi portò in soggiorno. Si sedette sul divano con me distesa sulle sue ginocchia.

Versai lacrime di sollievo sulla sua spalla, lasciando che sopportasse il dolore che mi stava divorando.

Mi accarezzò la schiena, mormorando parole incoerenti di conforto nel mio orecchio.

Anni di dolore e paura si stavano liberando e non riuscivo a fermarmi. Piansi fino a quando tutte quelle emozioni negative non scomparvero del tutto.

E Aiden non fece altro che supportarmi.

Era assurdo che sembrasse disposto ad accettarmi, anche se pensava che gli avessi mentito su Maya.

Ma una volta calmata, non potevo permettergli di continuare a pensare che non fosse davvero sua figlia. "Ho chiamato il laboratorio" dissi con voce debole per aver pianto per diversi minuti di fila.

"Allora hai i risultati del test?" chiese. "Volevo chiamarli, ma non riuscivo a trovare i documenti, e davvero non me ne fregava un cazzo perché ero troppo preoccupato per te e Maya."

Mi spostai indietro così da poter vedere la sua faccia.

Tutto ciò che avevo sempre sognato era lì nei suoi occhi.

Il suo impegno.

La sua disperazione.

E il suo amore incondizionato.

"Maya è tua figlia biologica, Aiden. Il laboratorio pensa di aver scambiato due campioni e di averli etichettati in modo errato. Un altro ragazzo li ha chiamati. Un uomo che è stato abbinato e non avrebbe dovuto. È sicuro che la bambina non sia sua, ma aveva solo bisogno dei documenti per confermarlo. I tuoi campioni sono arrivati lo stesso giorno. I risultati che hai ottenuto erano probabilmente suoi. E lui ha i tuoi. Devi fare un nuovo test, e anche lui. Ma giuro sulla mia vita che non sono mai stata con nessuno tranne te. E che ero già incinta quando sono partita per San Diego. Non è possibile che sia figlia di qualcun altro."

Vedevo che questa volta stava ascoltando, e il suo sguardo era tormentato.

"Fanculo!" imprecò. "Come succede quella merda? E come diavolo ho potuto fare una cosa del genere? Ti ho dato della bugiarda, Skye."

Alzai le spalle. "Errore umano. E se mi ami, chiuderò un occhio. Nemmeno io sono sempre razionale quando si tratta di te. E per me significava moltissimo che avresti accettato Maya anche se non fosse stata tua figlia biologica."

"È una bambina perfetta. Perché non dovrei? Amo anche lei."

Quasi entrai in un'altra fase di pianto, ma questa volta riuscii a costringermi a trattenerlo. "Quindi mi credi questa volta?"

Annuì. "Ho messo la testa a posto adesso. Non avrei mai dovuto dubitarne in primo luogo. Dimmi cosa posso fare per farmi perdonare. Per favore" gracchiò.

Potevo sentire nel mio cuore che non stava dubitando di ciò che gli avevo detto. "Ripetimi solo che mi ami" insistetti. "Perché ti amo così tanto che fa male."

Mi fece scivolare dolcemente dalle sue ginocchia, si alzò e frugò nella tasca dei jeans.

Quando trovò quello che stava cercando, si inginocchiò accanto al divano. "Ti amo, Skye. Probabilmente più di quanto io possa mai esprimere a parole. Ho bisogno di te nella mia vita per sempre. Sposami e tirami fuori dalla mia miseria, per l'amor di Dio" gracchiò.

Aprì la scatolina che aveva in mano e me la porse.

Era il set di diamanti più bello che avessi mai visto.

Cercai le parole. "Non devi farlo per cercare di rimediare per aver detto alcune cose che non avresti dovuto dire. Mi ha fatto male, ma capisco perché è successo" dissi senza fiato.

"Ho questo anello in tasca da quando siamo tornati da Las Vegas. Volevo così tanto che tu fossi mia. Ed è ancora così. Forse più di quando l'ho comprato."

"Sono già tua."

"Allora forse ho *bisogno* di rassicurazione" replicò con voce roca. "Non devi iniziare a pianificare il matrimonio, ma indossa il mio anello. Quando un giorno sarai pronta, allora ci sposeremo. So che hai passato l'inferno. E non ti biasimo per non volere un altro marito. Ma giuro che cercherò di essere tutto ciò che lui non era."

Forse non lo sapeva, ma Aiden era *già* tutto ciò che il mio primo marito non era.

Aprii la bocca, ma non sapevo come dirgli che non c'era mai stato e mai ci sarebbe stato alcun confronto.

Aiden era l'unico uomo per me e lo era sempre stato.

"Ti amo" dissi, perché non riuscivo a esprimere a parole come mi sentivo.

"Ti amo anch'io, tesoro, ma potresti già dire di *sì*?"

Risi. "Sì. Ti sposerò."

Non avevo più paura del matrimonio. Non con lui. Mai con Aiden.

"Grazie a Dio" disse con un pesante sospiro di sollievo.

Prese l'anello e gettò da parte la scatolina.

Si adattò perfettamente, quando me lo fece scivolare sul dito, ed ebbi la sensazione leggermente inquietante che fosse appena successo qualcosa che sarebbe dovuto accadere molto tempo addietro.

Come se il mondo fosse stato improvvisamente raddrizzato e tutto l'universo fosse come avrebbe dovuto essere.

CAPÌTULO 29

Skye

"Non hai idea di quanto sia bello vedere quell'anello al tuo dito" disse con un tono rauco, mentre si sedeva di nuovo sul divano e mi tirava in grembo.

Rabbrividii quando vidi la fascia d'oro bianco e il diamante scintillante sulla mia mano. "Penso di sì" sostenni. "Sono pronta a sposarti, Aiden. Una volta ottenuti i risultati del test—"

"Non contano" interruppe. "So già quali saranno i risultati. So che non mi stavi mentendo, Skye. E se l'avessi fatto, allora mi avresti detto la verità e avresti avuto una dannata buona ragione per farlo. Non so cosa mi sia successo. Immagino che il pensiero di te che mi tradisci in quel modo mi ha mandato in una specie di zona crepuscolare temporanea. Sono abbastanza razionale su tutto tranne te."

"L'ho superato" dissi sinceramente.

Aiden e io avevamo commesso i nostri errori, e lui aveva motivo di avere delle riserve sulla nostra relazione. Onestamente, a volte ero anch'io piuttosto irragionevole nei suoi confronti.

Avevamo un amore pazzesco. Emozioni forti a volte significavano essere irrazionali. Ma si era ripreso e ci aveva pensato bene, anche se *all'inizio* non l'aveva fatto.

"Non avresti dovuto" brontolò.

"Quindi vuoi essere torturato?" presi in giro.

"Potrebbe farmi sentire meglio riguardo all'essere impazzito" rispose. "Ho detto alcune cose che non possono essere taciute. Non te lo meritavi."

"L'amore non sarà sempre perfetto, Aiden. Avremo disaccordi. Ci amiamo troppo per non litigare di tanto in tanto. Non siamo più bambini. Tu sei testardo. Io sono indipendente. Questi due tratti sono destinati a scontrarsi di tanto in tanto. Ma tutte le cose che hai fatto bene superano di gran lunga un giorno di torto."

"Dimmi cosa posso fare per farmi perdonare" chiese.

"Baciami" insistetti.

"Piccola, *questa* non è tortura" rispose, mentre mi tirava giù la testa.

Il calore umido inondò il mio intimo nel momento in cui sentii le sue labbra morbide, calde e setose toccare le mie.

Ero persa, e non mi importava davvero.

L'uomo che avrebbe sempre dovuto essere mio ora era il mio fidanzato dopo quasi un decennio di attesa.

Non volevo perdere un altro dannato minuto.

Alla fine alzai la testa, anche se la separazione da lui era dolorosa. "Fottimi, Aiden. Mostrami che tutto questo è reale, perché non sono sicura di credere che stia succedendo davvero."

La verità era che era difficile immaginare che mi amasse tanto quanto io amavo lui.

Mi ritrovai sdraiata sulla schiena sul divano prima di poter prendere un altro respiro, con il corpo muscoloso di Aiden sopra di me.

Lo accolsi avvolgendo le mie gambe intorno alla sua vita.

"Credici, piccola" disse con una voce roca e piena di emozione. "Tu ed io avremmo dovuto essere così anni fa. E non rinuncerò mai più al tuo bel culo. Camminerei attraverso il fottuto fuoco per trovarti, se provassi a scappare."

Intrecciai le mie mani nei suoi capelli, e poi mi beai nella sensazione di essere così vicina a lui. "Non vado da nessuna parte" gli dissi con le lacrime agli occhi.

"Non piangere, tesoro" pretese. "Non voglio più vederti piangere."

La sua bocca scese di nuovo sulla mia, e il petto mi doleva mentre esplorava la mia bocca così a fondo che *capii* che tutto era reale.

Il suo bacio era sincero, e mi spogliò di ogni difesa che avrei potuto aver lasciato dentro di me.

Avevo bisogno che fossimo entrambi nudi, la nostra pelle calda fusa insieme come se non ci saremmo mai più separati.

Quando finalmente sollevò la testa, gemetti in segno di protesta.

"Ti voglio nuda" ringhiò.

Ogni ormone femminile che avevo rispose.

Si alzò, e io mi arrampicai dietro di lui.

Presi la maglietta che indossava in una frenesia di bisogno.

Mi aiutò a togliergliela, poi mi tirò la maglietta sopra la testa e la gettò sopra la sua nel punto in cui l'aveva gettata sul pavimento.

"Aspetta" dissi dolcemente. "Per favore."

Mi lanciò uno sguardo curioso.

"Lascia che ti tocchi" insistetti.

Aiden aveva come sua missione quella di farmi venire il maggior numero di volte possibile. Era un maschio alfa, e questo mi piaceva. Ma significava che raramente avevo la possibilità di toccarlo e dargli piacere in cambio.

Assumeva sempre il comando.

"Per una volta, lascia che ti tocchi" dissi in un sussurro forte, la mia voce debole mentre fissavo tutta quella pelle morbida sopra i muscoli ben sviluppati.

Lo sguardo caldo nei suoi occhi mi incantava, ma rimase fermo come se stesse aspettando che facessi la mia mossa.

Raggiunsi i bottoni dei suoi jeans e li aprii, i miei occhi fissi nei suoi mentre spostavo i palmi delle mani sul suo petto e sui suoi addominali scolpiti.

Aiden era magnifico, dal corpo da far venire l'acquolina in bocca ai lineamenti facciali forti e mascolini e ai suoi bellissimi occhi azzurri.

"Amo sentirti" gli dissi, mentre tracciavo la scia di peluria sexy che scompariva nei suoi jeans aperti. "Sei sempre stato il ragazzo più figo che abbia mai visto."

Passai la mano sul rigonfiamento incredibilmente duro sotto il denim che indossava e lo sentii prendere un respiro acuto.

Questo era tutto l'incoraggiamento di cui avevo bisogno per mettermi in ginocchio, e poi tirare i jeans e i boxer fino ai suoi piedi.

Gli permisi di calciarli di lato, e poi avvolsi la mia mano intorno alla sua lunghezza e circonferenza.

"Skye" disse con un tono selvaggio.

"Aspetta" ribattei, sapendo che stava diventando impaziente. Potevo sentire il testosterone che emanava dal suo corpo.

C'era qualcosa di potente nel sapere che potevo eccitarlo quanto lui poteva fare con me.

Volevo assaggiarlo e volevo farlo bene, poiché era qualcosa che non avevo mai fatto prima.

Il fallo di Aiden poteva essere duro come un diamante, ma adoravo la morbidezza setosa che lo ricopriva e lasciai che le mie dita percorressero la sua lunghezza prima di piegarmi in avanti.

Lasciando che l'istinto prendesse il controllo, tirai fuori la lingua e strofinai la goccia di umidità proprio sulla punta.

Chiusi gli occhi e assaporai il suo sapore, la sua essenza, e poi presi tutta l'asta che poteva entrare nella mia bocca.

"Penso di essere appena morto, cazzo" gemette.

Incoraggiata, avvolsi la mia mano intorno alla base del suo membro e succhiai, mentre mi tiravo indietro.

Mi persi nel ritmo, assaporando ogni verso di piacere che faceva, e la sensazione delle sue mani che mi afferravano i capelli in preda alla disperazione.

Rimasi sorpresa quando si mosse indietro all'improvviso. "Devi smetterla, Skye, o finirò per venirti in bocca" gracchiò.

Lo guardai. "Sarebbe così grave?"

"Sarebbe come un sogno bagnato per me, tesoro. Ma ho bisogno di essere dentro di te in questo momento. Anch'io ho bisogno di sentire che tutto questo è reale. Che tu sei reale."

Mi tirò in piedi e lentamente mi tolse il resto dei vestiti, lasciando cadere ogni capo sul pavimento.

Estasiata, lo guardai mentre lo faceva, finché non fui nuda quanto lui.

"Ho bisogno di te." Le parole mi uscirono di bocca.

Si lasciò cadere sull'enorme divano di pelle. "Mi hai. Mi hai sempre avuto. Vieni qui."

Quando mi avvicinai abbastanza al divano, mi tirò giù sopra di lui. Emisi un sospiro di soddisfazione, mentre mi mettevo a cavalcioni su di lui.

"Cavalcami, bella" disse con voce roca.

I nostri occhi si incrociarono, e scorsi una comunicazione silenziosa che mi sconvolse.

Voleva che mantenessi il controllo. Voleva che prendessi quello che volevo.

E non esitai, mentre afferravo il suo membro e posizionavo la punta al mio ingresso.

Sprofondare in lui era una delle cose più incredibili che avessi mai provato.

Aiden mi riempì, mi distese, facendomi sentire completa, ed era mozzafiato.

Ero così bagnata che gli presi le palle in profondità abbastanza facilmente.

"Questo è ciò di cui avevo bisogno" ansimai. "Questo. Tu. Noi."

Mi mise le mani sui fianchi. "Cavalcami prima che perda la mia dannata testa."

C'era tensione nella sua espressione, ma anche amore e passione. E mi beai di quelle emozioni.

Mi sollevai e poi ricaddi. Il ritmo lento si trasformò presto in un bisogno frenetico di andare più veloce. Di prenderlo più a fondo.

"Aiden" gemetti.

Afferrò più forte i miei fianchi e iniziò a salire su ogni volta che scendevo.

Lasciai andare quando il ritmo febbrile diventò pazzesco, e il mio corpo stava urlando per il rilascio.

Aiden mi teneva ferma e sbatteva dentro di me, ogni colpo più forte dell'altro.

Quando cambiò leggermente posizione, e ogni spinta mise pressione sul mio clitoride, venni.

Il culmine mi si abbatté addosso con così tanta forza che riuscivo a malapena a stare in piedi.

"Sì" sibilai. "Ti amo. Ti amo tanto."

Quelle parole mi buttarono giù per un bacio delirante, e le nostre bocche si incontrarono come se fossimo morti se non lo avessero fatto.

Soffocò i gemiti che non riuscivo a trattenere, mentre tutto il mio corpo tremava per l'orgasmo.

Il suo corpo si calmò dopo aver raggiunto l'orgasmo dentro di me pochi secondi dopo.

Quando mi tirai indietro e appoggiai la testa sulla sua spalla, sbuffò: "Ti amo anch'io, Skye."

Ero senza fiato, e il mio cuore galoppava, ma sorrisi contro la sua pelle umida.

Passò una mano su e giù per la mia schiena, e non parlammo, il suono del nostro respiro frenetico che era l'unico rumore nella stanza fino a quando non ci riprendemmo entrambi.

Alla fine, dissi: "Quando Jade ha detto che potevo usare la sua casa, sono abbastanza sicura che non volesse dire che potevo usarla in questo modo."

Aiden rise, un suono così basso e forte che sembrava riecheggiare nella stanza. "Pulirò il divano. Oppure gliene comprerò uno nuovo. E dubito che le importerebbe."

"Non glielo dirò" dissi in fretta.

Non avrei mai potuto dire alla mia migliore amica che avevo inchiodato suo fratello sul suo divano di pelle.

"Andiamo a casa. Abbiamo un letto perfetto lì" replicò in un baritono sexy che mi fece alzare in piedi.

Mi convinse subito. Di certo non avrei usato il letto di Jade per fare altro che dormire.

"Ho una casa adesso" mormorai. "Non so davvero come sia, Aiden."

La casa doveva essere un luogo in cui una persona si sentiva al sicuro. Non mi ci ero mai sentita, nemmeno a casa della mia defunta madre. Forse era per questo che all'improvviso desideravo tornare a casa di Aiden.

Era casa perché eravamo felici lì.

Mi abbracciò e mi attirò a sé. "Non sarò mai a casa se non ci sei tu. Ti amo, Skye. Sono così dannatamente dispiaciuto per quello che è successo."

Scossi la testa. "Non esserlo. Commetteremo entrambi degli errori, Aiden. Perdonami, quando farò qualcosa di totalmente irrazionale in futuro."

Gli misi le braccia al collo e mi crogiolai nella sensazione del suo corpo nudo contro il mio.

Scosse la testa. "Non farò mai più questo errore. Il mio obiettivo è assicurarmi che tu sia felice."

"Missione compiuta" scherzai. "Già lo sono."

"Andrà meglio" insistette con un sorriso.

Mi baciò e io mi sciolsi contro di lui.

Non potevo immaginare che la vita potesse essere migliore di quanto non fosse in questo momento.

CAPÌTULO 30

Seth

Ero stanco delle donne che mi si buttavano addosso.

Va bene. Lo ammetto. Non era la cosa che avrebbe detto un ragazzo normale, ma la mia situazione era completamente diversa da quella del maschio medio.

Primo—ero ricco dopo essere stato povero per tutta la vita.

Secondo—mi stavo facendo il culo per dimostrare che meritavo di essere un miliardario.

Terzo—ero sempre stato troppo occupato per uscire con qualcuno.

Per non parlare del fatto che non avevo incontrato nessuna donna che mi avesse attratto al punto di chiederle un appuntamento nell'ultimo anno o giù di lì.

Forse il mio periodo di astinenza era dovuto al fatto che sapessi che ogni singola donna che mi si avvicinava era attratta solo del fatto che avessi i soldi. Un sacco di soldi. E sapevo che nessuna di loro mi avrebbe guardato due volte quando ero un operaio edile.

"Sei Seth Sinclair?" chiese una voce femminile.

Rabbrividii, quando guardai la bella mora che aveva in mano una tazza di caffè, il che non era insolito visto che eravamo in un bar. Ma il suo sorriso era troppo speranzoso e artificiale.

"Sì" risposi sbrigativamente, sperando che ricevesse il messaggio.

Tornai a guardare il portatile di fronte a me. Speravo di ottenere la mia dose di caffeina e di portare a termine un lavoro allo stesso tempo.

"Posso sedermi qui?" chiese con troppo entusiasmo.

Non dissi nulla mentre la guardavo.

Gesù! Mia madre, che ormai era morta da tempo, aveva cresciuto i suoi figli per essere educati. Non era così facile per me essere un completo idiota, cosa che tutti i miei fratelli avrebbero negato. Avrebbero detto che ero il più grande idiota tra loro. Ma *trovavo* difficile essere decisamente scortese con qualsiasi donna.

"Scusa per il ritardo" disse una seconda voce femminile, mentre superava la donna dai capelli scuri che aspettava la mia risposta.

Guardai mentre una splendida rossa si sedeva al mio tavolo come se fosse il suo posto.

"Scusa, errore mio." La voce della donna dai capelli scuri era fragile, ma lei si voltò e se ne andò.

Rivolsi la mia attenzione alla rossa ora che la bruna aveva battuto in ritirata.

La mia nuova compagna di tavolo si tolse la borsa dalla spalla e tirò fuori un computer portatile, poi lo mise sul tavolo e aprì lo schermo.

Non disse una parola, mentre iniziava a lavorare, il rapido clic dei tasti che mi diceva che stava preparando freneticamente una sorta di progetto.

Stranamente, non sembrava interessata a una conversazione.

Allora, perché diavolo si era seduta al mio tavolo come se la conoscessi?

Mi guardai intorno nella caffetteria. C'erano molti tavoli disponibili, il che rendeva le sue azioni ancora più sconcertanti.

Ma davvero, importava *perché* era seduta qui? La donna mi aveva dato esattamente quello che volevo.

Avevo una donna al mio tavolo, quindi nessun'altra si sarebbe avvicinata a me.

E ovviamente non era interessata a me personalmente.

Perfetto.

Bevvi un sorso del mio caffè extra-large e tornai a lavorare sul mio computer.

Il problema era che improvvisamente la mia mente non era più concentrata sul lavoro, il che non era decisamente da me.

Costruire la mia attività era la mia priorità.

Mi sbollentai per un momento prima di diventare impaziente.

Va bene. Dovevo sapere. "Perché hai deciso di sederti qui al mio tavolo?"

Non smise di lavorare, la testa ancora sepolta nel computer, mentre rispondeva: "Ti stavo aiutando. Prego."

Le mie sopracciglia si unirono. "Come mi stavi aiutando?" Ignorai il suo colpo sarcastico.

"Evidentemente avevi bisogno di un depistaggio. E io avevo bisogno di sedermi e lavorare."

Chiusi il mio computer, poi allungai una mano e abbassai anche il suo in modo da poter vedere il suo viso.

Mi guardò accigliata, cosa che trovai vagamente divertente. "Devo lavorare" disse con un tono disgustato.

"Illuminami" chiesi. "Perché pensavi che avessi bisogno di aiuto?"

"Sembravi piuttosto disperato per sfuggire a quella finta modella di passerella. Ho potuto vedere il panico sul tuo viso."

"Non mi faccio prendere dal panico" ribattei strascicando.

"Ti sentiresti meglio se ti dicessi che sembravi... preoccupato?"

"Sì."

"Bene. Allora, sembravi preoccupato. Posso tornare al lavoro adesso?"

Ignorai la sua richiesta. "Quindi, ti sei sentita in obbligo di venire a salvarmi?"

"Sì" rispose bruscamente.

"Lo fai spesso?"

"Quasi mai. Eri un'eccezione. Ho abbastanza problemi. Di solito lascio che le persone affrontino i propri problemi. Ma sembravi un po' disperato."

Mi appoggiai allo schienale della sedia. La femmina era attraente. Okay, forse era bellissima. Onestamente, era *stupenda*.

I suoi occhi color nocciola erano curiosi e luminosi, e anche se i suoi capelli infuocati erano tirati su e fissati alla nuca, piccole ciocche le incorniciavano un viso dai lineamenti meravigliosi.

Indossava una gonna nera a trapezio, una camicetta bianca e una giacca scura abbinata. Non avevo visto i suoi piedi, ma ero pronto a scommettere che indossasse tacchi ragionevoli.

Chi sapeva che una donna in giacca e cravatta potesse eccitarmi così tanto?

E la femmina *era* sexy. Avevo la sensazione che non importasse molto cosa indossasse.

Forse la parte che mi piaceva di più di lei era la sua mancanza di interesse per me.

"Anch'io ho le mie difficoltà" riflettei. "E in genere non mi intrometto negli affari di nessun altro."

"Dovresti provarci qualche volta" suggerì. "Ti fa dimenticare il tuo dramma per un po'. È un antistress. Allora, con cosa stai lottando oggi?"

Alzai un sopracciglio. "Davvero vuoi saperlo?"

"Non proprio" rispose. "Ma sono seduta al tuo tavolo. Quindi, spara."

Dovetti sforzarmi di non sorridere. La donna era brutalmente onesta. Ma mi incuriosiva. Ed era qualcosa che non provavo da molto tempo. "Sono un costruttore, e ho una rompipalle che mi impedisce di costruire in un terreno perché è il luogo di nidificazione di alcuni uccelli in via di estinzione. Potrebbe costarmi milioni di dollari se il sito non potrà essere edificato."

Scosse la testa. "Sembra orribile" commentò. "Quindi, sei un costruttore?"

Inclinai la testa. "Sono Seth Sinclair. Possiedo Sinclair Properties."

Non sembrava minimamente impressionata.

"Ho sentito parlare di te. Non hai ereditato miliardi di dollari? La storia era su tutte le notizie locali. Sei collegato ai Sinclair di Boston, giusto?"

Sembrava ancora impassibile, cosa che mi confondeva. L'atteggiamento della maggior parte delle donne cambiava immediatamente una volta che sapevano chi ero e quanti soldi avevo.

La donna era una specie di enigma. Non riuscivo nemmeno a percepire cosa stesse pensando.

"Sono fratellastri e cugini" spiegai.

"Allora perché vuoi costruire su un terreno che ospita una specie minacciata?" chiese.

"Perché lo possiedo" dissi strascicando.

"Penso che gli uccelli siano arrivati lì per primi" rispose.

"Perderò milioni se non costruisco. Non ho intenzione di donare costosi terreni costieri."

"Dubito che ti mancheranno davvero i soldi" rifletté. "E se stai riscontrando così tanta resistenza, perché non ti arrendi e basta? Ci sono molti altri posti dove costruire. Ma non puoi riportare in vita animali estinti."

Feci un sospiro esasperato. "Cominci a sembrare proprio mia sorella, Jade."

"Non la conosco personalmente, ma sembra una donna straordinaria" rispose. "Ha fatto un lavoro incredibile sulla genetica della conservazione. Ammiro tua sorella, in realtà. Quindi non mi dispiace sembrare lei."

Vidi la donna mettere via il suo computer.

"Non correre via a causa mia" dissi, turbato dal fatto che la femmina se ne sarebbe andata velocemente come era arrivata.

"Ho fatto la mia buona azione per la giornata."

"Mi sto godendo la conversazione."

Mi lanciò uno sguardo perplesso. "Come mai? Evidentemente non sono d'accordo con te."

Alzai le spalle. "Forse è per questo che mi piace."

"Non hai amici con opinioni diverse?"

Scossi la testa. "Non proprio. In realtà non ho molti veri amici."

I miei migliori amici erano i miei fratelli. Non avevo mai avuto molto tempo per socializzare. La mia priorità era sempre stata la mia famiglia, e lavorare sodo per assicurarmi che non fossimo separati.

"Che shock" disse sarcasticamente, mentre chiudeva la cerniera della borsa del computer. "Un ragazzo generoso come te dovrebbe essere circondato da amici."

"Mi stai prendendo in giro" replicai con sorpresa.

"Guarda, non ti conosco davvero. Ma mi sembra che tu sia il tipo di ragazzo che dà più valore al denaro che al suo ambiente. Quindi è quasi impossibile per me prenderti sul serio."

"Non è che non mi importi degli uccelli" le dissi onestamente. "Penso solo che perdere milioni di dollari sia un po' ridicolo."

Si alzò e si abbottonò la giacca. "Devo andare. Vorrei poter dire che è stato un piacere conoscerti, ma in realtà non lo è stato."

Sussultai per l'insulto. "Non capisco perché sei così irremovibile riguardo a uno stormo di uccelli" brontolai.

"Forse perché mi chiamo Riley Montgomery" ribatté, mentre sollevava la borsa sulla spalla. "Sono una parte importante del tuo *fastidioso problema*."

La guardai a bocca aperta, mentre si voltava e se ne andava senza un'altra parola.

Non riuscivo a distogliere lo sguardo dall'oscillazione di quel culo sexy e ben fatto, mentre scompariva.

Quando finalmente sbattei le palpebre, se n'era andata.

Sorrisi anche se praticamente si era presa gioco di me.

Ed era l'ultima donna che avrebbe dovuto farmi indurire, ma non potevo negare che l'avesse fatto.

"Che io sia dannato" dissi sottovoce.

Avevo appena incontrato ed ero stato zittito dalla mia fastidiosa ambientalista.

Skye

QUALCHE SETTIMANA DOPO...

"Aprila" dissi ad Aiden, mentre ci sedevamo al tavolo della sua cucina circa due settimane dopo che ero diventata la sua fidanzata.

Non vedevo l'ora che la questione dei genitori di Maya fosse chiusa e risolta, anche se Aiden aveva insistito sul fatto che non aveva più dubbi.

Le ultime settimane erano state così sorprendenti, ma per me c'erano sempre quei risultati di laboratorio errati che incombevano come una fastidiosa nuvola scura sulla mia testa.

Maya e Aiden avevano fatto un nuovo test e il laboratorio aveva affrettato i risultati.

E ora che erano arrivati, morivo dalla voglia di avere i veri risultati allo scoperto.

Volevo chiudere quella porta per sempre e andare avanti.

"So già cosa dirà" disse mentre mi sorrideva. "Questa è una vittoria definitiva." Indicò il suo piatto vuoto.

Alzai gli occhi al cielo. "Dimentica l'ultimo panino per un minuto."

"Non posso" sostenne. "Deve essere nel menu."

"Aiden" dissi con voce di avvertimento.

Scrollò le spalle. "Se sei così interessata, puoi aprirla tu. Non ho assolutamente dubbi su ciò che dice. Nessuna suspense per me."

Mi morsi il labbro, tentata. "Sono i tuoi risultati."

"Ehi" replicò, sembrando preoccupato. "Sembri nervosa. Stai bene, tesoro?"

Smise di scherzare quando vide la tensione sul mio viso.

"Aprila. Voglio solo mettere tutto questo alle spalle."

"È alle spalle, Skye. Ma dato che sei preoccupata, darò un'occhiata."

Afferrò la busta sigillata sul tavolo e l'aprì.

Mi faceva impazzire il fatto che gli ci erano voluti un paio di minuti per arrivare alla conclusione.

"Dice che sono il padre di Maya con una probabilità del 99,999%." Consegnò i fogli. "Contenta adesso?"

Andai dritta alla conclusione, e poi gli sorrisi. "Sì. Grazie per non aver dubitato dei risultati. Ma non mi sarei rilassata finché non l'avessi visto di persona."

"Se non altro, è piuttosto strabiliante vederlo scritto, anche se non sono ancora abituato a essere un papà. È normale preoccuparsi così tanto?" chiese con un cipiglio.

Annuii, mentre gli rivolgevo un sorriso. "Benvenuto nella genitorialità. Ero spaventata a morte quel primo anno. Ogni volta che piangeva, ero nel panico. Ma va meglio. Ed è più facile quando hai una bambina che ha una testa così buona sulle spalle."

Sorrise. "È davvero una bambina incredibile. Mi tiene sull'attenti." In tono più serio, chiese: "Hai mai pensato di averne un altro?"

Lo guardai intensamente. "Vuoi altri figli?"

"Dipende tutto da te."

Non avevo mai pensato di avere altri figli finché non me lo aveva chiesto. Qualche mese addietro, non era nemmeno stato nei miei pensieri.

Ma ora, pensavo che sarebbe stata un'esperienza incredibile da condividere con Aiden dall'inizio. E io amavo i bambini. Solo che non avevo mai considerato se volerne o meno di più. Non avrei mai pensato di fare sul serio con un uomo.

Sarebbe lì per tutto, ad ogni passo.

"Penso che mi piacerebbe" risposi. "Quando ero più giovane, ho sempre desiderato una grande famiglia."

"Stai già ereditando una di quelle" osservò ironicamente.

Gli lanciai uno sguardo di ammonimento. "Non intendo questo, e amo la tua famiglia. Ma ero figlia unica. A volte mi sentivo piuttosto sola. E amo i bambini. Maya sarebbe estasiata se potesse avere un fratello o una sorella. Se ricordo bene, ne ha già fatto richiesta."

La sua espressione era deliziosamente malvagia quando rispose: "Allora, diamogliene un paio. Sono pronto per iniziare subito ad allenarmi."

Lasciai andare una risata deliziata. "Non così in fretta, signore. Mi sposerò prima di rimanere di nuovo incinta, e tu hai ancora bisogno di tempo per abituarti ad avere una figlia."

Si allungò e iniziò a giocherellare con il mio bellissimo anello di fidanzamento. "Quando sei pronta."

"Sono pronta, Aiden. Ci sto. Ora che hai visto i risultati, mi lascio il passato alle spalle perché questo momento è straordinario e lo sarà anche il mio futuro. Preferirei di gran lunga concentrarmi su questo piuttosto che sul mio passato. Andiamo al comune e facciamolo."

Si alzò in piedi e mi tirò su, poi mi fece girare vorticosamente fino a farmi girare la testa. "Mi sto per sposare" urlò.

Quando smise di farmi volteggiare, gli detti una pacca scherzosa sul braccio. "Te l'avevo detto che ero pronta."

"Ma non credo di averci creduto davvero fino ad ora" disse con voce roca.

Sapevo perché si sentiva così. Probabilmente perché ero stata inquieta fino a quando i nuovi risultati di laboratorio non erano arrivati. "Credici" replicai, ripetendo le parole che mi aveva detto quando ero sopraffatta.

"Niente comune" insistette. "Ho aspettato quasi un decennio per questo."

"Anch'io" ribattei mentre gli toglievo una ciocca di capelli dalla fronte. "Ma immagino che non avrei mai creduto che sarebbe successo."

"Credici" ripeté a pappagallo con un sorriso.

"Ti rendi conto che se facciamo un matrimonio regolare, non ci sarà nessuno dalla parte della sposa?"

"Tesoro, *tutti* saranno dalla tua parte. E comunque è una stupida tradizione. Le persone possono sedersi dove vogliono. La mia famiglia ora è tua, che tu la voglia o no."

"Li voglio" dissi in fretta. "Maya e io siamo state sole abbastanza a lungo. Ci siamo sempre state l'una per l'altra, ma ho sempre desiderato che anche lei avesse un'altra famiglia. Tua figlia adora le sue nuove zie, zii e cugini. È più felice di quanto non sia mai stata."

Adoravo lo sguardo animato sul viso di Maya, quando parlava della sua famiglia.

Aiden e io eravamo stati attenti a non condividere il motivo per cui avevamo litigato, e mia figlia non l'aveva mai chiesto. Era semplicemente felice che tutto fosse di nuovo *normale* ai suoi occhi.

Strinse le braccia intorno alla mia vita. "Allora aspettiamo la fine dell'estate. Prima se possibile. Mi piacerebbe iniziare la nostra nuova vita insieme. Ne abbiamo abbastanza di aspettare, e voglio che tu sia in grado di concentrarti sul futuro. Hai avuto troppo dolore nel tuo passato, piccola."

Come potevo dirgli che aveva più che compensato ogni piccola angoscia che avessi mai sofferto per mano del mio ex marito e della sua famiglia? Avrei rifatto tutto da capo se fossi di nuovo finita dove ero adesso. Dieci anni di inferno in cambio di una felicità totale per il resto della mia vita? Avrei accettato quell'affare in un baleno se avessi potuto finalmente essere sposata con l'unico uomo che avrei mai amato.

"La fine dell'estate mi darebbe solo quattro mesi per pianificare" riflettei.

"Un sacco di tempo se hai un mucchio di membri della famiglia pronti ad aiutare" rispose con un sorriso.

"Jade mi darà una mano. Le parlerò dato che ha avuto a che fare col matrimonio da poco, e poi comincerò a organizzare" promisi.

Appoggiò la sua fronte sulla mia. "E poi potrò lavorare seriamente per farti rimanere incinta" scherzò. "Ma mi eserciterò molto prima di allora, quindi sarò perfetto quando sarà il momento. Penso di volere te e nostra figlia per me per un po'."

Feci una risata sbalordita. "Non mi sentirai discutere su questo" scherzai.

Volevo un altro figlio, ma come lui, avevo bisogno di un po' di tempo prima di essere pronta per aggiungerlo alla nostra famiglia. Volevo che nostra figlia fosse al sicuro con il suo posto nella nostra vita, e sapevo che Aiden voleva cercare di recuperare tutto ciò che gli era mancato nella vita di Maya.

Mi accarezzò i capelli mentre diceva: "Avrei voluto essere lì quando è nata Maya. Ma ci sarò la prossima volta."

Sospirai mentre posavo la testa sulla sua spalla, deliziandomi del calore del suo corpo incollato al mio.

Mi rifiutavo di lamentarmi per le cose che ci eravamo persi insieme. Ero troppo felice di come era andato tutto. "Ti amo, Aiden. Sono così felice che sia andata a finire così, anche se ci è voluto troppo tempo."

"Penso di averti sempre aspettata, Skye. Nessun'altra mi avrebbe mai reso felice" replicò con voce rotta dall'emozione.

"Sono contenta che tu abbia aspettato" gli sussurrai all'orecchio.

Neanche io sarei stata felice con chiunque altro. Per tutta la mia vita, c'era stato solo *lui*.

"Non credo di aver avuto molta scelta. Ero innamorato di te allora come lo sono ora."

"Perché non me l'hai mai detto?"

"Avresti dovuto saperlo."

"Ma non l'hai mai detto. Ti ho detto che ti amavo prima che te ne andassi, ma non me l'hai mai ripetuto."

"Non l'ho fatto?" chiese.

Scossi la testa contro la sua spalla. "No. Avevo il cuore spezzato perché non l'hai detto a tua volta. Pensavo fosse troppo presto, allora."

"Forse perché sapevo di non avere niente da offrirti" rispose solennemente. "Ero un povero pescatore, Skye. Che tipo di vita avresti avuto con me?"

Mi piegai all'indietro per poterlo guardare negli occhi. "Una felice" ipotizzai. "Aiden, non mi importava di questo. I soldi non portano la felicità."

Scosse la testa. "Non fanno male."

"Sei ancora lo stesso ragazzo fantastico di allora."

"Pensi davvero che sarei potuto andare avanti per sempre senza dirlo?" prese in giro. "Alla fine, saremmo finiti insieme perché sono sicuro che non mi sarei arreso. Avrei solo lavorato di più e ti avrei lasciata crescere finché non avessi capito cosa avresti affrontato. *E poi* ti avrei sposata. Potrei essere testardo nel volere che tu abbia ciò che penso tu meriti. Ma non sono mai stato così stupido da lasciarti andare via."

"Non avevo intenzione di andare da nessuna parte, né allora né adesso. Non mi importava dei soldi. Volevo solo... te" mormorai mentre stringevo le braccia intorno al suo collo.

Il mio cuore soffriva di esultanza perché questo bell'uomo era finalmente mio per sempre.

Un miracolo che pensavo non sarebbe mai accaduto.

"Sei legata a me ora, tesoro" scherzò. "Non ti lascerò andare mai più."

I nostri occhi si incrociarono, la connessione tra di noi che permetteva di scambiarci messaggi senza parole.

Era così con lui. Di solito sapevamo cosa stava pensando l'altra persona.

"Portami a letto, Aiden. Maya non sarà a casa prima di altre due ore."

Mi rivolse quel sorriso pigro che mi faceva sempre battere il cuore per l'attesa.

"Stai diventando prepotente ora" rifletté.

"Hai un problema con quello?" sfidai.

Ero diventata molto più sessualmente audace, ed ero abbastanza sicura che fosse completamente d'accordo con questo.

"No. Assolutamente no" rispose, mentre mi prendeva in braccio e mi faceva oscillare tra le sue braccia. "Penso di poterlo gestire."

Non avevo dubbi che potesse far fronte a qualsiasi cosa lanciassi nella sua direzione, che era uno dei motivi per cui lo amavo così tanto.

"Ti amo, Aiden." Non riuscivo a trattenere le parole. Avrei potuto ripeterle un milione di volte e non sarebbe bastato.

"Ti amo" replicò, la sincerità di quelle parole espressa nei suoi magnifici occhi.

Assaporai quelle due paroline mentre mi portava in camera da letto, le parole che *non* aveva pronunciato quando eravamo più giovani.

Ormai ero cresciuta, e non mi sarei mai stancata di ascoltarle.

~*Fine*~

Ringraziamenti all'Autrice

Spero che vi sia piaciuta la storia di Aiden e Skye tanto quanto io mi sono divertita a scriverla.

Come sempre, voglio ringraziare tutta la troupe di Montlake per il loro sostegno a *I Miliardari per Caso*, e la mia Senior Editor, Maria Gomez, per aver creduto in questa serie.

Un grande apprezzamento al mio gruppo di lettori e al mio team di strada, Jan's Gems, per avermi aiutata a diffondere la voce su questa serie.

Voglio ringraziare il mio team KA e il mio incredibile marito, Sri, per tutto quello che fanno per promuovere ogni singolo libro.

Infine, un enorme grazie ai miei lettori per tutto il loro supporto. Sono incredibilmente grata di poter continuare a fare ciò che amo a tempo pieno.

Un'autrice è valida quanto il team di persone che ha dietro di lei. Penso di essere abbastanza fortunata ad avere così tante persone fantastiche al mio fianco.

xxxxxxxxxx Jan

Venite a trovarmi su:

http://www.authorjsscott.com
http://www.facebook.com/authorjsscott
https://www.instagram.com/authorj.s.scott

Potete scrivermi all'indirizzo
jsscott_author@hotmail.com

Potete anche twittarmi
@AuthorJSScott

Libri di J. S. Scott

disponibili in italiano

Serie L'Ossessione del Miliardario

L'Ossessione del Miliardario – Simon
Il Cuore del Miliardario – Sam
La Salvezza del Miliardario – Max
Il Gioco del Miliardario – Kade
Il Miliardario Fuori Controllo – Travis
Il Miliardario Smascherato – Jason
Il Miliardario Indomito – Tate
La Miliardaria Libera – Chloe
Il Miliardario Impavido – Zane
Il Miliardario Sconosciuto – Blake
Il Miliardario Svelato – Marcus
Il Miliardario Non Amato – Jett
Il Miliardario Indiscusso – Carter
Il Miliardario Inarrivabile – Mason
Il Miliardario Sotto Copertura – Hudson
Il Miliardario Inaspettato – Jax

I Sinclair

Un Miliardario Fuori dal Comune (I Sinclair Vol. 1)
Un Miliardario Inavvicinabile (I Sinclair Vol. 2)
Il Tocco del Miliardario (I Sinclair Vol. 3)
La Voce del Miliardario (I Sinclair Vol. 4)

I Miliardari per Caso

Irretito (I Miliardari per Caso – Libro 1)